Heinz G. Konsalik

# Morgen ist ein neuer Tag

# KONSALIK

# *Morgen ist ein neuer Tag*

NAUMANN & GÖBEL

Sonderausgabe der Naumann & Göbel Verlagsgesellschaft mbH
in der VEMAG Verlags- und Medien Aktiengesellschaft, Köln

Schutzumschlag: Bernd Röhrig, Köln
Gesamtherstellung: Naumann & Göbel Verlagsgesellschaft mbH
Printed in Germany

ISBN 3-625-20318-9

# 1

Der kleine Wartesaal dritter Klasse des Bahnhofes Fallersleben war an diesem Mai-Abend 1955 überfüllt. Eingehüllt in dicke Schwaden von Zigaretten- und Zigarrenrauch, umgeben vom Dunst von Bier, Schnaps, Schweiß und Leder, saßen abgerissene Gestalten an den kleinen, runden Tischen mit der gescheuerten hellen Holzplatte, stierten vor sich hin oder lasen in zerknitterten Zeitungen. Einige Menschen, in Decken eingerollt, lagen auf dem Boden. Rucksäcke und Koffer als Kopfkissen benützend, schliefen sie. Ihr Schnarchen mischte sich mit dem Stimmengewirr, das durch den Saal schwirrte, und das leise Greinen müder Kinder klang wie ein klägliches Wimmern aus den Ecken und schien in der dicken Luft zu ersticken.

An einem der Tische, nahe dem Fenster, saß ein mittelgroßer, knochiger Mann, das Gesicht braun, fast ledern, mit tiefliegenden Augen, einem mehrere Tage alten Stoppelbart und gekleidet in einen zerrissenen Anzug, dessen erdiggraue Farbe sich deckte mit der einer alten Schirmmütze, die auf seinem kahlgeschorenen Kopf saß. Seine schmutzigen Hände hielten das Glas Bier umklammert, als habe er Angst, man könnte es ihm wieder wegnehmen, und seine Blicke folgten der drallen Gestalt der Kellnerin, die flink durch das Gewirr der Wachen und Schlafenden eilte und auf Chromtabletts Bouillon-Tassen und Biere zu den Tischen trug.

Ab und zu räusperte er sich, rieb sich mit dem Handrücken die Nase und stierte dann wieder in den Saal, streckte die Beine mit den alten, abgelatschten Schuhen aus und drehte sich dann aus Zeitungspapier und Tabakkrümeln eine dicke Zigarette. Als er sie ansteckte, stand plötzlich ein Eisenbahnbeamter vor ihm und nickte ihm zu. Erstaunt sah er zu diesem empor und umklammerte wieder mit einer ängstlich wirkenden Bewegung sein Bierglas.

»Was ist?« fragte er, und seine Stimme klang hohl, als käme sie aus einem weiten, leeren Raum. »Was wollen Sie von mir?«

Der Beamte lächelte ihn an und legte ihm die Hand auf die Schulter. Unwillkürlich zuckte der Fremde zusammen und schien in sich zusammenzukriechen.

»Der Herr Stationsvorsteher möchte Sie einmal sprechen«, meinte der Beamte freundlich. »Er hat Sie vorhin aussteigen sehen. Er will Sie privat sprechen...«

»Mich sprechen?« Der Fremde schüttelte den Kopf. »Kennt er mich denn?« Er erhob sich, nahm vom Boden sein Bündel auf, einen nur mit einer Kordel umschnürten Sack aus grober Leinwand, und schlurfte hinter dem Beamten her, der ihm vorausging und die Tür des Wartesaales für ihn aufhielt. »Hat der Iwan etwa wieder Spuk gemacht?«

»Der Iwan?« Der Beamte sah den Fremden von der Seite her an. »Wieso denn? Ach so!« Er schüttelte den Kopf. »Nein, mein Lieber, das ist jetzt vorbei! Du bist jetzt wieder in der Heimat, Kamerad.«

»Kamerad...« Der Fremde lächelte vor sich hin. »Das ist ein schönes Wort, mein Lieber – man lernt es ehren und achten ... draußen, im Ural, in den Bleibergwerken...«

Sie gingen durch einen zugigen Flur, vorbei an grellen Plakaten, die mit schönen Worten die Vorteile der verschiedenen Bäder und Kurorte priesen, und erreichten eine braune Tür, die der Beamte öffnete. Im Raum, in welchem auf einem Tisch ein Fernschreiber und eine Reihe Telefone standen, kam ihnen ein Mann mit einer roten Schirmmütze entgegen.

Der Fremde blieb stehen. Er schaute sich um, aber der Beamte, der ihn hergeführt hatte, war schon wieder aus dem Zimmer gegangen. Ein wenig unsicher sah er den

Stationsvorsteher an, der ihn ohne ein Wort zu einem Sessel führte und in die Polster drückte.

»Zigarette?« fragte der Stationsvorsteher dann und hielt dem Fremden eine Schachtel hin.

»Danke.« Der Fremde nahm sich eine heraus und zündete sie an. In tiefen, fast durstigen Zügen rauchte er eine Weile stumm, ehe er aufschaute und den Kopf schüttelte »Was soll das?« fragte er erstaunt.

»Ich habe Sie beobachtet«, erwiderte der Stationsvorsteher. »Als Sie aus dem Zug von Helmstedt stiegen, dachte ich mir: Das ist ein Heimkehrer. Der hat Rußland hinter sich ... die Hölle der Gefangenschaft ... Und jetzt kommt er, jetzt ... jetzt, nach 10 Jahren...«

»Nach 12 Jahren«, unterbrach ihn der Fremde. »Ich kam schon 1943 in Gefangenschaft. Bei Orscha. War dann in Sibirien, am Eismeer, im Ural, in Moskau...« Er machte eine wegwerfende Handbewegung, als wolle er die Erinnerung löschen. »Schwamm drüber. Hauptsache, man ist wieder in der Heimat.«

»Sie haben Verwandte?« fragte der Beamte und setzte sich auch.

»Ja. Ich bin aus Minden. Habe dort eine nette, hübsche Frau, die Lina, und einen Jungen. Warten Sie mal, « er zählte an den Fingern nach – »15 Jahre muß der Bengel jetzt sein. Als ich ihn zum letzten Mal sah, konnte er gerade ›Papa‹ sagen.« Er lachte leise vor sich hin und rieb sich die Hände. »Was werden die staunen, wenn ich plötzlich vor ihnen stehe, – die Lina und der Peter! Die Lina fällt bestimmt in Ohnmacht! Sie war immer so zart, und ein wenig am Herzen hatte sie es auch.«

»Ihre Frau weiß nicht, daß Sie kommen?«

Der Fremde schüttelte den Kopf. »Woher denn? Zwölf Jahre habe ich schweigen müssen – Postverbot und solche Scherze. Nun überrasche ich sie.« Er schaute dem Qualm seiner Zigarette nach und fuhr fort: »Ein treues Mädchen, meine Lina, das sage ich Ihnen. Ich bin sicher, daß sie die ganzen Jahre brav auf mich gewartet hat, auch wenn ich nicht geschrieben habe ... sie hat gewartet. Das weiß ich. Das hat man so im Gefühl, wenn man im Ural bis zum Bauch im eisigen Wasser steht. Das hält einen aufrecht, das gibt einem Mut und Kraft ... Wir wären verloren gewesen, wenn wir nicht diesen Glauben an die Heimat gehabt hätten...«

Der Stationsvorsteher nickte und schüttete ein Gläschen Kognak ein, das der Fremde gierig schlürfte. »Anders als Wodka oder Knollenschnaps«, bemerkte er schmatzend.

»Ich wollte mit Ihnen sprechen«, sagte der

Beamte ein wenig stockend. »Sie sind erst wenige Stunden in Deutschland. Es ist nicht mehr die Heimat, die Sie verließen. Hunderttausende Häuser hat man zerbombt, Millionen sind obdachlos geworden. Millionen waren auf der Flucht vor Flammen und Hunger. Und auch Minden ist nicht verschont geblieben...«

»Das weiß ich.« Der Fremde nickte. »Aber der Lina ist nichts passiert, das fühle ich. Und eigentlich muß sie auch wissen, daß ich lebe. Ich habe ihr nämlich vor 4 Jahren eine Nachricht zukommen lassen. Da ist ein Freund von mir entlassen worden, weil er krank wurde. Heinrich Korngold heißt er und wohnt auch in Minden. Er hat ihr bestimmt mitgeteilt, daß ich lebe, und das wird ihr Mut gegeben haben, zu warten...«

Er verstummte und gab sich inneren Betrachtungen hin. Er sah das Haus vor sich, etwas außerhalb der Stadt, - er hatte es sich selbst gebaut, denn er war ja Maurer und wußte, wie ein nettes, gemütliches Heim aussehen mußte, in dem man mit einer jungen, hübschen Frau glücklich sein konnte. Das Haus hatte einen kleinen Rosengarten und einen größeren Gemüsegarten mit ein paar Apfel- und Kirschbäumen, es hatte grüne, glänzende Schlagläden und einen halbhohen Zaun vor dem Kiesweg, der zur Haustüre führte. Und innen war alles so sauber und nett, so gemütlich und warm ... ja, die Lina war eine gute Frau, die es verstand, einem das Leben schön zu machen. Und als dann der Peter gekommen war, das süße, goldige Wesen, das er als Soldat leider nur im Urlaub gesehen hatte, da hatte das Glück keine Grenzen mehr gekannt, und er hatte oft gesagt, daß er mit dem Leben mehr als zufrieden sei...

Er schreckte auf und drückte die Zigarette aus.

»Ich war abwesend«, sagte er zum Stationsvorsteher. »Wissen Sie, ich kann es noch nicht richtig fassen, daß ich wieder zu Hause bin...«

Die Tür ging auf, einer der Fahrdienstleiter trat ein. »Der Zug nach Minden fährt ein«, meldete er. Daraufhin erhob sich der Heimkehrer und drückte dem Stationsvorsteher die Hand.

»Ich danke Ihnen für die Zigarette und den Kognak«, sagte er. »Es war die erste deutsche Zigarette nach langem.« Er warf sich seinen Sack auf den Rücken und wandte sich zur Tür. Dort drehte er sich noch einmal um und sagte: »Es wäre nett, wenn Sie mir 'mal schreiben könnten. Fritz Bergschulte heiße ich, Minden, Ulmenstraße 14.«

Draußen traf er noch einmal mit dem Beamten zusammen, der ihn zu dem Stationsvorsteher geführt hatte.

»Sag einmal, Kamerad«, fragte er ihn, »weißt du, warum mich der Vorsteher rufen ließ?«

»Hat er dir das nicht gesagt?« Der Beamte wunderte sich. »Er hat doch selbst noch einen Sohn in Rußland...«

Tief in Gedanken ging Bergschulte zum Bahnsteig und sah dem heranfahrenden Zug entgegen, dessen Scheinwerfer in der Nacht wie zwei glühende Augen auf ihn zukamen. Fauchend und quietschend hielt der Zug, die Türen der hellerleuchteten Abteile sprangen auf, der Schaffner rief die Station aus. Umständlich, behindert durch seinen unförmigen Sack, kletterte Fritz Bergschulte in einen Waggon, suchte ein Abteil und drückte sich in eine Ecke.

Morgen früh bin ich in Minden, dachte er, und es durchrieselte ihn heiß, wenn er sich Linas rote Lippen vergegenwärtigte und ihre weichen, weißen Arme, die sie immer um seinen Hals geschlungen hatte, wenn er sie geküßt hatte.

Küssen! Eine Frau küssen! Zwölf lange Jahre war dies der Traum in den Erdhütten von Sibirien, in den Baracken von Ufa, in den Eishöhlen bei Archangelsk gewesen. Die Wärme eines weiblichen Körpers an sich spüren, das Drängen eines jungen Leibes ... Fritz Bergschulte schloß die Augen, weil das Licht über ihm ihn blendete und er das Dunkel vorzog, wenn er an Lina und ihre Liebe dachte...

Ratternd durchbrauste der Zug wie eine glühende Schlange die nächtliche Landschaft. Über die Weichen und Ansatzstücke rumpelten die Wagen und unterbrachen immer wieder den Schlaf der Reisenden. Fritz Bergschulte fröstelte es, und er legte den Sack auf seine Knie. Dann sank ihm der Kopf nach vorn, und auch er schlief ein.

Eine grelle Morgensonne spiegelte sich in den Scheiben der Abteilfenster und weckte Fritz Bergschulte. Der Zug durcheilte die Ebene entlang des Mittellandkanals und befand sich zwischen Stadthagen und Bückeburg auf der Höhe von Kirchhorsten. Es dauerte eine Zeit, bis sich Bergschulte besann, wo er sich befand; bis er sich erinnerte, wie er schlaftrunken in Hannover umgestiegen und sofort wieder auf dem Sitz eingeschlafen war. Nun kam ihm die Gegend bekannt und vertraut vor. Obernkirchen ... Mein Gott, der Zug war ja gleich in Minden...

Er stand auf und strich sich mit der Hand über den Kopf. Erschreckt hielt er inne. Der Schädel war ja kahl – stoppelig fühlte er sich an, hart, voller Stacheln, wie der eines Igels. Er setzte wieder seine Mütze auf und blickte aus dem Fenster, hinaus auf die draußen vorbeifliegende Landschaft.

Mittellandkanal ... Weser ... Die Hügel, wo er als Kind immer gewesen war und Steine in das Wasser geschleudert hatte. Und dort, - er beugte sich vor -, dort war der kleine Weserknick, wo er immer mit seiner selbstgebastelten Angel gefischt hatte. Die dicksten Barsche gab es da, und er hatte dieses Geheimnis gehütet vor allen Freunden, die ihn immer um seine guten Fänge beneidet hatten. »Das kommt von den Fliegen«, hatte er ihnen vorgelogen. »Ich fange die dicksten Brummer und hänge sie an den Haken.« Und von da ab war kein Brummer mehr sicher gewesen und alle hatten sich in die Kuhställe der Bauern geschlichen, wo es ganz besonders dicke Exemplare gab...

Fritz Bergschulte lächelte. Die Jugendzeit. Und jetzt ist mein Peter genau so alt und heckt neue Streiche aus, dachte er glücklich. Was werden sie sagen, wenn ich vor der Tür stehe und sage: »Hier bin ich!« Der Peter kennt mich ja nicht einmal ... Auf den Hängen, im Morgendunst und aufsteigenden Taunebel, tauchte die herrliche Porta Westfalica auf. Dunkel hob sich der Sandsteinsockel mit der hohen, halbrunden, offenen Halle und dem Denkmal Kaiser Wilhelms I. gegen den lichtblauen Himmel des Morgens ab. Dann verschwand das schöne Bild wieder hinter einer Biegung, und die ersten Häuser und Laubenkolonien der Stadt Minden wurden sichtbar.

Eine fiebernde Erregung erfaßte Fritz Bergschulte. Er stand am Fenster und trommelte an die Scheibe. Tramm-tramm-tramm-tramm-tramm-tramm – klang es laut. Das Herz zuckte in der Brust, der Atem ging beklommen.

Minden Hauptbahnhof ... ein Schild huschte vorbei, das erste Blockhaus ... das Weichenhaus, das Stellwerk ... die Halle tauchte im Morgendunst auf ... Die grauen, langen Bahnsteige waren an diesem frühen Morgen noch leer. Nur vereinzelte Menschen, die beruflich so früh mit der Eisenbahn fahren mußten, standen schläfrig herum und schauten dem einfahrenden Zug entgegen.

Mit einem leichten Ruck hielt dieser. »Minden!« tönte es aus dem Lautsprecher. »Minden! Nach Uchte umsteigen! Nächster Anschluß...« Der Lautsprecher gab dröhnend die Anschlußzüge bekannt, ein Mitropawagen lief auf Gummirädern den Zug entlang und bot starken Bohnenkaffee an.

Wie benommen stand Fritz Bergschulte am Fenster. Er vergaß auszusteigen ... eine unerklärliche, würgende Angst hielt ihn ab, die Türe zu öffnen und auf den Bahnsteig hinunterzuspringen. Jetzt, da er zu Hause war, da er Lina und Peter in einer halben Stunde sehen konnte, jetzt brach Fritz Bergschulte innerlich zusammen. Was Sibirien nicht vermocht hatte, das vollendete die Rückkehr in die Heimat - der knochige, abgehärmte, ausgemergelte Mann stand am Fenster und fühlte, wie ihm die Tränen über die eingefallenen, unrasierten Backen liefen, hörte, wie er zu schluchzen begann, und hatte Mühe, sich an den Ledergurt des Fensters zu klammern, um nicht umzusinken.

Minden! Zu Hause! Nach zwölf Jahren zu Hause...

Nun zwang er sich doch, den Sack zu ergreifen und auszusteigen, weinend und schluchzend. Die Leute auf dem Bahnsteig sahen es, auch sie würgte es in der Kehle, aber sie waren taktvoll genug, dem Mann schweigend den Weg freizugeben und ihn nicht mit sinnlosem Gequatsche zu belästigen.

Und dann stand Fritz Bergschulte vor dem Bahnhof auf der Straße. Reger Verkehr flutete an ihm vorüber. Den größten Krach machten die rasselnden und klingelnden Straßenbahnen. Er wartete auf die Linie 9. Als sie kam, versäumte er aber fast das Einsteigen. Sie klingelte schon wieder ab. Im letzten Moment sprang er auf das Trittbrett und drängte sich mit seinem Sack in das

Innere des Wagens.

»Einmal bis Ulmenstraße«, sagte er zum Schaffner. Dann starrte er aus dem Fenster.

Die ihm bekannten Straßen lagen in der hellen Morgensonne. Vieles hatte sich geändert - aber manches Alte war auch erhalten geblieben. Erinnerungen lebten auf.

Noch zwei Stationen, durchzuckte es ihn. Noch fünf Minuten, dann stehst du vor Lina und deinem Peter.

Jetzt noch 3 Minuten ... Lina wird aufschreien ... Ich hätte ihr vielleicht doch telegraphieren sollen ... Oder sie vom Bahnhof aus anrufen sollen. Und der Peter wird fragen: »Wer ist der fremde Mann, Mutter...?«

Fritz Bergschulte preßte beide Fäuste gegen die Schläfen.

Das Herz begann zu pochen, in den Ohren brauste es.

Ulmenstraße.

Wie im Traum stieg er aus. Seinen Sack auf dem Buckel, blieb er an der Ecke stehen.

Er wagte nicht gleich, in die Straße hineinzugehen...

Das Haus Ulmenstraße 14 lag in einem kleinen Vorgarten, den kleine Rosenstöcke, schöne, mit weißen Steinen eingefaßte Beete mit bunten Frühlingsblumen und eine weiß gestrichene Bank neben der hellen

Eichentür des Hauses zierten. In dieser stillen Gegend am Rande Mindens konnte man an den Abenden beschaulich in einem Vorgarten sitzen und eine Zigarre rauchen, ohne den Charakter einer Großstadt sonderlich zu stören. Das Haus selbst, mit spitzem Giebel und eineinhalb Etagen hoch, war neu verputzt und glänzte in der Sonne, als sei es eben erst erbaut worden. Die hellgrünen Fensterläden an den Parterrefenstern mußten vor ganz kurzem erst zurückgestoßen worden sein - man sah das daran, daß sie noch nicht mit den Haltebolzen an der Hauswand befestigt waren.

Fritz Bergschulte stand vor seinem Haus auf der Straße und betrachtete es lange und mit wild schlagendem Herzen.

Sie sind eben erst aufgestanden, dachte er. Lina wird jetzt den Peter waschen und den Kaffee kochen. Und das Haus haben sie verputzen lassen, sie haben Rosen gepflanzt und ein Steinbeet angelegt. Wie sauber das alles aussieht, wie gepflegt. Die Lina ist wirklich eine gute, eine herrliche Frau, auf die man sich verlassen kann, auch, wenn man zwölf Jahre verschollen ist.

Er stützte sich auf seinen Sack und kratzte sich den stoppeligen Schädel. Ob ich einfach hingehe zum Haus und schelle?, grübelte er weiter. Oder ob ich an die Fenster klopfe? Ob ich einfach in den Garten hinters

Haus gehe und rufe, so, wie ich es immer tat, wenn ich die Beete umgrub und etwas zum Trinken wollte? »Linchen! Pappi hat Durst...!«

Fritz Bergschulte lächelte und nahm seinen Sack auf. Leise öffnete er die Vorgartentür, betrat den Kiesweg und ging um das Haus in den Garten. Ein wenig erstaunt blieb er stehen, denn aus dem Gemüsebeet war eine saftige Wiese geworden, und dort, wo das Mistbeet lag, stand jetzt ein kleines Gartenhaus, bunt, ein wenig luxuriös, dennoch gemütlich.

Die Lina, dachte Fritz und schüttelte den Kopf. Hatte ja immer den Drang, ein wenig mehr zu sein, als sie war - aber deswegen gleich ein Gartenhaus, wo Gemüse heute doch viel wichtiger ist? Wer weiß, wann ich eine Stellung bekommen werde, und bis dahin heißt es, sich krumm zu legen und jeden Pfennig zu sparen.

Er lehnte den Sack an die hintere Hauswand, trat dann auf die Wiese, schob die Mütze in den Nacken und begann, laut zu pfeifen. Es waren keine schönen Töne, die er hervorbrachte, denn seine Kehle war trocken, das Herz schlug ihm rasend, und seine Hand zitterte, als er jetzt die dicke Steppjacke aufknöpfte.

Jetzt kommt Lina, dachte er und spürte, wie es heiß durch seinen Körper rann. Jetzt kommt sie und schreit auf ... kann es nicht glauben und wird weinen...

Im Inneren des Hauses ging eine Tür, Fritz Bergschulte drehte sich herum, die Tür zum Garten wurde geöffnet - und ein mittelgroßer, eleganter Herr in einem weiten, seidenen Morgenmantel stand auf den Stufen, die hinab zu der Wiese führten. Er betrachtete den schmutzigen, kahlgeschorenen und zerrissenen Mann in seinem Garten mit einem längeren, fragenden, abschätzenden Blick und näherte sich dann Fritz Bergschulte.

Dieser hatte die Arme, die er leicht zum Empfang Linas erhoben hatte, sinken lassen und stand starr, einem Steinblock gleich, inmitten des Gartens, und eine fahle, totenähnliche Blässe überzog sein verhärmtes Gesicht und gab ihm das Aussehen eines lebenden Leichnams.

Der Herr im Seidenmantel blieb drei Schritte vor Fritz Bergschulte stehen und nickte grüßend mit dem Kopf.

»Dr. Schrader«, sagte er mit einer tiefen, sonoren Stimme. »Mein Garten interessiert Sie?«

»*Ihr* Garten?« stotterte Bergschulte und schaute sich um. »Das ist hier doch Ulmenstraße 14?«

»Allerdings.«

»Und dieses Haus...«, er schluckte ... »dieses Haus ist doch mein Haus…«

Dr. Arnulf Schrader gab darauf keine Antwort. Er schien ein wenig peinlich berührt zu sein und zeigte auf die offenstehende Tür.

»Bitte, kommen Sie doch herein…«

Fritz Bergschulte hob die Hand, die schmutzige, rissige, in Sibirien und dem Ural abgeschundene Hand und wehrte schwach und zitternd ab.

»Wo ist meine Frau?« fragte er. »Wo ist Lina?«

»Lina?« Dr. Schrader zuckte die Schultern und strich sich über die gepflegten Haare, auf deren graumeliertem Scheitel die Sonne lag. »Verzeihen Sie, mein Herr, ich bedauere, Ihre Frau nicht zu kennen.«

»Aber … aber…« Fritz Bergschulte riß die Mütze vom kahlen Kopf und schaute wie irr um sich. »Das ist doch mein Haus, mein Garten. Ich habe es doch selbst gebaut. Ich bin Bergschulte«, stieß er hervor. »Fritz Bergschulte. Und ich will wissen, was mit meiner Frau und meinem Kind geschehen ist.«

Dr. Schraders Augen wurden groß, dann traten in seinen Blick Entsetzen, Mitleid, Schmerz und Trauer. Er legte dem Heimkehrer die Hand auf die Schulter und wagte kaum, ihm in die Augen zu sehen.

»Herr Bergschulte«, sagte er leise. »Sie sind zurückgekommen. Das ist ja schrecklich…«

»Das ist schrecklich?« stammelte Fritz.

»Verstehen Sie mich nicht falsch. Seit drei Jahren sind Sie für tot erklärt. Ihre Frau hat dieses Haus an mich verkauft und ist nach Vlotho verzogen. Sie war gezwungen dazu, sagte sie mir. Mehr weiß ich auch nicht.«

»Lina? Das Haus verkauft? Nach Vlotho?« Fritz Bergschulte lehnte sich gegen den Stamm eines Baumes und bedeckte die Augen mit beiden Händen. »Wie konnte sie das tun!«

»Sie müssen das verstehen«, sagte Dr. Schrader. »Jahrelang keine Nachricht, immer warten ... warten ... Man hofft, man setzt die Suchdienste in Bewegung, man unternimmt alles, um zu erfahren, ob der Vermißte noch lebt. Und immer mehr reift die schreckliche Gewißheit: Alle sind zurückgekehrt ... die Kameraden, die Freunde, die Nachbarn - nur er, auf den man wartet, er nicht! Und er schreibt nicht...«

»Ich durfte nicht schreiben!« stieß Fritz Bergschulte hervor. »Die Briefe, die ich schrieb, wurden drei Kilometer vom Lager verbrannt. Das habe ich erst jetzt erfahren. Und dann sagte man uns: Seht, eure Angehörigen schreiben euch nicht. Für die seid ihr tot, seid ihr abgemeldet, einfach ausgelöscht. Bleibt hier im Paradies der Werktätigen, tretet in die Fabriken und die Brigaden der Arbeiter ein, werdet Kolchosen-

oder Politmänner. Eure Heimat schweigt, weil sie euch haßt, euch Soldaten. Aber ich habe an Lina geglaubt, war davon überzeugt, daß sie auf mich wartet ... bis heute habe ich das geglaubt ... und Lina verkauft das Haus...«

Dr. Schrader blickte zu Boden. Ob ich es ihm sage, fragte er sich. Ob ich es wagen kann, ihm den letzten Stoß zu versetzen, die ganz große Enttäuschung zu bereiten, die ihn in der Heimat erwartet? Er war sich unschlüssig, wie er es ihm beibringen sollte.

»Es ist da noch etwas«, meinte er zögernd. »Ihre Frau wußte nichts anderes, als daß Sie tot sind.«

»Aber ich lebe doch!« versetzte Bergschulte. »Ich stehe doch hier! Ist denn die Welt irr?«

»Sie stehen hier. Ja. Aber vier Jahre zu spät. Vor vier Jahren erhielt Ihre Frau die Nachricht, daß Sie im Ural an Typhus gestorben seien. Ein entlassener Unteroffizier brachte die Nachricht aus Rußland mit...«

Fritz Bergschulte starrte Dr. Schrader an und setzte dann seine alte Mütze wieder auf den geschorenen Kopf. Ein solches Maß an Hilflosigkeit lag in dieser Bewegung, etwas so Trostloses und Einsames, daß es Dr. Schrader kalt über den Rücken lief.

»Ein Kamerad sagte, ich wäre tot?« fragte Bergschulte leise. »Und Lina glaubte es?«

»Sie mußte es ja. Wer konnte noch zweifeln – nach so vielen Jahren des Schweigens?«

»Und jetzt bin ich tot?«

»Vor dem Gesetz ja.«

»Und ich kann nichts tun? Ich kann mein Haus, jetzt, da ich lebe, nicht wiederbekommen?«

»Leider nein. Ihre Frau hat nach Ihrem Tod das Alleinerbe angetreten. Ein Testament dieses Inhaltes lag ja vor.«

»Ja.«

»Und sie handelte als Erbin frei nach ihrem Ermessen. Das ist rechtsverbindlich. Was Sie können, ist lediglich, Ihre Todeserklärung rückgängig zu machen und ein neues Leben anzufangen ... als ein neuer Fritz Bergschulte.«

Der lebende Tote wischte sich über die Augen und ging an Dr. Schrader vorbei zu seinem Sack, wuchtete ihn auf den Rücken und drehte sich dann langsam wieder um.

»Ich danke Ihnen, Herr Dr. Schrader«, sagte er müde. »Ich habe nie gewußt, was ein Mensch fühlt, der stirbt ... jetzt weiß ich es...«

Er setzte sich in Bewegung und ging mit müden, kleinen Schritten um das Haus herum durch den Vorgarten auf die Straße hinaus. Sorgsam, als sei sie noch sein Eigentum, zog er die kleine Lattentür ins Schloß.

Dr. Schrader sah ihm nach, bis er an der Ecke der Straße seinem Blick entschwand. Ihn fröstelte plötzlich in seinem eleganten Seidenmantel und den Chevreau-Pantoffeln. Mit gesenktem Kopf ging er zurück in das Haus und setzte sich hinter seinen breiten Schreibtisch.

»Ein Schicksal mehr«, sagte er leise zu sich selbst und schob die Aktenstücke der an diesem Tage zum Termin anstehenden Prozesse zur Seite. »Er wird einen starken Willen haben müssen, um an dem nicht zu zerbrechen, was ihn noch erwartet...«

Franz und Emma Stahl, die Eltern von Lina Bergschulte, wohnten in einer der Häuserblock-Kolonien, die Baugenossenschaften am Rande Mindens errichtet hatten und kinderreichen Familien oder den Arbeitern der umliegenden Werke zugesprochen waren. Es waren kleine, gemütliche Wohnungen von zwei oder drei Zimmern, mit einem schmalen Streifen Garten hinter dem Haus und einer großen Gemeinschaftswaschküche.

Franz Stahl, dem sein Schusterberuf in den langen Jahren den Rücken etwas krumm gezogen hatte, saß gerade am Kaffeetisch und ließ sich von seiner dicklichen Frau Emma ein knackfrisches Brötchen mit Honig schmieren, als es draußen an der Flurtür schellte. Unwillig ließ er die Morgenzeitung sinken und blickte auf die Uhr.

»Wenn es einer von diesen Vertretern ist – wir brauchen nichts, Emma«, sagte er so laut, daß es auf der Treppe zu hören war, denn Emma Stahl machte zugleich die Tür zum Korridor auf und trat aus dem Zimmer. Dann hörte er das Herumdrehen des Schlüssels, hörte, wie die Tür geöffnet wurde, und zuckte zusammen, als ein unterdrückter Schrei durch die Wohnung schallte.

Er sprang auf, lief hinaus und prallte fast mit Emma zusammen, die ihm leichenblaß durch die Diele entgegenwankte, gefolgt von einem kahlgeschorenen, zerlumpten Mann mit einem Gesicht wie von einem Totenschädel.

»Fritz!« Franz Stahl fuhr sich mit beiden Händen an den Kopf und stand da wie vom Blitz getroffen. »Fritz ... du lebst...?«

»Leider.« Der Heimkehrer blieb in der Diele stehen und setzte den Sack auf den Kokosläufer des Flures. »Was ist mit Lina?« fragte seine tonlose Stimme. Seine Augen brannten in den tiefen Höhlen. Wie ein hungriges, gehetztes Tier sah er aus.

Franz Stahl ergriff ihn am Ärmel und schob ihn vor sich her in die Küche. »Komm erst einmal 'rein«, sagte er dabei. »Hast du Hunger? Mutter, mach ihm einen Berg

Brote.«

»Nein, danke. Laß. – Ich war zu Hause…« Er lachte bitter. »Mein Zuhause hat Lina verkauft…«

»Du warst tot.« Franz Stahl setzte sich an den Tisch und schob seinen Teller mit dem Honigbrötchen von sich weg. Fritz Bergschulte stand mitten im Raum, fremd, wie hinter Glas, ausgelöscht … tot…

»Was sollte Lina tun?« fragte der Alte weiter. »Die Unterstützung war minimal. Arbeit? Sie hatte ein kleines Kind. Außerdem ist sie krank geworden, sehr krank, als sie erfuhr, daß du im Ural gestorben bist. Sie konnte nicht mehr arbeiten. Da blieb nur das Haus…«

»Und jetzt ist sie in Vlotho?«

Die beiden Alten blickten sich kurz an. Dann nickte Franz Stahl. »Ja. Sie hat jetzt eine nette Wohnung.«

»Und was tut sie?« Fritz Bergschulte fühlte, daß man ihm etwas verschwieg, daß da noch etwas war, was alles Bisherige übertraf. Er fühlte ein Grauen über sich kommen, aber mit zusammengebissenen Zähnen wollte er es ertragen, ohne umzusinken. Zwölf Jahre Rußland, dachte er hart. Sibirien, Ural, Bleibergwerk, Uranabbau, Kolchosen, den Stiefel im Nacken und die Bestie Mensch täglich um dich. Was kann es in Deutschland Schlimmeres geben, was kann da einen noch erschüttern, wenn Sibirien einen nicht in die Knie zwang?

Franz Stahl schaute zu Boden und wagte nicht, den Blick zu erheben. Emma stand am Herd und brachte es nicht fertig, sich umzudrehen. Angestrengt rührte sie in einer Milchsuppe.

»Lina sorgt gut für deinen Jungen, den Peter«, sagte Franz Stahl leise. »Sie ist eine gute Mutter. Sie hat jetzt auch einen guten Mann...«

Fritz Bergschulte schüttelte den Kopf, als habe er nicht verstanden, was sein Schwiegervater sagte.

»Was hat sie?« fragte er tonlos.

»Einen guten Mann, Fritz. Du mußt bedenken, du warst offiziell tot. Lina wußte es von einem Kameraden, in dessen Armen du angeblich gestorben warst. Und dann kam die Not, die Währungsreform, alles krachte zusammen, die Ersparnisse, das Haus kostete unheimliches Geld, der Junge wollte auf die höhere Schule. Da hat sie das Haus verkauft und wenig später wieder geheiratet.«

»Geheiratet? Lina hat ... geheiratet?« Fritz Bergschulte taumelte gegen die Wand und hielt sich am Küchenschrank fest. »Ich habe also richtig gehört...«

»Sie war doch Witwe«, sagte Franz Stahl leise. »Sie hatte eine amtliche Todeserklärung in Händen. Und der Junge brauchte einen Vater, sie selbst ein Heim, in dem sie sich geborgen fühlte. Es ging ja um die Zukunft, nicht um die Vergangenheit. Und du warst, wie gesagt, tot.«

»Aber ich lebe doch!« schrie Fritz Bergschulte. »Hier stehe ich! Fühlt mich doch an, hört mich doch sprechen! Ich bin es! Ich will meine Frau wiederhaben, ich will mein Kind haben, mein Haus, mein Geld, mein Glück, mein Leben! Zwölf Jahre habe ich davon geträumt, zwölf Jahre habe ich im Schlamm des Urals gestanden, habe am Eismeer Gräben gezogen, bis mir die Hände abfroren, habe im Bergwerk ohne Schutz das Blei geborgen und wurde geschlagen, getreten und mit Hunger mürbe gemacht. Aber wenn ich dann auf meinem Bett lag, unter der dünnen, zerschlissenen Decke, bei 30 Grad Kälte, wenn ich vor Frost zitterte und mich in den Schlaf fror, dann sah ich Lina vor mir, das Haus, den Peter. Und ich habe die Zähne zusammengebissen und mir gesagt: Durchhalten, Mensch, durchhalten! In der Heimat warten sie auf dich!«

»Du hast nie geschrieben.« Franz Stahl schluckte, seine Stimme war heiser. »Jetzt ist mir klar, daß es Schweigelager gab und du nicht schreiben konntest. Aber damals, als der Unteroffizier kam und Lina sagte, du seist tot, da mußten wir es doch glauben.«

Fritz Bergschulte nickte. Sie hat es geglaubt, hämmerte es durch seinen Kopf. Sie hat an meinen Tod geglaubt und einen anderen Mann geheiratet. Oh, warum bin ich nicht in Rußland geblieben, warum bin ich nicht wirklich tot? Denn das hier, das ist ja noch viel furchtbarer als der Tod ... leben und doch für die Welt tot sein...

»Wer ... wer ist der neue ... Mann Linas?« fragte er unter der größten Anstrengung. Die Worte tropften aus seinem Mund, als seien sie bitterste Galle.

Franz Stahl blickte zu seiner Frau Emma, die stumm am Herd stand und leise vor sich hinweinte.

»Es ist der Unteroffizier, der die Todesnachricht brachte. Er hat sich von dem Tage an rührend um Lina gekümmert.«

»Und wie ... wie heißt er?«

»Heinrich Korngold.«

»Nein!« Mit einem grellen Schrei stürzte Fritz Bergschulte auf den Alten zu, erfaßte ihn an den Rockaufschlägen, zog daran und stierte ihn an. Seine Augen traten aus den Höhlen. »Sag, daß das nicht wahr ist, Vater! Sag, daß er anders heißt! Du! Du! Rede doch! Sprich doch! Er heißt nicht Korngold! Nicht wahr? Ich habe dich falsch verstanden! Er heißt anders, so ähnlich ... aber nicht Heinrich Korngold aus Essen...«

Franz Stahl sank auf den Stuhl zurück, als ihn Fritz Bergschulte wieder losließ, und begann zu zittern.

»Heinrich Korngold aus Essen...« stammelte er. »Schlag mich tot, Fritz ... er ist es...«

Stöhnend begrub Bergschulte sein Gesicht in seinen Händen. Er sank auf dem Sofa am Fenster in sich zusammen und schlug mit dem Kopf auf die Lehne.

»Lump!« brüllte er, und seine Stimme war rauh, als müsse sie jeden Augenblick zerbrechen. »Lump! Lump!« Er fuhr auf und streckte beide Hände nach den alten Leuten aus, die entsetzt zusammenstanden und Angst vor ihm hatten. »Heinrich Korngold wurde vor mir entlassen. Er aß neben mir, schlief neben mir, er war neben mir im Bergwerk, neben mir im Ural, in Sibirien, an der Murmanbahn. Er war mein bester Kamerad.« Grell lachte Bergschulte auf und bog sich vor Lachen, als erzähle er einen vorzüglichen Witz. »Als er entlassen wurde, bat ich ihn, zu Lina zu gehen. Ich gab ihm ihre Adresse, gab ihm einen Brief mit, den er sich in das Schulterpolster der Jacke einnähte, um ihn durch die Kontrolle zu bringen, und ich sagte ihm: ›Geh zu meiner Frau und bestelle ihr: Ich lebe! Ich komme wieder! Ich halte durch! Sie soll an mich glauben, wie ich an sie glaube.‹ Und dann drückte er mir die Hand und fuhr aus dem Lager ab. ›Ich werde deine Frau trösten‹, sagte er noch. ›Komm bald nach, Fritz!‹ Und ich habe ihm nachgeblickt mit allen Wünschen und Hoffnungen, die ich hatte...«

»Und uns hat er gesagt, du seist in seinen Armen an Typhus gestorben«, sagte Franz Stahl. »Und Lina glaubte ihm, mußte ihm glauben, denn du hast in all den folgenden Jahren geschwiegen – wie ein Toter.«

Fritz Bergschulte nickte. Er hatte die Augen geschlossen, als müsse er in sich hineinblicken, um zu erforschen, was er jetzt zu tun habe. Der letzte Schlag war tief gegangen, tiefer in die Seele und an das Mark seines Lebens, als zwölf Jahre Schrecken und Grauen in den Eiswüsten des russischen Nordens. Das Haus verkauft, Lina nicht mehr die Seine, er selbst verraten von dem einzigen Freund, den er zu haben geglaubt hatte, verkauft, verleugnet, in den Akten der Gerichte und im Herzen der Frau ermordet, für tot erklärt und rechtlos gemacht ... Der Kamerad an seiner Seite ... Einen bess'ren find'st du nicht...

Grauenhaft schrill klang sein Lachen, als er an das Lied denken mußte. Unbewußt, mechanisch nahm er die dampfende Tasse Kaffee, die ihm Emma Stahl reichte, und trank sie in durstigen, langen Zügen aus, nicht achtend, daß er sich die Zunge verbrannte. Ebenso mechanisch, völlig abwesend, aß er vier Brötchen mit Camembert-

Käse und Cervelatwurst, trank er auch einen Korn, den ihm der Schwiegervater reichte, und lehnte sich dann auf dem Sofa weit zurück.

»Was willst du nun machen?« fragte Franz Stahl. »Willst du zu Lina gehen?«

Fritz Bergschulte schüttelte den Kopf.

»Für sie bin ich tot. Für alle bin ich tot. Aber mein Kind, meinen Peter, den will ich sehen. Er soll seinen Vater wiederhaben, für ihn bin ich da, lebe ich, will ich schuften und Geld verdienen, will ich alles auf mich nehmen, will ich ein neuer Mensch sein. Mein Kind gehört mir, dem lebenden Fritz Bergschulte.«

»Es wird Kampf geben«, meinte Stahl langsam. »Keine Mutter gibt ihr Kind her.«

»Ich bin der Vater.«

»Du bist tot.«

Hart klang dieser Satz in der stillen Küche. Fritz Bergschulte zuckte unter ihm zusammen wie unter einem Peitschenschlag.

»Ich werde die Erklärung natürlich rückgängig machen«, sagte er fest.

»Und Linas neue Ehe?« Die Stimme Emmas zitterte.

»Was für eine Frage. Sie hat zu mir zu kommen, sie war meine Frau, sie ist es noch immer, denn ich lebe ja. Ich bin zurückgekommen und erwarte nun, daß sie zu mir hält. Aber diesen Kameraden « seine Stimme wurde dunkel und fremd ... »diesen Heinrich Korngold werde ich ermorden...«

»Das tust du nicht!« rief Franz Stahl entsetzt.

»Das tu ich doch!« schrie Fritz Bergschulte wild. »Erwürgen werde ich ihn. Hier «, er streckte die Hände weit aus - »mit diesen Fingern! Er kennt sie, die Finger, - sie haben zusammen mit den seinen das Blei getragen, sie haben die Balken gehalten, die Loren geschoben, sie haben ihn sogar mit meinem letzten Hemd verbunden, als ihm ein großer Stein auf den Oberschenkel fiel! Er muß sich doch schütteln vor Scham und Ekel vor sich selbst, wenn sein Blick auf seine Narbe fällt. Ja, ja - ich werde ihn erwürgen...«

»Und dein Kind? Soll es einen Mörder zu seinem Vater haben?«

»Einen Mörder?« Fritz Bergschulte lachte irr. »Wen will man denn bestrafen? Wen will man denn einen Mörder nennen? Ich bin doch tot!« Er lachte in einem fort und erweckte den Eindruck, als breche er gleich in Wahnsinn aus. »Wer hat denn wen ermordet? Er mich! Dieser Korngold hat mich in den Tod gestoßen, vor dem Gesetz, vor den Richtern, er hat die Hand zum Schwur erhoben und gesagt: ›Fritz Bergschulte ist in meinen Armen gestorben.‹ Und man hat es ihm geglaubt, er hat die arme Witwe geheiratet, der edle, gute Mensch, und alle priesen ihn, achteten ihn, einen Mann, der das getan hat. Deshalb frage ich noch einmal: Wer hat wen ermordet? Ich ihn? Wie kann ein Toter morden? Wenn es ein Gesetz gibt, das Lebende zu Toten erklärt, dann kann es keine gesetzliche Strafe mehr geben für einen solchen Toten, wenn er sich rächt an dem, der ihm das Leben genommen hat.«

Der Heimkehrer war völlig durcheinander. Kein Wunder, daß aus ihm der Irrsinn sprach.

Franz Stahl hatte die Hände gefaltet und sah seinen Schwiegersohn lange an. Tiefes Mitleid stand in seinen Augen. Da sitzt nun ein Mann, dem man sein ganzes Leben raubte, dachte er. Erst die Jugend, denn er war ein junger, frischer Bursche voller Mut und Kraft, Plänen und Tatendrang gewesen, als er in den grauen Rock gesteckt und in den Krieg geschickt worden war. Er hatte sich mit eigener Hände Arbeit ein nettes Haus erbaut, hatte seine Lina, die er wie nichts auf dieser Welt liebte, verehrt. Die Zukunft stand ihm offen, das Leben fürchtete er nicht. Er war glücklich, frei und ein Mann, der lachen konnte. Da war der Wahnsinn über diese Welt gekommen, da hatten die Völker angefangen, sich zu zerfleischen, da sanken die Männer dahin wie Blüten im ersten Frost, und die Tränen der Frauen und Mütter hätten Meere füllen können. Und jetzt saß er da, der junge, hoffnungsvolle Fritz Bergschulte - kahlgeschoren, ausgemergelt, betrogen um Jugend, Frau, Kind, Besitz, Zukunft und Leben, ein Toter nach dem Gesetz, ein Verlorener als Lebender, zerlumpt, ausgestoßen aus einer sibirischen Hölle, ohne Heimat in der Heimat, ohne Hoffnung, ohne Glück ... Ein Opfer des Wahns der Welt...

»Du kannst bei uns wohnen«, sagte Franz Stahl spontan. »Wo willst du denn auch hin? Es gibt keine Wohnung, nicht einmal ein möbliertes Zimmer für einen, der kein Geld und keine Arbeit hat, und es ist auch nicht so leicht, ohne weiteres Arbeit zu finden. Du wirst also bei uns bleiben, bis sich was findet für dich ... das heißt, wenn du willst, Fritz...«

Fritz Bergschulte nickte stumm. Dann stand er vom Sofa auf und ging in der Küche hin und her. Die harten Sohlen seiner klobigen Schuhe dröhnten auf den Dielen.

»Ich habe von der Spätheimkehrerfürsorge 300 DM versprochen bekommen«, sagte er. »Das reicht fürs erste. Einen neuen Anzug und neue Wäsche bekomme ich vom Sozialamt. Das hat man mir in Helmstedt am Sammelpunkt für Heimkehrer gesagt. Und eine Stelle bekomme ich auch. Man braucht doch wieder Maurer...«

»Hoffentlich.« Der alte Schuster zog seinen

Teller wieder zu sich heran und biß in das Honigbrötchen. Es knackte laut und appetitanregend. »Und nach Vlotho zu Lina fährst du nicht?«

»Doch. Morgen.« Fritz Bergschulte blieb am Fenster stehen und trommelte gegen die Fensterscheiben. Drunten auf der Straße vor dem Haus spielten vier Mädchen einen Reigen und sangen mit hellen Stimmen das Reigenlied. »Aber ich werde nicht zu ihr gehen. Ich werde einen Jungen hinaufschikken und sie bitten, mir den Peter zu zeigen. Mein Kind. Und wenn sie es nicht will, werde ich mir mein Kind holen - wenn es sein muß, mit Gewalt...«

Er preßte die Lippen so zusammen, daß sie ein schmaler Strich wurden, und steckte die Hände in die tiefen Taschen.

Als Franz Stahl dann nach dem Morgenkaffee hinüber zu seinem Geschäft ging, in dem zwei Gesellen bereits fleißig die Schuhe besohlten, hatte Emma Stahl schon das kleine Bad gerichtet, und Fritz Bergschulte veranstaltete mit einer großen, harten Bürste Generalreinigung für seinen Körper. Das heiße Wasser, die ungewohnte Anstrengung einer vernünftigen Rasur, das erste richtige Essen nach langer Zeit und die Erschütterung der letzten Stunden machten ihn müde und schlapp. Emma Stahl hatte dies geahnt, und als Fritz aus dem Bad kam, sauber, rasiert, in einen Bademantel Franz Stahls gehüllt, lachte ihn seine Schwiegermutter an und schob ihn in das Schlafzimmer, wo ein frisch bezogenes Bett seiner harrte.

»So, und nun schlaf dich erst einmal richtig aus, mein Junge«, sagte sie bewußt laut, um ihre Rührung zu überdecken. »Wenn du morgen aufwachst, sieht die Welt wieder viel freundlicher aus. Und ich koche dir dann auch dein Lieblingsessen – grüne Bohnen mit Speck und Kartoffeln durcheinander.«

»Danke, Mutter«, sagte Fritz bewegt. Dann schloß sich hinter ihm die Tür.

Langsam trat er vor den großen Spiegel, der eine Tür des breiten Kleiderschrankes bildete. Er ließ den Bademantel von sich fallen und betrachtete seinen nackten Körper im Spiegel.

Hohl, gekrümmt, knochig, mit überdeutlich sich abzeichnenden Rippen sah er sich zum erstenmal in einem solchen Spiegel seit zwölf Jahren. Er sah seinen schrecklichen Kopf, das geschorene Haar, die hohlen, tiefen Augen, die fahle, lederne Haut, die rissigen Lippen, den faltigen Hals, die eingefallenen Schultern und den flachen Brustkorb, den eingesunkenen Leib, die knochigen Hüften, die langen, erschreckend dürren Beine.

Da wandte er sich ab, warf sich auf das Bett und begann, wie ein Kind zu weinen, steckte den Kopf in die Kissen, als könne er den eigenen Anblick nicht ertragen, und schluchzte haltlos und dumpf...

So weinte er sich in den Schlaf, erschöpft, zerschlagen, schlief bleiern den ganzen Tag, die ganze Nacht bis zum nächsten Morgen, ohne Träume, ohne sich zu bewegen. Der Krampf seines Körpers löste sich, die grenzenlose Erschöpfung wich langsam zurückkehrenden Kräften.

Auf Zehenspitzen schlichen Emma und Franz Stahl in der Wohnung umher. Emma schlief in der Küche auf dem Sofa, Franz stellte die Klingel ab, um Fritz nicht durch Besucher wecken zu lassen, und als der Abend kam, saßen sie ernst und bedrückt um den Küchentisch und sahen sich fragend an.

»Was wird aus Lina?« fragte Franz endlich. »Das ist ja furchtbar, Emma...«

»Und der Heinrich hat uns alle belogen. Er wußte, daß Fritz lebt. Er ist ein Schuft«, sagte Emma leise.

»Das arme Kind.« Franz Stahl legte den Kopf in beide Hände. »Die arme Lina. Wenn ich nur wüßte, wie man den beiden helfen könnte...«

»Sie kann sich scheiden lassen«, meinte Emma widerstrebend.

Franz Stahl nickte. »Das kann sie«, sagte er gedehnt. »Aber ob sie das will…?«

Und sie starrten in den Abend hinein, ratlos, erschüttert, gezeichnet von Befürchtungen und Sorgen, zwei kleine, alte Menschen, über denen sich das unaufhaltsame Schicksal zusammenbraute.

## 2

Heinrich Korngold war zu einer Zeit nach Deutschland zurückgekommen, in der man kräftige Leute zum Wiederaufbau suchte und es viele offene Stellen gab. So war er denn auch gleich 14 Tage nach seiner Rückkehr in Vlotho bei einer kleineren Maschinenfabrik als leitender Ingenieur angestellt worden. Er hatte ein gutes Gehalt, einen Dienstwagen, sparte für ein eigenes Auto, besaß eine nett eingerichtete Neubauwohnung mit vier Zimmern und konnte es sich leisten, im Tennisklub und im Schwimmverein der Stadt Mitglied zu sein. Man betrachtete ihn in Vlotho als eine geachtete Persönlichkeit, dessen Gesellschaft man suchte. Daß er die Witwe seines in Rußland in seinen Armen gestorbenen Kameraden heiratete und dessen Sohn wie sein eigenes Kind behandelte, fand Anerkennung und reichte dazu aus, daß er in den Salons der vornehmen Damen als ein Musterbeispiel von Edelmut und Ehrenmann empfunden wurde. Und auch Frau Lina schien an seiner Seite nach all den kummervollen und sorgenreichen Jahren aufzublühen, sie überwand langsam den Schmerz über den Verlust ihres ersten Mannes und führte einen Haushalt, der allgemein als mustergültig angesehen wurde. Ihre kleinen Kaffee-Nachmittage oder Teeabende waren beliebt, und wenn sie mit ihrer frischen Natürlichkeit plauderte, flogen ihr die Herzen der anderen zu. Heinrich Korngold selbst war im Betrieb und namentlich bei den Arbeitern sehr gut angeschrieben - er hatte ein Herz für den kleinen Mann, verteidigte die Rechte der Arbeiter auch der Direktion gegenüber und scheute sich nicht, mit manchem einen Schnaps zu trinken. Außerdem war er ein Könner in seinem Fach und imponierte jedem durch sein Wissen.

Als Frau Lina an diesem sonnigen Maimorgen 1955 den Kaffeetisch abräumte und Heinrich Korngold schon hinüber zur Fabrik gegangen war, der Junge seine Mappe packte, um mit dem Rad zum Gymnasium zu fahren, ahnte keiner von ihnen, daß dies der letzte friedliche Morgen für lange Zeit sein sollte.

Als Peter vor dem Haus auf sein Rad stieg, sah er an der Straßenecke einen fremden Mann stehen, der ihn mit merkwürdig stechenden Augen musterte. Er trug einen etwas zu weiten Fischgrätanzug und einen großkrempigen Hut über dem eingefallenen, knochigen Gesicht. Die ganze Erscheinung dieses Mannes machte den Eindruck, als würde er vor Hunger gleich lang auf die Straße stürzen.

Mit einem Seitenblick schwang sich Peter auf sein Rad und strampelte los. Als er um die Straßenecke bog, wandte er sich noch einmal um und sah, daß ihm der Fremde immer noch nachblickte und seine Arme leicht erhoben hatte, als wolle er ihn zurückrufen. Aber schon zwei Straßen weiter vergaß Peter den fremden Mann, denn Max und Frieder, die beiden Banknachbarn in seiner Klasse, warteten dort schon mit ihren Rädern auf ihn und begrüßten ihn mit lautem Hallo und Geschrei...

Fritz Bergschulte stand vor dem Haus und hatte die Hände in den Taschen. Die Begegnung mit seinem Sohn, der ihn nicht erkannte und auch nicht erkennen konnte, hatte sein Inneres völlig zerwühlt; nun wußte er nicht, was er hier noch sollte, und kam sich auf einmal sehr überflüssig und fehl am Platze vor. Er war ja tot – das sah er jetzt wieder mit erschreckender Deutlichkeit. Man hatte ihn einfach gestrichen. Die Feder eines Beamten auf dem Gericht – ratsch – ein Mensch hat aufgehört zu leben. In den Akten, in den Köpfen, in den Herzen, in den Seelen. Es gab keinen Fritz Bergschulte mehr. Der war in Rußland begraben worden, im dunkelsten Ural. Ein Steinhaufen lag über seinem Grab, und die Krähen von Nowoschinsk saßen am Abend darauf und stritten sich um einen Wurm...

Fritz Bergschulte trat an die Haustür heran und las die Schilder. Parterre P. Barner. I. Stock H. Korngold. 2. Stock V. Sacher.

I. Stock Heinrich Korngold, Ingenieur. Mit Frau und Kind...

Bergschulte ballte die Fäuste in der Tasche. Mit seiner Frau, mit seinem Kind...

Heinrich Korngold, der einen Menschen einfach sterben ließ...

Fritz Bergschulte drückte auf die Klingel. Als das Summen des elektrischen Türöffners ertönte, kam dem verstörten Heimkehrer erst zum Bewußtsein, daß er geschellt hatte, und er war versucht, wie ein kleiner Junge, der mutwillig geklingelt hat, über die Straße zu flüchten. Doch dann riß er sich zusammen, drückte die Tür auf und stieg die breite Steintreppe empor. Ruhe, sagte er sich bei jeder Stufe. Nur Ruhe ... Ruhe ... Ruhe...

Dann stand er vor der Wohnungstür und wartete.

Drinnen in der Wohnung hörte er einen leichten Schritt näher kommen, und er wußte, daß es die Schritte Linas waren. So oft hatte er sie gehört, so oft hatte er von ihnen in der verlausten russischen Baracke geträumt ... dieser leichte, fast scheue Schritt, der den schlanken, biegsamen Körper vorwärtstrug.

Ein Schlüssel drehte sich im Schloß, die Tür wurde geöffnet...

Dann sahen sie sich in die Augen.

Stumm, starr, einer Bewegung nicht fähig, blickte Lina ihren Mann an. Eine gelbweiße Blässe überzog ihr Gesicht, um die schmalen, roten Lippen, welche die Spuren eines Lippenstifts trugen, zuckte es kurz. In ihre Augen trat eine helle Angst - sie flatterten und irrten an dem stummen Mann im Hausflur rauf und runter.

Aber sie sprach kein Wort. Nur ihr Gesicht schrie einen vollkommenen Wirrwarr der Gefühle hinaus. Was sie alles empfand, hätte sie, wäre sie in diesem Augenblick gefragt worden, nicht in Worte fassen können.

»Ich lebe...«, sagte Fritz Bergschulte endlich. Seine Stimme war rauh, zerrissen wie seine Seele beim Anblick seiner Frau. Sein Gesicht war wie aus Stein, als er an ihr herunterblickte und nickte. »Gut siehst du aus...«

»Willst du nicht hereinkommen?« sagte sie. Es war ihr erster Ton, den sie von sich gab.

»In die Wohnung eines Lumpen? Nein!«

»Heinrich ist nicht da...«

»Ich weiß.« Fritz Bergschulte lehnte sich

gegen das Treppengeländer. »Ich habe ihn weggehen sehen. Auch meinen Sohn Peter...«

»Mein Gott.« Linas Hände fuhren entsetzt zum Mund. »Hat er dich auch gesehen?«

»Das wohl. Aber nicht erkannt!« Fritzens Worte waren voll Hohn und Schmerz. »Man hat ihm wohl nie ein Bild seines Vaters mehr gezeigt, was? Der eine Mann ist tot - es lebe der neue Mann! Der eine war bloß Maurer, da muß man sich ja schämen, eine Arbeiterfrau zu sein. Aber der andere ist Ingenieur - warum soll der kleine Junge da wissen, daß sein Vater Ziegel schleppte. In Rußland verreckt - Gott sei Dank!« Und plötzlich wurde seine Stimme scharf, ging sie zum Angriff über. »Aber der Vater lebt, der Tote ist zurückgekommen, und er wird um sein Recht kämpfen!«

»Fritz...« Es war der alte, vertraute Ton, der ihm ins Ohr drang. Dieses »Fritz« hatte sie immer mit dieser merkwürdig singenden Stimme gesagt, wenn sie zärtlich zusammen auf dem Sofa gesessen waren und die Abendsendungen des Rundfunks gehört hatten. Es war für ihn ein Ton, den er immer im Ohr behalten hatte, weil er ihre ganze Liebe zu ihm umfaßte. »Fritz«, sagte sie leise. »Wie sehr hat dich die Gefangenschaft verändert...«

»Nicht wahr?« Er lachte bitter. »Sieht anders aus, der alte Trottel. Kahlgeschoren wie ein Zuchthäusler im Film, bleich, eingefallen, ein lebendes, klapperndes Gerippe. Kann man verkaufen beim Altwarenhändler - Knochen, Lumpen, Papier ... Zwölf Jahre Rußland sind keine Lappalie - zwölf Jahre Hölle gehen nicht spurlos vorüber an einem.«

»Warum hast du nie geschrieben?«

»Das fragst du mich? Geh doch hin zu dem netten Politruk, zum Genossen Kommissar und frag *ihn!* Der gute, edle Mann hat die Post vor dem Lager verbrennen lassen. Aber warum sollte ich auch schreiben? Das hätte ja nur gestört. Inzwischen lief es ja so schön mit Heinrich Korngold - nicht wahr?«

Lina antwortete nicht, sondern zog die Tür weiter auf. »Komm doch 'rein, Fritz«, flehte sie. »Die Nachbarn brauchen das nicht alles zu hören.«

»Die Nachbarn? In die Welt werde ich es schreien: Heinrich Korngold ist schlimmer als ein Mörder! Schlimmer als ein viehischer, gewissenlosr, satanischer Mörder!« Er wischte sich über die Augen und wurde plötzlich still. Sein Körper sank zusammen, und sein zerfurchtes Gesicht wurde kindlich und flehend. »Lina «, sagte er stockend. »Lina ... komm mit.«

»Wohin?«

»Zurück. Erst zu deinen Eltern ... dann werde ich arbeiten, Tag und Nacht, der

Junge soll weiter auf dem Gymnasium bleiben, du sollst weiter schöne Kleider haben, ich werde uns wieder ein Haus bauen. Es soll alles so sein, wie es früher war ... Lina, komm...«

Er hob die Arme. Zitternd wich Lina zurück und verkrampfte die Finger hinter ihrem Rücken. Unwirklich weiß war ihr Gesicht.

»Es geht nicht mehr, Fritz«, sagte sie leise.

»Du willst bei einem Schuft bleiben?«

»Dieser Schuft ist mein Mann...« Sie wankte und lehnte sich gegen den Türpfosten. »Warum bist du nicht früher gekommen ... drei ... vier Monate früher? Jetzt ist es zu spät.«

»Es ist nie zu spät...« Bergschultes Hände formten sich zur Geste der Bitte. »Zieh einen Strich wie ich, Lina. Es gibt keine Vergangenheit mehr.«

»Aber eine Zukunft.« Sie schwankte stärker und hielt sich an der Tür fest. »Ich erwarte in sechs Monaten ein Kind...«

Wie vom Donner gerührt, erstarrte Fritz Bergschulte und verstummte. Dann ließ er seine Hände sinken. Scheinbar eine Ewigkeit lang blickte er vor sich hin ins Leere.

Dann wandte er sich stumm um, ging langsam, Stufe für Stufe wie ein Schlafwandler, die Treppe hinab, klinkte die Haustür auf und trat hinaus auf die sonnenüberflutete Straße.

Oben, an der Treppe, stand Lina und blickte ihm nach. Durch ihren Körper rann eine plötzliche Kälte, als berühre eine Totenhand ihr Blut, zitternd streckte sie beide Arme nach dem stummen Mann aus, der wie eine aufgezogene Puppe vor ihr die Treppe hinabging. »Fritz…« flüsterte sie und spürte ihre Lippen kalt werden wie Eis … »Fritz … bleib doch … Fritz…« Dann drehte sich das Treppenhaus vor ihren Augen, der Treppenschacht schien auf sie zuzukommen, das Geländer ebenfalls, ein helles Brausen war in ihren Ohren und eine fremde Stimme, die laut aufschrie … dann war Luft um sie, die in tiefe Dunkelheit überging.

Mit langen, schleppenden Schritten ging Fritz Bergschulte die Straße hinunter zur nächsten Haltestelle der Trambahn. Er sah nicht nach rechts und nicht nach links, er achtete auf keine Menschen, auf kein Auto, er sah nur den dunklen Asphalt der Straße vor sich und trottete diesem Band nach. Dunkel, dachte er nur, dunkel waren die Wege in Rußland, dunkel das ganze Schicksal, dunkel ist das Leben, und der Tod ist schwarz.

So sah er nicht, wie Heinrich Korngold mit überhöhter Geschwindigkeit an ihm vorbeiraste, hörte nicht das Kreischen der Wagenbremsen, als das Auto um die Ecke schleuderte, und sah nicht das verstörte Gesicht seines ehemaligen Freundes.

Lina verunglückt, schrie es in Heinrich Korngold, während er wie ein Wilder durch die Straßen fegte. Die Nachbarn haben angerufen ... sie ist die Treppe hinuntergestürzt ... mein Gott, und sie trägt ein Kind unter dem Herzen ... mein Kind...

Seine Hände umklammerten das Steuerrad. Der schwere Wagen heulte über den Asphalt. An einer Ecke stand ein Mann in einem Fischgrätanzug und wäre beinahe von ihm in der Kurve mitgerissen worden...

Nur weiter ... weiter ... Lina ist verunglückt –

Mein Gott – ich nehme jede Sühne auf mich, wenn du sie leben läßt...

Als Fritz Bergschulte nach Hause zu den Schwiegereltern zurückkehrte, war von Vlotho aus schon angerufen worden. Weinend traf er Emma Stahl an, während Franz Stahl in der Küche hin und her rannte und Fritz mit einem Hagel von Vorwürfen empfing.

»Du hast sie auf dem Gewissen!« schrie er. »Du hast erst sie umgebracht, und jetzt ist wohl der Heinrich dran! Lernt man in Rußland so gut das Töten? Wärst du doch geblieben, wo du warst! So friedlich lebten wir, bis du auftauchtest! Du bist tot! Begreifst du das denn nicht? Auch wenn du lebst, bist du tot, – für Lina und für Peter und für Heinrich - und für uns!«

Von einem zum anderen blickend, stand Fritz Bergschulte in der Wohnung und schüttelte den Kopf.

»Was ... was ... ist denn?« stotterte er verwirrt.

»Du fragst noch, was ist?« brüllte der Alte.

»Mörder!« schrie Emma und warf sich auf das Sofa, haltlos weinend.

»Du hast die Lina die Treppe hinuntergestoßen!« ergänzte Franz Stahl. »Soeben rief uns Heinrich an. Man hat sie ins Krankenhaus gebracht.«

»Lina ... Die Treppe hinuntergestoßen ... Ich?« Fritz Bergschultes Augen wurden starr und groß. Das Entsetzen weitete sie. Der Schweiß brach ihm aus allen Poren.

»Lina ... die Treppe...« stammelte er noch einmal. Dann riß er den Hut wieder an sich und rannte aus der Wohnung. Auf der Straße sprang er in die Trambahn, fuhr mit ihr schwarz zum Bahnhof und stand an dem Fahrkartenschalter, zerfahren, mit irrem Blick, in der Hand seinen Entlassungsschein aus der Gefangenschaft.

»Ich habe kein Geld«, sagte er zu dem Bahnbeamten. »Ich bin vor vier Tagen erst zurückgekommen. Meine Frau ist in Vlotho

… sie ist vorhin verunglückt … ich muß zu ihr…«

»1,32 Mark«, sagte der Beamte und stempelte an der langen Kartenmaschine die Pappkarte.

»Aber ich hab doch kein Geld!« wiederholte Fritz Bergschulte.

»Dann kann ich Ihnen auch keine Karte geben.«

»Meine Frau ist verunglückt. Ich bin Heimkehrer. Ich muß nach Vlotho.«

Der Beamte sah ihn kurz an und wandte sich zu dem dicken Herrn, der hinter Fritz stand. »Sie wünschen?« Und zu Bergschulte gewandt, meinte er grob: »Gehen Sie! Halten Sie den Betrieb hier nicht auf!«

»Einmal zweiter, Bad Oeynhausen«, hörte Fritz noch, dann verließ er wieder den Bahnhof und lief zur Autostraße, die von Minden nach Oeynhausen führt.

Über eine Stunde stand er am Straßenrand und winkte den eleganten Wagen zu, ihn mitzunehmen. Aber die Herren oder Damen am Steuer beachteten ihn nicht, fuhren an ihm vorbei oder drückten auf die Hupe, wenn er sich ihnen auf der Straße entgegenstellen wollte. Einmal konnte ihn nur ein rascher Sprung vor dem Überfahrenwerden retten, denn der Lenker des schnittigen Mercedes erhöhte bei seinem Winken sogar noch die Geschwindigkeit.

»Bestien! Alles Bestien!« schrie Bergschulte und winkte ... winkte ... »Dafür hat man im Dreck gelegen, dafür hat man in Sibirien ausgehalten, für die Heimat, für die seelenlosen Masken hinter dem Steuer, für die ›Kameraden‹, die einen verraten, kaum, daß man den Rücken kehrte...«

Er spuckte aus und winkte dann weiter ... Eine Stunde ... eineinhalb Stunden ... Endlich hielt ein Lastwagen, und ein Fahrer in Arbeitskleidung beugte sich aus dem Führerhaus.

»Wohin, Kamerad?« fragte er.

Kamerad! Fritz Bergschulte verzog den Mund, als habe er etwas Bitteres geschluckt.

»Nach Vlotho«, sagte er. »Oder bis Oeynhausen. Wie weit du fährst.«

»Schwing dich hinten drauf!« Der Fahrer tippte grüßend an den Schirm seiner Mütze. »Aber laß die Kisten in Ruhe. Ist Sprengladung drin für'n Steinbruch.«

Fritz Bergschulte kletterte auf den Lastwagen und setzte sich auf die Kisten mit dem Sprengstoff. Wie komisch das doch ist im Leben, dachte er. Vor einigen Jahren saß man auch auf Kisten mit Handgranaten im Graben und da hieß es nicht, seid vorsichtig, sondern im Gegenteil, das wäre als Feigheit ausgelegt worden. Die Welt war doch ein Narrenhaus, daran gab's keinen Zweifel.

Der Wagen schaukelte über die Straße,

weich nahm er die Kurven, vorsichtig und gut ausgefahren. Denn hinten auf der Pritsche lag der Tod, der vieltausendfache Tod, und er sah gar nicht grausam aus, sondern nur wie ein weißes, körniges Pulver in kleinen Säcken und spitzen, hellen Metallhülsen…

In Vlotho sprang Fritz Bergschulte vom Wagen und drückte dem Fahrer die Hand. Der nickte bloß und hatte es eilig, seinen Weg nach Rinteln fortzusetzen.

Mit weit ausgreifenden Schritten eilte Bergschulte dem Krankenhaus zu, doch die Schwester auf der Station für Unfälle stoppte ihn, als er über den langen, weißen, nach Äther riechenden Flur rannte.

»Zu Frau Korngold wollen Sie? Völlig ausgeschlossen!« sagte sie und wischte sich die vom Spülen feuchten Hände ab. »Außerdem dürfen nur Verwandte zu ihr…«

»Ich bin ihr Mann«, sagte Fritz. »Ich muß sie sehen…«

»Ihr Mann?« Die Schwester sah sich um, als suche sie Hilfe. »Herr Korngold sitzt seit drei Stunden im Wartezimmer.«

»Ich bin Linas erster Mann. Ich bin der tote Mann. Ich bin in Rußland gestorben, verstehen Sie, aber sie ist trotzdem meine Frau, sie heißt Bergschulte, nicht Korngold.«

Die Schwester sah ihn groß an, so, wie man einen Irren ansieht und ihm zunickt, um ihn nicht zu reizen, und schob ihm einen Stuhl hin.

»Bitte, nehmen Sie Platz«, sagte sie sanft. »Ich will sehen, was ich tun kann...«

Sie eilte den Flur entlang und verschwand hinter einer Tür am Ende des Flures. Kurz darauf tauchte der Arzt in weißem Kittel auf, trat zu Fritz Bergschulte und neigte kurz den Kopf.

»Dr. Bartz. Sie wünschen?«

»Ich möchte meine Frau sehen«, sagte Fritz Bergschulte. »Ich will wissen, was mit ihr ist...«

»Frau Korngold geht es verhältnismäßig gut«, meinte Dr. Bartz betont. »Wer sind Sie, mein Herr?«

»Ein Toter!« In Bergschultes Stimme lag soviel Trauer, daß der Arzt unwillkürlich aufhorchte. »Lassen Sie sich erklären, ich bin der erste Mann dieser Frau. Ich wurde für tot erklärt, kehrte aber nun nach zwölf Jahren Schweigelager zurück und finde meine Frau wieder verheiratet. Ich will sie aber nicht hergeben, sie gehört mir ... ich bin doch gar nicht tot, die zweite Ehe gilt nicht ... Verstehen Sie mich?«

Dr. Bartz blickte auf den Linoleumboden des Flures. Sein Gesicht mit den drei breiten Mensurnarben war nur scheinbar unbewegt. Furchtbar, dachte er. Dieser Mann da hat ein Schicksal zu tragen, wie ich es meinem ärgsten Feind nicht wünsche. Armer, armer Kerl...

»Ich verstehe Sie sehr gut, Herr Bergschulte. Aber Sie müssen auch mich verstehen. Nach dem Gesetz ist diese Dame für uns Frau Korngold, und ich darf Sie deshalb nicht zu ihr lassen, wenn Sie nicht die Erlaubnis ihres Mannes haben...«

»Die Erlaubnis von Heinrich«, knirschte Fritz. »Die sollen Sie haben, Herr Doktor...«

Er ließ Dr. Bartz stehen und eilte den Flur entlang zu dem Wartezimmer, vor dem zwei kleine Zimmerpalmen standen. Mit energischem Griff riß er die Tür auf und trat in den kleinen nüchternen Raum. Einige Korbsessel standen um einen runden Tisch. Durch das Fenster flutete die Nachmittagssonne herein. In einem der Sessel saß ein Mann, der vor sich auf den Boden stierte, aber sofort aufblickte, als die Tür geöffnet wurde.

Fritz Bergschulte stand seinem Kameraden Heinrich Korngold gegenüber. Der eine zaundürr, der andere wohlgenährt. Stumm standen sie sich gegenüber, tasteten sich mit den Blicken ab und warteten instinktiv darauf, daß einer sich auf den anderen stürzte. Wie zwei Ringer standen sie sich gegenüber, und jeden Augenblick mußte der Zusammenprall der beiden Körper erfolgen.

»Du lebst wirklich?« stieß Korngold endlich mühsam hervor. »Ich habe es nicht geglaubt, als die Nachbarn das sagten, die von eurer Unterhaltung im Treppenhaus etwas aufschnappten.«

»Darüber sprechen wir später!« Fritz Bergschulte spreizte die Finger. Er hatte den unwiderstehlichen Drang, diesen fetten Hals vor sich zu umfassen und so lange zuzudrücken, bis alles Leben gewichen war. »Ich will von dir die Erlaubnis haben, meine Frau zu sehen…«

»Sie ist noch nicht aus der Narkose erwacht«, erwiderte Korngold. »Ich habe sie selbst noch nicht gesehen.«

»Was ist mit ihr geschehen?«

»Sie ist ohnmächtig die Treppe hinuntergefallen und hat sich schwere Verletzungen zugezogen. Das Wiedersehen mit dir hat sie zu sehr angegriffen. Warum bist du überhaupt gekommen?«

»Du Schwein!« Fritz Bergschulte schien es, als ob vor seinen Augen lauter Punkte zu tanzen begännen. »Ich will mein Eigentum wiederhaben … meine Frau … meinen Sohn … mein Leben … Alles, alles hast du Schuft mir genommen!«

»Man hat mir gesagt, du seist gestorben«, versuchte Korngold zu lügen. Er wich zum Fenster zurück, das ein wenig offen stand. »Wenn du mich anrührst, rufe ich um Hilfe«, setzte er hinzu.

»Feigling!« Alle Verachtung lag in diesem Wort. »In deinen Armen soll ich gestorben sein, was? Witwentröster spielen, den liebenden neuen Ehemann ... Du bist ein Schwein. Ich nehme Lina mit mir.«

»Das wird sie allein entscheiden müssen. Sie bekommt ein Kind von mir.«

»Ich werde dieses Kind großziehen als Gegenleistung, daß du meinen Peter auf die Schule schicktest. Aber dich« – Fritz ballte die Faust – »dich werde ich jagen, wenn es sein muß, bis ans Ende der Welt. Und einmal wirst du mir gegenüberstehen, allein, von Mann zu Mann ... und dann rechnen wir ab, auf Heller und Pfennig ... erbarmungslos, wie wir es in Rußland machten, wenn ein Kamerad die Brotration eines anderen klaute.«

Heinrich Korngold begann am Fenster schon jetzt um sein Leben zu fürchten. Er streckte die rechte Hand in die Tasche und stieß sie wieder durch den Stoff nach vorne.

»Rühr dich nicht von der Tür weg!«zischte er. »Ich habe eine Pistole in der Tasche. Und ich schieße sofort, wenn du dich bewegst. Notwehr. . . mir kann nicht viel passieren!« Ein verzerrtes Lächeln überzog sein Gesicht, als er sah, wie Bergschulte zurückwich. »Es wäre besser, du würdest ganz aus dem Gesichtskreis Linas verschwinden. Du ziehst den kürzeren, Fritz...«

Die Situation war gespannt, aber noch ehe Bergschulte etwas antworten konnte, trat die Stationsschwester in den Warteraum. Sie sah schnell von einem der Männer zum anderen und berichtete: »Die Patientin ist erwacht. Und der Arzt meint, sie könne Besuch empfangen. Aber nur für zehn Minuten.«

»Gott sei Dank.« Heinrich Korngold trat vom Fenster weg und angelte einen großen Blumenstrauß aus der Ecke. »Ich gehe sofort zu ihr, Schwester...«

»Nein, Sie nicht!« Das Gesicht unter der Schwesternhaube wirkte entschlossen. »Die Patientin will nicht Sie sehen. Sie sind doch Herr Korngold?«

»Ja.«

»Sie ruft nicht nach Ihnen, sondern nach einem Herrn Fritz – Fritz mit dem Vornamen.«

»Das bin ich!« schrie Bergschulte. »Schwester, sie ruft nach mir! Meine Lina ruft nach mir ... ich komme!«

Er stieß die Schwester zur Seite und stürmte aus dem Zimmer.

Heinrich Korngold warf den Blumenstrauß auf den runden Tisch und trat an die energische Schwester heran.

»Meine Frau will mich nicht sehen?« stieß er hervor. »Das ist doch Quatsch!«

»Tut mir leid, Herr Korngold«, antwortete

die Schwester, »sie will Sie nicht sehen, hat sie gesagt. Sie verlangte nach Herrn Fritz ... ich weiß nicht, wie er sonst noch heißt.«

»Danke.« Das Gesicht Korngolds hatte sich verschlossen. Er nahm den Blumenstrauß und trat hinaus auf den hellen Krankenhausflur. Er ging ein wenig gebückt, als trage er eine schwere Last auf seinen Schultern. Vor der Tür zu Linas Krankenzimmer blieb er stehen und lehnte sich wie erschöpft gegen die getünchte Wand. Von drinnen hörte er Stimmengemurmel. Da krampften sich seine Finger um den großen Blumenstrauß, und seine Augen wurden trüb und unglücklich.

»Es ist gut«, sagte er zu der Schwester, die ihm gefolgt war und zu ihm trat, weil sie dachte, ihm sei schlecht geworden. »Ich werde hier warten, bis Herr Bergschulte, Fritz Bergschulte, wieder herauskommt.« Er winkte ab, als sie etwas sagen wollte. »Nein, nein, Schwester, – Sie brauchen keine Sorge zu haben, es passiert nichts.«

Er lehnte sich an die Wand und starrte auf die schönen, blaßroten holländischen Tulpen, die seine Hand umklammert hielten.

Er wartete eine halbe Stunde. Zusammengesunken, mit leeren Augen, vernichtet...

Das ist die Schuld, dachte er. Das ist die Buße. Das ist die Strafe...

Und ich liebe diese Frau wirklich ... Vom

ersten Tage an, als ich sie sah, liebte ich sie...

Nur weil ich sie liebte, verriet ich Fritz Bergschulte. Nur aus Liebe wurde ich ein Lump...

Fünf Jahre Einsamkeit. Fünf Jahre Sibirien und Ural ... und dann steht man vor einer solchen Frau, vor einem Engel - und die ganze Sehnsucht nach zwei Lippen bricht über einen herein, spült alles hinweg ... Skrupel, Gewissen, Ehre. Nur die Liebe bleibt, die drängende, alles vergessende Liebe, der Traum in fünf Jahren Sklaverei ... Und da gibt es keine Rücksicht mehr, keinen Kameraden - nichts...

Aus Liebe wurde Verbrechen...

Und heute wird die Rechnung erteilt: Verachtung, Ausgestoßenwerden, Einsamkeit...

Er schloß die Augen und drückte den Rücken gegen die weiße Wand.

Durch die Tür aus dem Zimmer klangen leise die Stimmen...

Stimmen aus einer Welt, in die er nicht mehr gehörte...

Leise hatte Fritz Bergschulte die Tür zum Krankenzimmer geöffnet. Ein großer, breiter, mit weißem Linon bezogener Schirm schützte das Stahlbett gegen jede Zugluft vom Flur. Auf dem Nachttisch, den man nahe an das Bett geschoben hatte, standen eine Brechschale, eine Schnabeltasse mit Tee und einige Fläschchen mit Medizin. Eine junge Schwesternhelferin saß auf einem Stuhl neben dem Bett und beobachtete die Kranke, die anscheinend sehr unruhig war. Als Fritz Bergschulte eintrat, legte sie die Finger auf die Lippen und nickte zu der Patientin hin, die mit geschlossenen Augen das Zuklappen der Tür vernahm und zusammenzuckte. Dann erhob sich die Schwesternhelferin, ging an Fritz vorbei und flüsterte ihm im Hinausgehen zu: »Höchstens eine Viertelstunde…«

Bergschulte nickte. Langsam trat er an das etwas erhöhte Kopfteil des Bettes heran, setzte sich vorsichtig, als könne er etwas von dieser weißen Pracht zerbrechen, auf die Bettkante und nahm die schlaffe, weißgelbe Hand Linas in die seine mit den harten, aufgesprungenen Fingern. Unbeholfen, scheu streichelte er sie, spielte mit ihren schlanken Fingern, wie er es so oft getan hatte, wenn sie früher nebeneinander auf der Couch gelegen waren und von der Zukunft geträumt hatten, und er sah mit heißem Herzklopfen, wie Lina ruhiger wurde und ein kleines Lächeln über ihr fast lebloses Gesicht huschte.

»Lina«, sagte er leise. »Lina – hörst du mich?«

Sie nickte schwach und legte die rechte Hand auf seine streichelnden Finger.

»Fritz«, flüsterte sie, und man sah, daß ihr das Sprechen große Mühe machte. Die Lippen zuckten dabei, und ein Krampf überflog ihr Gesicht. »Fritz ... ich bin gefallen - als du weggingst - die Treppe hinunter...« Ein tiefer Seufzer hob ihre Brust ... »Der Arzt sagt, ich werde vielleicht kein Kind mehr haben...«

Das ist die Entscheidung, durchzuckte es Bergschulte. Das war der letzte Trumpf Heinrich Korngolds, der entschwand. Jetzt ist Lina frei, jetzt bindet sie nichts mehr an diesen Lumpen. Jetzt kann das Leben weitergehen, von dort, wo es stehengeblieben war vor zehn Jahren ... Lina, Peter und er ... ein neues Leben zu dritt, das er mit seinen starken Armen schon meistern würde...

Aber er sagte nichts. Still saß er bei ihr und streichelte ihre blasse Hand. Ab und zu beugte er sich vor, nahm das Glas Wasser, stützte ihren Kopf und gab ihr einen kleinen Schluck zu trinken. Und jedesmal, wenn er ihre Lippen vor sich sah, war er versucht, diese zu küssen, drängte alles in ihm zu ihr hin, und fühlte er, wie seine Hand, die die Schnabeltasse hielt, zu zittern begann. Da biß er die Zähne zusammen und legte Lina in die Kissen zurück, setzte sich wieder an den Bettrand und begann, leise zu erzählen, wie er sich sein neues Leben dachte.

»Ich werde wieder auf dem Bau arbeiten«, sagte er. »Ich habe mich in Minden erkundigt, man sucht wieder Maurer. Als Spätheimkehrer habe ich Aussicht, bald Polier zu werden, und dann werden wir uns wieder ein kleines Häuschen bauen. Das wird zwar etwas dauern, aber wir haben ja auch Zeit, wir sind ja noch jung. Und den Peter, den lassen wir auf der Schule, das schaffe ich schon. Wichtig ist, daß er fleißig lernt.« Er sah Lina fragend an. »Kommt er denn mit auf dem Gymnasium?«

Lina nickte schwach. »Er ist guter Durchschnitt.«

»Na also – Streber mag ich auch nicht. Und mit Heinrich Korngold...« Er sah, wie sich Linas Gesicht rötete, und spürte, wie sich ihre Finger in seiner Hand zusammenkrampften. Da brach er ab und beugte sich etwas vor. »Ja, ich weiß«, sagte er leise und beruhigend. »Ich werde nett zu ihm sein ... so nett, wie ich kann. Und wir werden uns schon einig werden ... Unter Männern geht das schneller.« Dann stockte er und fuhr sich mit der Hand über die Haare. Plötzlich merkte er, daß er schwitzte, – es war ein kalter Schweiß, klebrig und perlend ... Angstschweiß, durchfuhr es ihn ... Wirklich Angstschweiß ... Ja, ich habe Angst, sie zu fragen ... ihr die wichtigste Frage zu stellen, die es jetzt noch zwischen uns gibt ... Und keiner ist da, der mir hilft, keiner, der mir einen Finger reicht...

»Lina«, sagte er stockend. »Lina ... das alles könnte so werden ... so, wie früher, verstehst du ... Nur ... Lina«, er rang um die entscheidenden Worte, zwang sich dazu ... »nur ... willst du denn wieder zu mir zurück?«

Sie nickte, doch dann öffnete sie die Augen, zum erstenmal, und in ihrem Blick lag die ganze Qual, die ihr das Herz zerfleischte. Es war der Blick eines waidwunden Rehs, fast einer Sterbenden, die noch einmal ihr Leben sieht und keinen Ausweg mehr erkennt als das Nichts ... »Ja, Fritz«, sagte sie leise. »Aber – du bist doch für tot erklärt.«

»Für tot erklärt?« Fritz Bergschulte beugte sich vor. »Vor dem Gesetz, ja. Aber doch nicht für dich! Ich stehe ja vor dir, ich spreche doch mit dir ... du fühlst doch meine Finger ... Für dich bin ich doch nie, nie gestorben...«

»Aber das Gesetz hat mich an einen anderen Mann gebunden. Und das Gesetz erkennt nur diese Ehe an.«

»Ich weiß, ich weiß.« Bergschulte stand auf und ging im Zimmer mit langen Schritten hin und her. »Deshalb werde ich gegen dieses Gesetz ankämpfen, ich werde Sturm laufen, von Behörde zu Behörde, von Minister zu Minister, und ich werde siegen! Und dann sind wir wieder zusammen, Lina – dann werden wir wieder glücklich sein.«

Er blieb vor ihr stehen.

Sie nickte und ergriff seine Hand, drückte sie an die kalten Lippen, und eine zarte, feine Röte überzog ihr blasses Gesicht.

»Ja, Fritz … ja.«

Die Schwesternhelferin trat ein und nickte Bergschulte zu. Da beugte sich dieser über Linas Hand und küßte sie, sah Lina lange an, als wolle er ihr Bild tief in sich aufnehmen, dann wandte er sich ab und verließ das Krankenzimmer.

Draußen auf dem Flur stieß er auf Heinrich Korngold. Dieser lehnte noch immer an der weißen Wand, und der Strauß langer holländischer Tulpen lag zu seinen Füßen auf dem stumpf eingewachsten Linoleumfußboden des Flures. Er sah Bergschulte mit großen Augen an und trat einen Schritt vor, als Fritz an ihm vorbeigehen wollte, ohne ihn zu beachten.

»Was ist mit Lina?« stieß er hervor und stellte sich Bergschulte in den Weg. »Glaubst du, ich lasse mich so beiseite schieben? Lina ist *meine* Frau!«

Fritz Bergschulte sah den flackernden Blick seines ehemaligen Freundes. Rußland stieg vor seinen Augen auf … die Weite der

Taiga, das Lager, Holzhütten, hingeduckt an einen Waldrand, fast im Schnee vergraben, und auf den Lagergassen vermummte, dunkle Gestalten, die hin und her huschten und in den blaugefrorenen Händen vereiste Holzstücke trugen, um die Steinöfen in den Hütten wenigstens etwas dazu zu bringen, Wärme zu spenden. Er sah plötzlich auch wieder Heinrich Korngold vor sich, wie er eines Tages von der Krankenbaracke in den Raum geschlichen kam, seine Stiefel auszog und ganz überraschend aus irgendeinem Winkel der zerlumpten Fetzen, die er am Leibe trug, einen Klumpen Butter zum Vorschein brachte und ihn mit ihm, Fritz Bergschulte, teilte. »Zwei Tage Kraft«, sagte er dabei und lachte. Und sie aßen zusammen und fühlten mit einer Wonne ohnegleichen, wie das ranzige Fett den Schlund hinunterglitt. Und dann der Abend, als Korngold entlassen wurde. Alles hat er verteilt, was er sich in den vier Jahren Sibirien organisiert hatte – alte Blechlöffel, eine Schüssel, gehämmert aus einer Konservendose, ein Messer mit geschnitztem Holzstiel und als größte Kostbarkeit eine halbe Büchse Salzfleisch, das er einem russischen Posten gestohlen hatte, dem er die Stiefel hatte putzen müssen. Und derselbe Heinrich Korngold, der Kamerad auf Leben und Tod, stand jetzt vor ihm, im Gang eines Krankenhauses, vor dem

Zimmer einer Frau, die ihnen beiden gehörte, und tödliche Feindschaft glühte in seinen Augen, Mord, wenn er nicht bestraft werden würde ... Mord an dem Kameraden, dem man ewige Treue geschworen hatte.

Fritz Bergschulte faßte Korngold, der ihm in den Weg getreten war, an der Schulter und drückte ihn zur Seite. Dieser Griff war so fest und eisern, daß Korngold nichts sagte, sondern sich wieder gegen die Wand lehnte.

»Lina geht es besser. Du kannst jetzt zu ihr gehen. Ich werde versuchen, eure Ehe für ungültig erklären zu lassen. Und dann will ich dich nie wiedersehen ... nie, Heinrich ... wenn du gesund weiter leben willst!«

»Und das Kind?« sagte Korngold. »Linas und mein Kind?«

Etwas wie Mitgefühl schwang in Fritz' Stimme, als er erwiderte:

»Das Kind bekommt ihr nicht. Lina hat es verloren.« Das war trotzdem noch hart genug.

»Das ... das Kind...« Heinrich Korngold schloß die Augen. Fritz Bergschulte wandte sich ab und ging mit langen Schritten den Flur entlang, eilte die Treppe hinunter und trat dann, nach einem Nicken zur Portiersloge hin, auf die in der Sonne flimmernde Straße hinaus. Dort blieb er am Rinnstein unschlüssig stehen, ließ die Autos an sich vorbeifahren und vergrub die Hände in den Taschen.

1,32 DM kostet die Fahrt von Minden nach Vlotho, dachte er bitter. Und selbst diese lumpigen 1,32 DM habe ich nicht und muß Autos anhalten und um einige Kilometer Fahrt bitten wie ein Bettler, wie ein Landstreicher. Vielleicht sehen die feinen Herren in ihren Schlitten einen auch als Landstreicher an, vielleicht bespritzen sie die Ledersitze mit Parfüm, wenn unsereiner wieder aus dem Wagen geklettert ist, damit sie nicht den Geruch der Straße im Rücken haben ... Aber auch sie lagen doch vor gar nicht so langer Zeit irgendwo in einem Schützenloch, verlaust wie ich, hielten die Birne tief in den Dreck gesteckt, wenn es über ihnen hell oder dumpf heranrauschte, und rissen die Knarre an die stoppelige Backe, wenn der Russe, der Tommy oder Ami auf sie zustürmte ... Aber jetzt ... Maßanzug, dicke Havanna, Mercedes, vielleicht auch noch eine nette Maitresse, von der die Frau nichts weiß und die man »Reisesekretärin« nennt ... Fritz setzte sich in Bewegung und trottete über die Straße, mitten über den Fahrdamm, die Hände in den Taschen ... dürr, ausgemergelt, ein Gerippe, das lief. Der Rest Mensch, den Rußland wieder ausspeit mit jenem verachtenden njet, das heißen kann: lebe - oder stirb...

Mit einem Bierwagen fuhr er nach Minden zurück und ließ sich an der Ecke Ulmenstraße absetzen.

Wieder ergriff ihn das bohrende Gefühl, als er in die Straße einbog und sein Haus, sein schönes, kleines Haus inmitten des Gartens liegen sah. Doch dann straffte sich seine Gestalt, das Kinn schob sich vor ... Das ist das Ziel, sagte er sich. Soweit war ich schon einmal ... Haus, Frau, Kind und Beruf. Und das muß ich wieder erreichen. Momentan bin ich nur ein durch zwölf Jahre Hölle zermürbtes Tier, das leben will und wieder leben wird. Dann als Mensch.

Als ein Mensch, der einen Anspruch stellt an sein Leben.

An sein Leben, um das man ihn betrog...

An ein Leben, an dem zwölf Jahre fehlten, die nie wieder einzuholen waren.

Ein Leben, das er noch gar nicht begreifen konnte...

Dr. Arnulf Schrader sah kurz auf, als der neue Klient zu ihm in die Kanzlei trat. Durch die breiten Fenster zum Garten hin fiel das durch Grün und Blüten gefärbte weiche Licht des Maitages und zauberte auf die schweren, geschnitzten Möbel wunderschöne Licht- und Schattenspiele.

»Sie?« sagte Dr. Schrader gedehnt. Er stand

auf und kam Fritz Bergschulte entgegen. »Haben Sie etwas vergessen?«

»Nein.« Fritz sah sich um und lächelte. »Dort, am Fenster, hatte ich immer einen kleinen Ebenholzständer mit einer flachen Kristallschale stehen. Dahinein kamen die ersten Blüten aus dem Garten. Ich pflückte sie immer, weil Lina so sehr junge Blumen liebte. Sie sollten es auch tun, Herr Doktor, das Zimmer wirkt dann richtig festlich.«

Dr. Schrader biß sich auf die Lippen. Was muß dieser Mann leiden, dachte er voll Mitgefühl. Und er bleibt stark dabei – das ist das größte Wunder. Oder ob Rußland, zwölf Jahre Rußland, das Herz so abtöten, daß es keine Regung mehr kennt? Ob es sich nur noch erinnern kann, aber nicht mehr fühlen? Die Menschen, die aus Sibirien kommen, sind immer ein Rätsel...

»Um mir das zu sagen, besuchen Sie mich, Herr Bergschulte?« fragte er, nur, um ein Gespräch anzufangen, obwohl er wußte, wie dumm diese Frage war. Und als sein Gast den Kopf schüttelte, wies er auf einen Stuhl, der am Fenster stand. »Bitte, nehmen Sie doch Platz, Herr Bergschulte...«

Fritz Bergschulte setzte sich und sah hinaus in den blühenden Garten. Ein Lächeln lockerte seine zerfurchten Züge auf.

»Dort, die Kastanie, habe ich noch umgepflanzt, bevor ich eingezogen wurde. Wie groß sie geworden ist. Lassen Sie mich rechnen - sechzehn Jahre ist es her! Sechzehn Jahre ... an dem Baum sieht man, wie groß diese Zeitspanne ist. Fast ein viertel Menschenalter - und das ist vertan, verloren, verspielt ... Und dort, das Blumenrondell neben der Laube, das habe ich in einem Urlaub angelegt. 1941 war es, ich war gerade Obergefreiter geworden und Lina nähte mir die beiden silbernen Winkel an den Ärmel. Und das Mistbeet drüben am Zaun zum Nachbarn Nossen - er wohnt doch noch da? - das habe ich schubkarrenweise herangefahren. Es ist alles noch so wie früher ... nur ich sitze nicht mehr hier am Fenster, und Linas Tellerklappern dringt nicht mehr aus der Küche...«

Dr. Schrader hatte sich wieder hinter seinen Schreibtisch gesetzt und reichte eine Kiste Zigarren herüber. »Bitte, bedienen Sie sich, Herr Bergschulte« sagte er dabei, und seine Stimme war belegt.

»Danke, nein - lieber eine Zigarette.« Bergschulte nickte, als müsse er es bekräftigen. »Nach zehn Jahren wieder eine Zigarre - da baue ich glatt ab, Herr Doktor.« Er bekam von Dr. Schrader eine Zigarette und sog den Rauch voll Behagen in die Lunge. »Ein Kraut wie Opium, wenn man nur Machorka geraucht hat, gedreht in ein Stück Prawda. Mein Gott, was lernt man Kleinigkeiten schätzen, wenn man selbst das Primitivste nicht mehr haben konnte. Als ich nach vier Jahren Sibirien im Lager 4593 bei Ufa im Ural zum erstenmal wieder mit einer Gabel gegessen habe, mußte ich aufpassen, daß ich mich nicht in die Lippen stach. Und die ersten Stiefel nach sechs Jahren Filzlappen ... Ich konnte nicht mehr gehen, hatte offene Fußsohlen...« Er sah zu Dr. Schrader auf. »Sie waren nicht in Gefangenschaft?«

Dr. Schrader schüttelte den Kopf. »Nein. Ich war Jurist beim Divisionsstab in Belgien. Aber ich weiß, was es heißt, in Rußland gefangen zu sein. Mein ältester Sohn – er machte eine Pause – »blieb bei Stalingrad.«

»Stalingrad – das Grab«, nickte Fritz Bergschulte. »Es gibt – glaube ich – keine Familie in Deutschland, in die der Krieg nicht Leid getragen hat.«

»Haben Sie Ihre Frau gesprochen?« fragte der Rechtsanwalt, um sich und den anderen abzulenken.

»Ja. Mein ehemaliger bester Kamerad hat sie geheiratet. Er überbrachte ihr meine Todesnachricht, obwohl er wußte, daß ich lebe.«

»Wahnsinn!«

»Lina brach zusammen, als sie mich sah. Sie will wieder zu mir zurück. Aber das Gesetz ist dagegen, das wissen Sie ja. Gültig ist die Ehe mit dem zweiten Mann. Und darum komme ich zu Ihnen, Herr Doktor. Sie müssen mir helfen, meine Frau wiederzubekommen.«

Dr. Schrader wiegte den Kopf hin und her. Ein verteufelt komplizierter Fall, dachte er. Ein Fall, wie er in meiner Rechtspraxis noch nie da war. Ein Toter lebt, seine Witwe hat geheiratet, will aber zu dem lebenden Toten oder toten Lebenden zurück. Da sie in Unkenntnis handelte und eine amtliche Todeserklärung vorliegt, ist die zweite Ehe gültig, und der erste, wirkliche Ehemann gilt als tot, weil es so in den Akten steht. Er kann zwar nichts dafür, er hatte darauf keinen Einfluß, er war ja in Rußland, mundtot, im Schweigelager, lebendig begraben ... aber darum kümmert sich das Gesetz nicht. Wochenlang hing er im Amtsgericht Vlotho und Minden am schwarzen Brett aus ... Der Fritz Bergschulte soll für tot erklärt werden, wenn er sich (oder ein anderer sich für ihn) nicht bis zum soundsovielten rührt! Und der Fritz Bergschulte hatte sich nicht gerührt, und so war er eben tot.

Dr. Schrader fühlte, wie ihm der Hemdkragen zu eng werden wollte. Das Gesetz, dachte er, das verfluchte Gesetz, das keine Regungen kennt, sondern nur nüchterne Bestimmungen. Und dagegen will der kleine Fritz Bergschulte angehen, daran will er sich den Kopf einrennen, gegen diese Macht des

Staates und der Bürokratie will er Sturm laufen? Plötzlich sah Dr. Schrader, daß es in seinem Leben als Anwalt noch eine große, eine riesenhafte Aufgabe gab: diesen lebenden Toten zu helfen, diesen aus der Lebensgemeinschaft Ausgestoßenen ein neues Leben zu geben, das Gesetz zu zwingen, sich selbst zu widerrufen.

Ein Kampf gegen die schrecklichste Macht auf dieser Welt: den Paragraphen...

Dr. Schrader blickte Fritz Bergschulte an, der im Licht, das durch das Fenster hereinflutete, doppelt verhärmt und überdeutlich zerknittert aussah. Während Schrader noch eine Antwort suchte, spielte er mit einem Gesetzesband und hatte das Gefühl, daß ihm der Kragen noch enger wurde.

»Ich will Ihnen helfen«, sagte er endlich langsam und jedes Wort betonend, als wolle er zeigen, welchen Kampf man gemeinsam auf sich zu nehmen gedenke. »Aber ich sage es Ihnen gleich, mein Lieber – es wird auf jeden Fall sehr, sehr schwer werden.«

»Wir haben in Rußland wenig Hoffnung gehabt, jemals wieder ein deutsches Bauernhaus zu sehen oder über eine deutsche asphaltierte Straße zu gehen. Aber dieser Funke Hoffnung, der doch noch irgendwo in einem Winkel des abgestorbenen Herzens glomm, dieser heilige Funken Glaube hielt uns aufrecht und ließ uns die Zähne zusammenbeißen. Und hoffnungsloser und schwieriger als im Ural können die Dinge hier in der Heimat auch nicht sein.«

»Sie kennen nicht die Sturheit der Behörden…«

»Ich kenne das Njet des Russen – Schlimmeres kann es nicht mehr geben.«

Fritz Bergschulte beugte sich vor und räusperte sich. Er drückte den Zigarettenrest aus. Dr. Schrader spielte mit seinem Kugelschreiber und hatte die Augenbrauen eng zusammengezogen.

»Was ist der erste Schritt?« fragte Bergschulte leise.

»Zum Gericht!« Dr. Schrader griff zum Telefon. »Die Todeserklärung muß zurückgenommen werden. – Sie können doch beweisen, daß Sie Fritz Bergschulte sind?«

»Beweisen?«

»Sie haben doch Papiere, Dokumente, einen Paß?«

»Meinen Entlassungsschein…«

»Das reicht nicht.« Dr. Schrader legte den bereits abgehobenen Telefonhörer wieder auf die Gabel. »Es haben sich schon viele mit einem anderen Namen entlassen lassen. Sie hatten es nötig, sie wollten untertauchen. Und keiner fragte danach, bis man entdeckte, daß ein Mann zwei-, ja auch schon dreimal lebte. Was die Gerichte deshalb brauchen, sind Ausweise aus der Zeit vor der Gefangenschaft mit Ihrem Lichtbild.«

Fritz Bergschulte hob die Schultern. »All das hat man mir abgenommen. Aber ich habe doch Zeugen, daß ich Fritz Bergschulte bin. Mein Gott, was soll denn das alles? Meine Schwiegereltern können es bezeugen, Franz und Emma Stahl, hier in Minden. Und meine Frau, die Lina, kann es auch beschwören, ja, selbst Heinrich Korngold, der Lump, ebenfalls. Und da gibt es auch noch Kameraden von früher, die mit mir am Bau gearbeitet haben, Maurer wie ich, und der Polier von damals, Franz Nocker, lebt vielleicht auch noch. Ich habe massenhaft Zeugen, daß ich Fritz Bergschulte bin.«

Dr. Schrader hielt ihm noch einmal die Schachtel Zigaretten hin und gab ihm Feuer. Er muß ruhiger werden, dachte er. Wenn er gleich so aufmuckt, erreicht er bei der Behörde gar nichts. Dann sperren die die Ohren zu und stellen sich taub. Und nichts ist furchtbarer als ein tauber Beamter.

»Also, Sie können eidesstattliche Versicherungen beibringen?« sagte er betont sachlich, um nicht zu zeigen, wie schwer ihm dieser Fall auf der Seele lag. »Wir wollen es versuchen, Herr Bergschulte. Nur - ich muß Ihnen das immer wieder einhämmern - auch wenn Sie wieder unter die Lebenden eingereiht werden - schön klingt das, wie? - auch dann haben Sie noch keinen automatischen Anspruch auf Ihre Frau und Ihr Kind, denn - Sie *waren* tot, Ihre Frau *war* Witwe, und als solche hat sie geheiratet!«

»Ich weiß.« Fritz Bergschulte erhob sich und trat an das breite Fenster. Stumm blickte er eine Weile hinaus in den Garten, auf den jetzt schon die ersten Schatten des kommenden Abends fielen. »Was würden Sie an meiner Stelle tun, Herr Doktor?« fragte er schließlich.

»Ich?« Dr. Schrader erschrak über diese Frage. Ja, was würde ich tun, grübelte er. Scheußlich, sich das nicht sogleich und selbstverständlich denken zu können. Ich würde vielleicht auch zunächst die Gerichte wild machen und meine Frau zurückverlangen. Und wenn sie damit einverstanden wäre, mußte man erreichen, daß die zweite Ehe annulliert und die erste, die unterbrochene Ehe, wieder Gültigkeit erlangen würde. Man müßte ... ja, man müßte ... aber was *kann* man?

»Ich würde zunächst versuchen, meine Frau vor eine Entscheidung zu stellen«, meinte er sinnend.

»Das habe ich getan. Sie will zurück.«

»Dann würde ich eine gütliche Einigung mit dem zweiten Ehemann suchen.«

»Nein!« Fritz Bergschulte sagte es hart, so, als gäbe es über diesen Punkt keinerlei Verhandlungen mehr.

Dr. Schrader zuckte mit den Schultern. »Dann müssen Sie sich auf Komplikationen gefaßt machen. Angenommen, Herr Korngold weigert sich, auf eine Scheidung einzugehen?«

»Dann bringe ich ihn um!« stieß Bergschulte hervor, die Faust ballend, als habe er Korngold schon vor sich. »Wirklich, dann bringe ich ihn um!«

»Und was dann?« Der Rechtsanwalt schüttelte den Kopf. Umbringen, dachte er. Könnte ich einen Mann umbringen, der mir meine Frau wegnimmt? Und schockiert erkannte er plötzlich, daß auch er dazu fähig wäre, daß es auch für ihn »keine Verhandlungen gäbe.« – »Was hätten Sie dann?« fragte er aber trotzdem noch einmal, um an die Vernunft zu appellieren. »Sie kämen für zehn oder 15 Jahre ins Zuchthaus. Wenn Sie wieder entlassen werden würden, wären Sie Mitte 50. Und dann stehen Sie wieder vor der gleichen Frage, vor den gleichen Problemen wie jetzt – ein Mensch, zurückgekehrt, seine Frau, sein Kind verloren. Aber dann sind es 25 Jahre oder noch mehr, Herr Bergschulte. Ist Ihnen das klar?«

»Sie mögen Recht haben.« Bergschulte wandte sich vom Fenster ab und reichte dem Anwalt die Hand. »Sehen Sie zu, was Sie tun können. Versuchen Sie alles – auch ich will auf meine Art dazu beitragen. Ich werde mir eine Stellung suchen, ich werde arbeiten wie ein Verrückter, ich werde keine Ruhe kennen – und ich werde wieder langsam, ganz langsam auf der Leiter des Lebens emporklettern und anfangen, wieder ein Mensch zu werden. Gott ist bei den Fleißigen, sagte einmal mein Lehrer, und er meinte nicht die Streber – wie wir es damals auffaßten –, sondern die Menschen, die ihr Leben selbst in die Hand nehmen und den Rohstoff Dasein zu einem Gebilde kneten, das ihnen gefällt. Der eine hat mehr, der andere hat weniger Geschick darin. Am Ende, wenn man uns drei Hände voll Sand auf den Sargdeckel wirft, sind wir doch alle wieder gleich. Ein Recht zur Kritik haben dann unsere Kinder, denn was wir ihnen hinterlassen, ist ihr Fundament. Und « er warf den Kopf in den Nacken wie ein trotziger Junge, »ich habe einen Sohn...«

Als Fritz Bergschulte gegangen war, saß Dr. Schrader noch lange Zeit und blickte in das Zimmer und auf den Platz, auf dem sein neuer Klient gesessen hatte. Er kam sich vor wie ein Mensch, der an einer Wende seines Lebens steht. Viel Schicksale gehen durch die Hand eines Rechtsanwaltes – er sieht Höhen und Tiefen des Lebens und schlichtet, so gut er kann, oder trennt scharf und rücksichtslos, wo es keine Hoffnung mehr gibt, gleich einem Chirurgen, der ein faules Gewebe herausschneidet und versucht, dadurch den Körper zu heilen.

Aber heute hatte er mehr als ein Schicksal in die Hand bekommen. Heute ging es darum, ein ganzes Leben, das zwölf Jahre nur durch Hoffnung aufrecht erhalten worden war, vor dem Zusammenbruch zu retten, denn soviel hatte Dr. Schrader gesehen, daß Fritz Bergschulte am Ende seiner Kräfte war und mit der Hoffnungslosigkeit auch den letzten Halt verlieren und untergehen würde.

Gebe Gott, daß ich den Prozeß gewinne, dachte Dr. Schrader und stützte den Kopf in beide Hände. Es ist leicht, einen Menschen zu töten, wie Bergschulte getötet wurde, aber schwer, ihn wieder zu den Lebenden zurückzuführen. Lange wird er ein Fremder sein, ein Abgeschriebener, und er wird sich selbst in diesem Leben nur schwer wieder zurechtfinden, weil es ihm fremd geworden ist.

Er stand vom Schreibtisch auf und wanderte im Zimmer hin und her, mit kurzen Schritten, blieb hier und da einmal stehen, betrachtete, als sähe er sie zum ersten Mal, seine stattliche Bibliothek mit den vielen Kommentaren zu den Gesetzen, mit Handbüchern aus der Jurapraxis, mit Auslegungen von höchstrichterlichen Entscheidungen, mit Beschreibungen von Präzedenzfällen. Er sah die schön in Leder gebundenen Bücher des internationalen Rechts, der Haager Konvention, der englischen Justiz und der amerikanischen Rechte. Und nie zuvor hatte er so klar wie jetzt die Ohnmacht all dieser dicken Bände gesehen, die Sinnlosigkeit aller Kommentare und Zusätze. Hunderttausend Fälle steckten in diesen Paragraphen, ungeheure Schuld war zusammengetragen worden, um sie nach menschlichem Ermessen zu sühnen. Nach menschlichem Ermessen ... Dr. Schrader mußte lachen. Gerade der Mensch ist es ja, der alle Grenzen der Ordnung sprengt, dachte er bitter. Und um diesen Menschen zu retten, bedarf es oft der Menschlichkeit, aber keiner Gesetze, die ein nüchtern-logisches Gehirn gebar. Jeder Jurist würde so denken, wenn er einen solchen Fall in der Hand hätte. Jeder Mensch mußte so fühlen, wenn er sah, wie ein Unrecht am Leben Gesetzeskraft erhielt.

»Ich werde es durchfechten!« sagte Dr. Schrader laut. Er stand am Fenster und blickte hinaus in die Dämmerung, die anfing, alle Blüten und Bäume wie in einen Schleier einzuhüllen. »Ich werde an diesem Fritz Bergschulte zeigen, wie weit die Grenzen unseres Schicksals gehen.« Er steckte die Hände in die Taschen und wippte auf den Zehenspitzen auf und nieder. Eine innere Erregung hatte ihn ergriffen, die ihm kribbelnd durch die Adern lief. »Vielleicht verliere ich den Kampf«, fuhr er fort und seine eigene Stimme kam ihm ungewohnt angriffslustig vor. »Vielleicht aber siege ich auch – und erringe einen Triumph, der ein neues Leben schafft...«

Langsam stieg Bergschulte in der Wohnsiedlung die Treppen hinauf und drückte auf die Klingel, über der »Franz Stahl, Schuhmachermeister« stand. Er hörte den schlurfenden Schritt seines Schwiegervaters drinnen zur Tür kommen, der Schlüssel drehte sich im Schloß, und durch einen Spalt der vorsichtig geöffneten Tür blickten die alten, etwas trüben Augen.

»Du?« sagte Franz Stahl und zog die Tür weit auf. »Was ist mit Lina? Hast du sie gesehen? Wie geht es ihr?« Er ließ ihn in die Wohnung und schloß hinter ihm ab. Dann schob er ihn in die Küche, wo Emma saß und ihnen mit angsterfüllten Augen entgegenblickte.

»Lebt ... lebt sie noch?« fragte sie, und ihre Greisinnenhände zitterten. »Fritz ... so sag doch was!«

Bergschulte setzte sich auf den Küchenstuhl, den ihm der Schwiegervater hinschob, legte beide Hände auf den Tisch und antwortete:

»Lina geht es besser. Sie ist die Treppe hinuntergefallen, kurz, nachdem ich weggegangen war. Sie hatte sich so aufgeregt. Aber jetzt ist es gut...«

»Was heißt das: Jetzt ist es gut?« Der Alte stopfte seine Pfeife und setzte sie umständlich in Brand. Dabei blickte er über den Pfeifenkopf hinweg seinen ehemaligen Schwiegersohn an.

»Das soll heißen, daß ich den Kampf um Lina aufgenommen habe.« Fritz Bergschulte lehnte sich zurück. »Lina will auch zu mir zurück. Sie hat es mir gesagt.«

»Und ... und ihr – Mann?« Emma Stahl rang die Hände. »Es wird einen Skandal geben...«

»Es werden Recht und Anstand siegen, Mutter. Nichts als Recht und Anstand. Heinrich Korngold hat mir mein Leben gestohlen, und dafür wird er sühnen.«

»Er hat für Lina immer nur das Beste gewollt. Er hat sie auf Händen getragen, und Lina war glücklich – bis jetzt!« Emma war aufgestanden. Das Gefühl einer Mutter, das nur die Tochter sieht, das eigene Kind, dessen Glück auch ihr Glück ist, ließ sie alles andere vergessen. Verbissen wie eine Löwin, deren Junges in Gefahr war, kämpfte sie gegen den Mann, den sie dafür verantwortlich machte. »Ich bitte dich, Fritz – wenn du

Lina noch liebst, wenn du sie jemals geliebt hast –, geh weg von hier, fange irgendwo ein neues Leben an, vergiß, was hinter dir liegt, vergiß Lina und alles! Glaube mir, es ist besser so für alle Teile, wenn alles so bleibt, wie es ist. Fritz, ich flehe dich an: Gib Lina frei!«

Fritz Bergschulte war aufgesprungen. Dunkle Röte überzog sein knochiges Gesicht. Seinen langen ausgehungerten Körper schüttelte es. In seinen Augen glühte ein Feuer, das von Zorn, Empörung und Abscheu genährt wurde.

»Das sagst du mir!« stieß er hervor. »Ja, vielleicht denkt ihr gar, es wäre besser gewesen, ich wäre in Rußland geblieben und irgendwo in der Taiga verreckt wie Tausende andere. Warum ist er überhaupt zurückgekommen, der Störenfried? Weil er Sehnsucht hatte nach der Heimat, nach Frau und Kind? Nein, um Krach zu schlagen, um alles durcheinanderzubringen ... denn er hätte ja wissen können, daß er nicht mehr gefragt ist.« Bitter lachte er auf. »Und geschrieben hat er nicht, weil er nicht wollte, oder vielleicht gar, weil er im Ural ein dralles Mädchen im Arm hatte, so eine frische, nach saurer Milch duftende Matka, und das Leben war herrlich in den stinkenden Katen um den summenden alten Samowar, und es schlief sich ja so nett auf den hohen Lehmöfen, auf deren Plattform die ganze Familie

schnarchte und ihre Schweißfüße wärmte … Warum kam er denn zurück, der alte Bergschulte, dieses Hungerskelett? Seht doch mal den Heinrich Korngold an! Gute Stellung, eigener Wagen, nettes kleines Bäuchlein, entstanden durch viele Pilsner Biere und manche dicke Bockwurst. Der Prototyp des angesehenen guten Bürgers – hurra – hurra – hurra! Was will da der Prolet Bergschulte noch? Der Mann, der doch tot ist? Und tot bleiben soll er, denn die Lina hat inzwischen eine bessere Partie gemacht!«
Fritz Bergschulte stieß den Stuhl unter den Tisch und blickte sich um zu Franz Stahl, der schweigend seine Pfeife rauchte.
»Ja, ich gehe! Ich falle euch nicht mehr zur Last!« Er spuckte aus. »Pfui Teufel, daß der Mensch so schnell vergißt, was er früher sagte. Als wir in Rußland lagen, draußen im Dreck, und die Stalinorgeln uns zur Sau machten, da habt ihr nett geschrieben: Aushalten, Junge! Rette die Heimat! Denke an deine Lina und deinen kleinen Peter! – Man hätte weinen können über diese Briefe – weinen vor Stolz und Freude! Und jetzt? – Hau ab! Verschwinde! Die Lina hat einen anderen, der mehr ist als du. Er kann so schön mit den Geldstücken klimpern und spendiert dem Schwiegerväterchen mal ein Päckchen Tabak und der lieben Schwiegermutter ein Fläschchen Likör. Schämt euch!

Ihr seid eine Bande!«

Er wandte sich ab und rannte aus der Wohnung. Knallend fiel hinter ihm die Tür ins Schloß. Völlige Stille herrschte nun in der Küche. Dann trat Franz Stahl ans Fenster und schaute hinunter auf die Straße. Seine Stirn lag in Falten, das altersspitze Kinn war vorgeschoben.

»Jetzt geht er über die Straße. Mein Gott, er rennt ja fast. Der hat es eilig. Der will von uns nichts mehr wissen, Emma. Und was das Schönste ist: er hat recht. Er hat mit Recht vor uns ausgespuckt. Ich hätte es an seiner Stelle auch getan. Glaub mir, Emma, ich schäme mich.«

Er stand auf und trat in die Mitte der Küche, schleuderte plötzlich seine Pfeife zu Boden, wo sie zerbrach und der glimmende Tabak über die Dielen spritzte.

»Bist du verrückt?!« rief Emma. »Soll die Wohnung niederbrennen?!«

Und sie machte sich sofort an die nötigen Säuberungsarbeiten.

Franz sagte nichts mehr, sondern wandte sich ab und schlurfte in das Schlafzimmer. Dort legte er sich auf das kariert bezogene Bett und starrte hinauf zur getünchten Decke. Die Schatten der Nacht und die Scheinwerfer der draußen vorbeifahrenden Autos zauberten bewegliche Kreise und helle Flecke an den Plafond. Manchmal zuckte es auch grell, als risse ein Blitz den Stuck auseinander. Da faltete der Alte die Hände und schloß die Augen.

»Herr, vergib uns unsere Schuld«, flüsterte er. »Vergib uns Menschen, was wir am Menschen sündigen...«

In einer kleinen verräucherten Schankstube in der Altstadt saß unterdessen Fritz Bergschulte und blätterte in dem Fernsprechbuch der Stadt Minden. Vor ihm stand ein Glas Bier, dazu ein Steinhäger, ein Teller mit einer langen, blanken Wurst und einem Häufchen fettglänzenden Kartoffelsalats. Ein knackfrisches Brötchen lag daneben. Hinter der nickelglänzenden Theke stand mürrisch der dickliche Wirt herum und wartete auf die Besatzung des Stammtischs, die sich, wie üblich, für 20 Uhr angesagt hatte.

Langsam glitt der Zeigefinger Bergschultes die kleingedruckten Rubriken entlang: Erhardt, Erjart, Erkardt, Erlanger, Erling, Ermann ... Da war es: Ermann, Bau- und Stukkateur-Geschäft, 58 34.

Er blickte auf, trank einen Schluck Bier und schnitt mit dem stumpfen Messer mühsam, nach wiederholten Ansätzen, die Wurst an. Während er kaute und sich den Kartoffelsalat noch etwas ungeschickt auf die Gabel schob, dachte er nach.

Paul Ermann, der große, rotbärtige Chef, unter dem er so viele Bauten gemauert hatte. Der mußte ihn doch wiedererkennen, der mußte auch Arbeit für ihn haben – gerade jetzt im Mai, wo die Bausaison begann und überall die Gerüste emporwuchsen. Vor allem konnte er aber auch bezeugen, wer Fritz Bergschulte war, nämlich der Mann, der vor Jahren und einmal sogar während seines Verwundetenurlaubs bei ihm gearbeitet hatte.

Fritz nahm einen Bierdeckel, schrieb die Telefonnummer 58 34 darauf und steckte ihn in die Tasche. Dann aß er zu Ende, trank seinen Steinhäger und sein Bier aus und stand dann auf. Während er zur Telefonzelle ging, die sich in einer Ecke der Wirtschaft befand, warf er dem mißgestimmten Wirt das Geld für die Zeche auf die Theke, schloß dann die Tür hinter sich und steckte die Münze in den Geldschlitz des Apparats. Sorgfältig drehte er die Wählscheibe.

5 - 8 - 3 - 4

Jedesmal, wenn die Scheibe zurücksurrte, fühlte er einen Stich in der Brust. Ich drehe an meinem Schicksal, dachte er. Wenn mir Ermann Arbeit und eine Unterkunft gibt, bin ich gerettet. Dann habe ich wieder einen Anfang, dann habe ich sogar eine Perspektive, denn wo steht es denn – ach ja – in jeder Zeitung: Die Spätheimkehrer werden überall bevorzugt!

Er preßte die Hörmuschel eng an das Ohr und lauschte. Dann knackte es in der Leitung, und eine Mädchenstimme sagte: »Hier bei Ermann.«

»Könnte ich Herrn Paul Ermann sprechen?« fragte Fritz Bergschulte. »Sagen Sie Herrn Ermann, daß ein alter Bekannter am Apparat wäre.«

»Ihr Name, bitte?«

»Bergschulte.«

»Bergschulte? Gut, warten Sie bitte. Ich werde Herrn Ermann benachrichtigen...«

»Besten Dank.«

Fritz Bergschulte lehnte sich an das Brett, das unter dem Telefon angebracht und zur Ablage von Taschen, Handschuhen oder vielleicht auch zum Schreiben gedacht war, sah hinaus in den Schankraum, in den jetzt nacheinander die würdigen Herren des Stammtisches traten, umtänzelt von dem plötzlich freundlichen Wirt, und freute sich, daß er schon beim ersten Anlauf zu einem neuen Leben in wenigen Sekunden einen alten Bekannten würde sprechen können.

Er hörte Schritte im Apparat, seine Gestalt straffte sich – jetzt, dachte er freudig, jetzt kommt der Bierbaß Paul Ermanns, und er wird sagen: Na, alter Junge, wieder im Lande? Komm morgen mal zum Bau da und dahin...

Und da war schon eine Stimme ... aber es

war wieder die des Mädchens, und was sie sagte, begriff Fritz Bergschulte nicht sofort.

»Herr Ermann bedauert, nicht an den Apparat kommen zu können. Er kann sich auch an keinen Bergschulte erinnern.«

»Was?« Bergschulte stotterte und schüttelte immer wieder den Kopf, als sei er in eiskaltes Wasser gefallen. »Paul Ermann kann sich an keinen Bergschulte erinnern? Aber Fräulein, das ist unmöglich! Sie sind es doch: Ermann, Bau- und Stukkateurgeschäft?«

Um ehrlich zu sein, das Mädchen hatte ihrem Dienstherrn überhaupt keinen Namen genannt. Das schien ihr dieses Subjekt, das sich Bergschulte nannte, gar nicht wert zu sein. Es ist ja eine bekannte Tatsache, daß Domestiken oft noch abweisender sind als ihre Herrschaften.

»Allerdings. Seit vierzig Jahren sind wir diese Firma«, antwortete das Mädchen.

»Und ich habe bei Herrn Ermann über 12 Jahre gearbeitet. Ich habe bei ihm als junger Bursche angefangen, und wo es was Besonderes zu bauen gab, da kam er zu mir und sagte: Fritz, - dat is was für dich! Ran an die Bouletten und zeig, was ein guter Maurer ist! Und jetzt will er mich nicht mehr kennen? Das muß ein Irrtum sein, Fräulein...«

»Bedaure, - ich kann Ihnen nur wiederholen, was Herr Ermann mir sagte. Guten Abend.«

Es machte klick in der Hörmuschel. Das Mädchen hatte aufgelegt.

»Guten Abend«, sagte Bergschulte bitter. »Das nennen die Menschen guten Abend.« Er stieß die Tür der Telefonzelle auf und trat auf den Wirt zu, der hinter seinen blitzenden Hähnen stand und eine Batterie Krüge füllte. Den überquellenden Schaum strich der Wirt mit einer Zelluloidplatte ab und blickte Fritz fragend entgegen.

»Was vergessen?« fragte er. »Oder noch'n Pils?«

»Keins von beiden. – Wo kann ich hier billig schlafen?«

»Wohnen Sie nicht in Minden?« Der Wirt sah ihn kritisch, fast mißtrauisch an. »Auf der Walze, was?«

»Nicht ganz. Wohnte vor zwölf Jahren hier. Aber seitdem ist vieles anders geworden ... sehr vieles ... Ich will jetzt versuchen, hier wieder Fuß zu fassen. Und dazu brauche ich ein Zimmer.«

»Und dann ins Hotel? Lieber Mann, nehmen Se sich doch en möbliertes Zimmer. Gleich um de Ecke, bei der Witwe Bornemann, da können Se eins haben. Im Monat nur fünfundfünfzig Mark. Mit Licht. Und samstags können Se auch baden. Sagen Sie der Witwe Bornemann ruhig, daß ich Sie schicke.«

Fritz Bergschulte nickte. Fünfundfünfzig Mark, dachte er. Woher fünfundfünfzig Mark nehmen? Morgen gehe ich erst zu Ermann. Vielleicht weiß er, wer ich bin, wenn er mich sieht. Und dann werden wir weiter - sehen - morgen, und übermorgen ist ja auch noch ein Tag.

»Ich danke Ihnen«, sagte er und verließ die Wirtschaft. Der Wirt, der ihm nachblickte, schüttelte den Kopf und strich den Bierschaum von den Gläsern.

»Kein Mumm, die Leute von heute«, meinte er halblaut. Dann stellte er die Krüge auf ein Nickeltablett und balancierte sie zu dem Stammtisch, wo er mit Hallo und Lachen begrüßt wurde.

Fritz Bergschulte ging durch den Abend. Die hell erleuchteten Schaufenster der Geschäfte zeigten die Schätze, die sie zu bieten hatten. Frohe Menschen in leichten flotten Mänteln oder sportlichen Kleidern belebten die Gehsteige. Die Flut der Autos glitt auf weichen Rädern über den Asphalt. Überall Freude und Leben, überall Glück und Zufriedenheit. Wer wollte auch an einem Frühlingsabend mürrisch sein, an einem Abend, der das Herz so weit machte und so voll Sehnsucht nach irgendeiner glücklichen Erfüllung.

Der ernste, hagere Mann wand sich durch die Menge der Spaziergänger und suchte die

Hausnummer, die der Wirt ihm angegeben hatte. Vierunddreißig - da war sie! Hermine Bornemann.

Als er schellte, mußte er nicht lange warten und es summte der elektrische Öffner. Fritz drückte die Tür auf, die sich knirschend in den Angeln bewegte, und durch einen dunklen, langen Treppenflur tappend stolperte er gegen die erste Stufe einer breiten Holztreppe. Oben knipste jetzt jemand die Treppenbeleuchtung an. Fritz Bergschulte schaute empor. Vier Treppen hoch, Witwe Hermine Bornemann. Unter dem Dach. Schräge Wände und ein Fenster direkt zu den Sternen. Im Winter würde der Schnee dick auf dem Fensterbrett liegen und die einzige Rettung ein kleiner Kanonenofen in der Ecke sein. Und das alles für fünfundfünfzig Mark einschließlich Licht und wöchentlich einmal baden. Zimmer mit Komfort.

Fritz Bergschulte stieg die Treppen empor.

Erster Stock - zweiter Stock - dritter Stock .

Oben, am Ende des Treppenabsatzes zum vierten Stock stand eine Gestalt.

Alt, gebeugt, mit weißen Haaren, mütterlich. Die runzeligen Hände vor einer großblumigen Kittelschürze.

In diesem Augenblick wußte Fritz Bergschulte, daß er das Zimmer nehmen würde.

# 3

Die Morgendämmerung kroch durch das schräge Fenster, so daß die alten Möbel aus dem Dunkel der vergangenen Nacht herauszuwachsen begannen. Da war an der Innenwand ein breites, langes Bett mit einem mit blumigem Stoff überzogenen Plumeau, ein Waschtisch mit Steingutschüssel und großer Wasserkanne, ein runder, etwas wackeliger Tisch mit einem abgewetzten Ledersofa dahinter, zwei Stühle mit fehlerhaftem Rohrgeflecht, eine ziemlich altersschwache Anrichte neben der Tür, und in der Mitte des Raumes ein Kokosteppich, dessen losen Fasern keine besonders energischen Säuberungsmaßnahmen mehr zuzumuten waren. Ein kleiner Blumenständer mit sieben stacheligen und verkümmerten Kakteen stand fremd und ohne Beziehung zum Raum neben dem Fenster. Frau Witwe Bornemann betonte lebhaft, daß dies eine »Pfandsache« des Vorgängers in diesem Zimmer sei, der seine Miete nicht bezahlt hatte und dafür diese Kakteen hatte zurücklassen müssen. Sie ständen zwar in keinem Verhältnis zu der schuldig gebliebenen Miete, aber – Frau Bornemann hob den runzeligen Zeigefinger – Strafe muß eben sein, und wenn es sich um Kakteen handelte, von denen sie nichts hatte.

Fritz Bergschulte lag noch im Bett und räkelte sich, als es dämmerte und die Konturen des Kirchturmes, der fast greifbar nahe schien, vor dem Hintergrund des bleigrauen Himmels immer deutlicher wurden. Außerdem begannen jetzt auch die Glocken zu läuten – eine schwere, wuchtige Glocke mit einem dumpfen Schlag und zwei kleinere, hellere, die zusammen einen weichen Dreiklang ergaben, der schwerelos über die Stadt hinschwebte. Der Mann im geblümten Bett rieb sich die Augen und drückte das Plumeau zur Seite. Mit Schwung warf er seine langen knochigen Beine über den Rand des Bettes und setzte sich auf, fuhr sich mit den Händen durch die stoppeligen Haare, die sich nach der Sträflingsrasur in Rußland wie eine Bürste anfühlten, und schaute hinaus auf den Kirchturm.

Heute ist ja Sonntag, dachte er. Mein Gott, der erste Sonntag in Deutschland. Wie schön, wie herrlich hätte er sein können. Wie wundervoll hatte er ihn sich ausgemalt in den russischen kalten Nächten unter seinen drei Filzdecken. Lina würde neben mir liegen, hatte er gedacht, glücklich, lächelnd, und sie würde den weichen Arm um mich schlingen und sich eng an mich schmiegen. Ihre Locken würden mein Gesicht kitzeln und ihre Finger würden mit den Haaren auf meiner Brust spielen, wie sie es immer getan hatte, ehe sie ganz lieb zu ihm gewesen war. Und Peter, der Lausejunge, würde oft ins Bett springen und den Vater kitzeln, mit ihm balgen, daß die Kissen und Decken durch das Zimmer fliegen würden, bis Lina sie beide an den Ohren nehmen und ihnen eine Strafpredigt halten würde. Um 10 Uhr würde man dann am Kaffeetisch sitzen, knackende Brötchen, Butter, Honig und Wurst vor sich, würde dampfenden Bohnenkaffee trinken und die flotte Musik aus dem Radio hören, während draußen im Garten die Sonne auf die Blumenbeete scheinen und die Pracht der Farben bis fast in das Zimmer leuchten würde. So richtig gemütlich würde das sein, so bieder-bürgerlich - aber war das nicht das Leben, das lohnte, gelebt zu werden? War das nicht das Glück des kleinen Mannes - eine liebe Frau, ein frischer Junge, ein nettes Häuschen, ein schöner Garten und so richtig behagliche Gemütlichkeit mit Filzpantoffeln, Kaffeewärmer und Morgenzeitung? Was wollte man denn auch mehr von diesem Leben? Arbeit gab es genug, Ärger stellte sich von selbst ein - und das Herz kannte ja in dem Getriebe der Maschinen und dem Lärm der Straße nur eine Sehnsucht: Ruhe, eine stille Insel, auf der man allein mit den Liebsten seiner Tage war, allein und glücklich.

Ein Sonntag.

Fritz Bergschulte brach seine Träumereien ab und stand von der Bettkante auf. Sinnlos, diese Träume weiter zu träumen. Das Leben sah jetzt anders aus. Arbeit mußte er finden, ein Ziel mußte er sich setzen. Von der Spätheimkehrer-Fürsorge – wie das schon klang: Spätheimkehrer! Als wäre man jemand, der den Anschluß verpaßt hat, der »zu spät« kommt – würde er dreihundert Mark erhalten, vom Sozialamt Anzug und Wäsche, aber dann war es aus mit der staatlichen Unterstützung, und er mußte sehen, wieder irgendwo auf einem Bau beschäftigt zu werden, um nicht länger der öffentlichen Wohlfahrt zur Last zu fallen.

Schlurfend ging er zum Fenster und öffnete es. Die frische Frühlings-Morgenluft strömte in das Zimmer und weckte seine Lebensgeister. Er breitete die Arme aus und atmete tief ein. Sein Brustkasten weitete sich. Er stützte sich mit beiden Händen auf das Fensterbrett und betrachtete den Wetterhahn auf dem Kirchturm, der sich im Wind träge drehte.

»Wir schaffen es, Fritz!« sagte er laut. »Wir lassen uns nicht unterkriegen – früher nicht, jetzt nicht und später nicht! Solange es eine so herrliche Sonne gibt, solange Blumen blühen, solange die Wolken am blauen Himmel ziehen wie weiße Schiffe, die hinaus in die Ferne treiben, so lange lohnt es sich zu kämpfen und ja zu dem zu sagen, was uns entgegenkommt.«

Plötzlich durchzuckte ihn ein verwegener Gedanke. Paul Ermann mußte ja heute - am Sonntag vormittag - zu Hause zu erreichen sein. Wenn es auch nicht schicklich war, seinen ehemaligen Chef am Sonntag in der Privatwohnung aufzusuchen - Fritz Bergschulte schob die Bedenken zur Seite. Man hatte in den vergangenen Jahren auch ihm viel Unschickliches zugemutet, man hatte auch ihn nicht gefragt, ob er dreimanndicke Bäume mit einer stumpfen Axt in der Taiga fällen wolle, oder ob es ihm passe, in den Bleibergwerken des Urals ohne Schutz das schädliche Material ans Tageslicht zu fördern. Was war dagegen ein gestörter Sonntag?

Er fühlte sich überhaupt noch zu sehr in den Rhythmus seiner Gefangenschaft eingespannt, er war noch zu sehr die Nr. L 398 562 des Lagers 492, Außenstelle 17, als daß er sich an die veränderten Verhältnisse in der Heimat schon hätte gewöhnen können. Er empfand, daß die Umstände, unter denen er zwölf Jahre hatte leben müssen, auch heute noch der Maßstab der Dinge in seinem Tagesablauf waren.

Diese erste Nacht in einem Federbett hatte er schlecht verbracht. Immer wieder war er aufgewacht, in Schweiß gebadet. Er hatte das Plumeau zurückgeschoben, hatte das Federunterbett herausgeräumt und sich auf die blanke Matratze gelegt. Aber auch die war ihm noch zu weich gewesen, er hatte sich schlaflos hin und her gewälzt, zornig auf seinen eigenen Körper, der nicht zur Ruhe kommen wollte. Wer jahrelang nur auf Holzpritschen oder auf der blanken Erde geschlafen hat, dem ist ein Federbett wie ein Schwitzkasten. Und so war er dann froh, als der Morgen heranrückte.

Sonntag. – Fritz Bergschulte schaute in den Spiegel, der etwas erblindet über dem Waschtisch hing. Rasieren brauche ich mich nicht, dachte er. Und einen Schlips kann ich nicht umbinden, weil ich noch keinen habe. Wohl aber einen Schal, einen handgewebten, den mir eine junge Bäuerin in Irkutsk schenkte, als ich einen Brunnen bei ihr aushob. Dieser Schal roch noch nach Machorka und billigem Wodka, den man heimlich von einigen russischen Posten bekommen hatte, wenn man ihnen die Gewehre geputzt und die verrosteten Läufe kurz vor dem Gewehrappell mit allen Kniffen deutscher Landser in Ordnung gebracht hatte. Was tat das auch? Er war so, wie er war, der Fritz Bergschulte, und der gute Paul Ermann sollte ihn auch so sehen.

Er kleidete sich an, wusch sich, versuchte sich zu kämmen, scheiterte aber damit an seinen kurzen Stoppeln und tappte dann die Treppen hinunter, trat hinaus auf die sonnenüberflutete Straße und blinzelte in den Himmel, der sich lichtblau über ihm wölbte.

Sonntäglich gekleidete Menschen gingen an ihm vorüber und strebten der Kirche zu. Jetzt fiel ihm auch deren Name wieder ein – St.-Jakobus-Kirche hieß sie, und er hatte vor achtzehn Jahren einmal an ihrem Schiff einen Pfeiler untermauert, der altersschwach sich gelockert hatte.

Die Hände in den Taschen schlenderte er in dem Schwarm der Kirchgänger mit und ließ sich durch die stillen Straßen treiben. An einer Ecke sprang er auf eine Straßenbahn und löste eine Karte bis zu einer Vorstadt, die in das herrliche Gebiet von Exter hinreichte. An blühenden Alleebäumen vorbei ratterte die Bahn, vorbei an saftgrünen Parks und blütenbeladenen Büschen, bis sie vor der Endstation in einem weiten Bogen schwenkte und vor einem Wartehäuschen hielt.

Bergschulte sprang aus dem Wagen und wanderte die stillen Villenstraßen entlang. Hier hatte der Krieg fast keine Spuren hinterlassen. In breiten und langen Gärten und parkähnlichen Anlagen lagen die herrlichen hellen oder geklinkerten Villen in der Sonne, leuchteten die bunten Sonnenschirme und die weißen Korbmöbel. Musik drang aus den geöffneten Fenstern, nicht zu laut, aber vernehmbar genug. Hier und da zeigte sich ein Dienstmädchen mit weißer Schürze, putzte ein Chauffeur einen glänzenden, nickelbeschlagenen Wagen oder jäteten Gärtner in grünen Schürzen die Blumenbeete und Rondelle.

Geld! dachte Bergschulte. Das ist alles: Geld! Da kann man in Rußland aus einem Blechnapf gegessen haben – sobald man zu Hause ist und den seidenen Morgenmantel wieder anzieht, ist alles vergessen. Da gibt es kein Sibirien mehr, sondern nur noch die Börsennachrichten und ab und zu ein Buch am Abend, um sich zu erholen – aber ein Buch von einem reichen Grafen mit einer weißen Rose im Knopfloch, der das arme Linchen Meier liebt. Um Gottes willen nichts von dem, was in der Welt vor sich geht, was der Kamerad Schulze erlitt und nun erzählt, um ein Fanal aufzurichten und eine laute, eine grelle Stimme zu sein gegen alle, die heute wieder rufen: Die Ehre des Mannes liegt im grauen Rock! Jene Schreier von Hurra und Heil, die um des lockenden Geldes willen vergaßen, was sie selbst erlebt und vor dem sie gezittert haben, oder die nie der Wahrheit ins Angesicht gesehen, sondern hinter dem Ofen eines geruhsamen Postens das Schreckliche aus der Ferne und mit einem Pfeifchen im Mund erlebt haben. Nein, das will der Mann, der heimkam, in dem seidenen Rock nicht mehr lesen. Warum auch? Das Leben ist hart genug – nun auch den Feierabend noch verderben durch die Wahrheit? Wie schön die Sonne leuchtet, wie die Blumen duften, und ja, man will ja heute in die Oper, Don Giovanni wird gegeben, die Oper der Lebensfreude...

Fritz Bergschulte verhielt den Schritt vor einem weißverputzten, flachen Bungalow, dessen Eingang von zwei Säulen gesäumt wurde. Durch die mit Schmiedeeisen kunstvoll vergitterte Glastüre sah man ein entzückendes Foyer mit Garderobenständern aus Palisander und handgetriebenem Messing. Eine breite Glasschiebetür mit geschliffener Füllung führte weiter ins Innere des Hauses. Hinter der Villa breitete sich ein parkähnlicher Garten aus mit einer großen Rasenfläche, die überging in einen herrlichen Blumengarten. Eine breite weiße Steintreppe führte von einer Terrasse herab ins Grüne.

Am Tor, über der Glocke, war ein kleines Messingschild:

Paul Ermann.

Fritz Bergschulte nickte. Ermann. Der Mann hatte Glück im Leben gehabt. Nicht eingezogen wegen Unabkömmlichkeit, immer zurückgestellt wegen kriegswichtiger Bauten, Westwall, Atlantikwall, zuletzt verschont von allen Bomben und immer die Möglichkeit, seinen Besitz zu mehren und an seinem Leben zu arbeiten. Man sah, wie weit er es gebracht hatte, und man konnte jetzt verstehen, daß ihm der Name Bergschulte entfallen war. Die Jahre bringen immer neue Namen und man vergißt, je höher man die Leiter emporklettert, desto leichter die Gesichter derer, die zurückbleiben, bis sie vollends verblassen in der Tiefe.

Fritz Bergschulte stand vor dem Haus. Soll ich auf die Klingel drücken? dachte er. Mehr als mich hinauswerfen kann er nicht. Aber er kann mich auch wiedererkennen - möglich ist das schon, denn wir haben zusammen gearbeitet, als Paul Ermann noch eine Zweizimmerwohnung bewohnte und auch der Arbeit nachlaufen mußte. Wenn er mich erkennt, das weiß ich, wird er mir helfen.

Er hob die Hand und legte den Zeigefinger auf den Klingelknopf. Wie bei einem Glücksspiel ist es, durchfuhr es ihn. Wenn ich jetzt drücke, beginnt die Kugel zu rollen. Fällt sie auf Schwarz, habe ich verloren, wenn ich auf Rot gesetzt habe - und umgekehrt.

Er läutete. Ein leises Summen ertönte, die Tür öffnete sich wie von Geisterhand, und Fritz Bergschulte schritt über den knirschenden weißen Kies auf die beiden Säulen zu.

In der Glastür stand ein Mädchen in einem schwarzen Kleid und weißer Schürze. Mißtrauisch musterte es den Mann mit dem kahlgeschorenen Kopf, dem zerschlissenen Anzug, den alten Schuhen, dem gegerbten Gesicht und den flackernden Augen.

»Ja?« sagte es abweisend. Und dann, peitschend, es dem Mann wie einen Schlag ins Gesicht schleudernd: »Können Sie das Schild am Tor nicht lesen? ›Betteln und hausieren verboten!‹ – Und dann noch am Sonntag. Frechheit!«

Fritz Bergschulte fühlte, wie er rot wurde. Er sah an sich herunter und verzieh dem Mädchen. Recht hatte es – wer so aussah wie er, war auch ein Bettler. Nur bettle ich, dachte er bei sich, nicht um eine Scheibe Brot, sondern um mein Leben...

»Entschuldigen Sie«, sagte er leise. »Ich komme, um Herrn Ermann zu sprechen.«

»Ob das geht, weiß ich nicht.« Das Mädchen blieb in der Tür stehen und ließ den Mann nicht herein. »Der gnädige Herr frühstückt gerade.«

»Dann bestellen Sie ihm einen guten Appetit und sagen Sie ihm, ich warte...«

»Wie Sie wollen.« Das Mädchen zuckte die Achseln, warf die Tür vor seiner Nase zu und entfernte sich durch die breite Schiebetür im Inneren des Gebäudes.

Fritz Bergschulte lehnte sich gegen eine der Säulen und schaute durch die Glastür in das Foyer. Woher der Paul Ermann bloß den Geschmack hat, dachte er und freute sich, daß er schon wieder so sarkastisch denken konnte. Früher hatte Paul eine Vorliebe für Micky-Maus-Plastiken und Bronzebüsten von Goebbels, Göring und Hitler gehabt. Auch nackte Frauen waren seine Spezialität gewesen – und jetzt auf einmal diese gediegene Eleganz und stille Vornehmheit! Er hat bestimmt geheiratet, ganz bestimmt. Leute seines Schlages werden von der Frau erst zur Persönlichkeit erzogen.

Er lachte vor sich hin und war erheitert, als das Mädchen wieder erschien und die Tür aufschloß.

»Sie sollen kommen. Aber höchstens zehn Minuten, Herr Ermann muß noch in die Stadt. Treten Sie näher...«

Sie ging voran durch die Schiebetür und trat mit Bergschulte in einen Salon, dessen Mittelpunkt eine überdimensionale hellgrüne Clubgarnitur bildete. Fast eine ganze Wandseite wurde eingenommen von einem wuchtigen Bücherschrank im altdeutschen Stil, gefüllt mit der besten Literatur des In-

und Auslandes.

Wieder mußte Fritz Bergschulte schmunzeln, ja sogar laut lachen, als er die Bücher sah. Mein Gott, dachte er, ob Paul Ermann die wirklich alle gelesen hat? Der Mann, der Zwanzig-Pfennig-Hefte verschlungen hatte, der heimlich Privatdrucke gesammelt und sich die neuesten Magazine aus Paris besorgt hatte? Und hier steht nun ein Hesse, ein Bergengruen, eine Lagerlöf, eine Mitchell, ein Blunck und sogar - Bergschulte staunte ehrlich - ein Hemingway ... Toll, dieser Ermann, durchfuhr es ihn. Zwölf Jahre haben ihn verwandelt, wie sie mich verwandelten - ihn aber zum wohlhabenden Bürger, mich zum Außenseiter der menschlichen Gesellschaft.

»Warum lachen Sie?« fragte in diesem Augenblick eine Stimme hinter ihm. Erschrocken fuhr Fritz Bergschulte herum und sah in das Gesicht eines dicken, jovialen, leicht ergrauten und sehr vornehmen Herrn, der schwarze Lackpantoffeln trug, einen seidenen Morgenmantel (dachte ich es doch, durchfuhr es Bergschulte), einen seidenen Schal um den fetten Hals und dicke Brillantringe an beiden Händen. Sein Scheitel war sehr gelichtet und wurde anscheinend jeden Morgen mit einem Haarwuchsmittel behandelt, denn die Haare waren noch feucht und glänzten.

Das ist er, Paul Ermann ... Und wie er mich mustert, als müsse er jeden Augenblick auf die Klingel drücken und sagen: »Setzen Sie den ungebetenen Ruhestörer sofort an die frische Luft!«

Fritz Bergschulte blickte ihn groß an und wartete auf ein Wort. Doch da Paul Ermann schwieg, nickte er ihm zu und sagte: »Kennst du mich nicht? Oder muß ich jetzt Sie zu Ihnen sagen?«

Der Bauunternehmer zog die Augenbrauen zusammen und musterte den Besucher schärfer. Doch er konnte aus diesem zerknitterten Gesicht und dem kahlen Schädel auch jetzt noch nichts herauslesen und schüttelte den Kopf.

»Ich weiß wirklich nicht...« meinte er stockend. »Es kommt mir zwar vor, als habe ich Sie einmal gesehen - aber wo? Es muß lange her sein...«

»Immerhin runde zwölf Jahre, Paul...«

»Zwölf Jahre?« Ermann setzte sich in einen der dicken Sessel und winkte Fritz Bergschulte, dasselbe zu tun. Etwas befangen kam dieser der Aufforderung nach und fühlte sich in dem weichen Polster reichlich unwohl und fehl am Platze.

»Zwölf Jahre, sagen Sie?« meinte Ermann, indem er das Sie etwas zu sehr betonte, als wolle er damit andeuten, daß ein Du in der jetzigen Lage nicht mehr angebracht sei.

»Das ist eine lange Zeit, und da lernt man viele Menschen kennen. Sie müssen mir da schon etwas nachhelfen.«

»Ich bin der Fritz«, sagte Bergschulte und lächelte schwach.

»Der Fritz? Mir sind im Leben schon mindestens 1000 Fritze begegnet.«

»Der Fritz Bergschulte, der mit dir – Verzeihung – der mit Ihnen einmal Ihr Baugeschäft hochgebracht hat. Der Fritz Bergschulte, der Ihnen damals den Bau der Sparkasse besorgte, durch den Ihr Geschäft erst bekannt wurde.«

»Mensch! Fritz!!« Ermann war aufgesprungen und kam jetzt mit ausgebreiteten Armen auf Bergschulte zu. »Mein Junge! Du? Mein Gott, wat haste dir verändert!« Er lachte und riß den alten Freund aus dem Sessel empor, klingelte dann, brüllte das hereinstürzende Mädchen, das fassungslos den »Bettler« in den Armen des Hausherrn sah, an: »Ne Pulle her und ein Frühstück wie für'n Fürst!« und schwenkte Bergschulte im Kreise herum. »Mensch, wo kommst du denn her?« Und dann schob er ihn weg, betrachtete ihn von oben bis unten und schüttelte den Kopf. »Also – nimm es mir nicht übel – ich hätte dich nicht wiedererkannt. Ich habe erst gedacht, da kommt einer und will mich am heiligen Sonntagmorgen anschnorren oder will gar Arbeit haben! Mensch, den hätt' ich rausgepfeffert!«

»Schade!« Fritz Bergschulte nahm seinen Hut wieder auf und reichte Paul Ermann die Hand. »Na, dann laß es dir weiter gut gehen…«

»Moment, Moment!« Paul Ermann hielt ihn am Ärmel fest. »Was soll denn das? Erst wird gefrühstückt und einer gekümmelt. Was hast du denn plötzlich?«

»Du willst mich rauspfeffern…«

»Dich doch nicht, du Hornochse!«

»Doch, mich! Denn ich bin gekommen, dich am heiligen Sonntagvormittag anzuschnorren und um Arbeit zu bitten…«

»Du? Du und keine Arbeit? Hahaha!« Ermann klopfte ihm auf die Schulter und schüttelte den Kopf. »Junge, du machst illustriertenreife Witze! Wo gibt's denn so was?«

»Bei mir.« Fritz Bergschulte nickte. »Ich bin vor drei Tagen erst aus Rußland zurückgekommen. Zwölf Jahre Schweigelager. Zwölf Jahre ein Tier unter Tieren! Zwölf Jahre mit dem Tod in einem Bett. Und jetzt liege ich auf der Straße. Die Frau hat wieder geheiratet, denn ich wurde für tot erklärt, meine Schwiegereltern haben mich vor die Tür gesetzt, weil der zweite Mann mehr verdient als ich…«

»Sauerei!« brüllte Ermann und hieb auf die Sessellehne.

»Laß man, Paul, auch das schluckt man. –

Ja, und nun suche ich Arbeit, um wieder anzufangen, von vorn anzufangen, denn ich glaube, ich bin noch zu jung, um mich einfach wie ein Tier in eine Ecke zu verkriechen und zu warten, bis alles aus ist.«

»Red doch nicht solchen Quatsch!« Paul Ermann drückte ihn in den Sessel zurück und schellte Sturm. Das Dienstmädchen kam mit einem riesigen Tablett angelaufen, und Ermann baute selbst auf dem Couchtisch das Frühstück auf. Zwei Eier, drei große Lappen Schinken, Butter, Weiß- und Schwarzbrot, Cervelatwurst, einige Scheiben Salami, ein Silberkännchen mit starkem Bohnenkaffee, Sahne, Zucker, eine Flasche mit Gin, fünfundvierzigprozentigem, vier Zigarren mit Bauchbinde und einem tönenden Namen ... Fritz Bergschulte schloß die Augen und ließ sich in den Sessel zurücksinken.

»Wenn ich das alles gegessen habe, platze ich oder komme ins Krankenhaus«, sagte er lachend.

»Auch gut! Dann wirste wenigstens 14 Tage umsonst verpflegt und hast ein gutes Bett. Wo schläfst du eigentlich?«

»Ich habe mir ein Zimmer gemietet. Sauber und nett. Aber ich muß arbeiten, um es zu bezahlen...« Bergschulte griff zu und schmierte sich ein Schinkenbrot. Ermann goß sich und ihm einen Gin ein.

»Nimm nur richtig Butter, Fritz«, sagte er dabei. »Man kann ja durch dich hindurchblasen...« Dann kippte er seinen Gin hinunter und schnalzte mit der Zunge. »Scharfe Sache am Morgen - das macht munter. Also Arbeit suchst du?« Er kratzte sich den Kopf. »Meine Kolonnen sind alle besetzt. Und Arbeit ist auch nicht genug da. Mit der Bauerei geht zur Zeit nicht viel. Der Staat muß einspringen. Aber du weißt ja, bei dem dauert's. Geplant wird genug, die Kredite sollten längst fließen. Da muß aber jede Sache erst wieder durch 4578 Instanzen, und wenn sie endlich am Ende angelangt ist und der Stempel ›Genehmigt‹ draufgedrückt wird, ist das Geld entweder schon für andere Zwecke ausgegeben oder der Bauherr ist längst gestorben.« Er lachte und schob Fritz Bergschulte die Salami zu. »Probier mal, Junge. Importware aus Italien! Zergeht dir auf der Zunge!«

»Fürs Essen hast du ja immer das meiste Geld ausgegeben«, lachte Bergschulte und aß die Salami. »Also Arbeit hast du auch nicht?«

»Im Moment nicht. Aber das soll nicht heißen, daß es überhaupt keine Arbeit gibt. Bist du an Minden gebunden?«

Bergschulte schaute vor sich auf das Muster des großen Perserteppichs. Bin ich an Minden gebunden? dachte er. Lina hat einen anderen Mann, Peter, mein Junge, kennt seinen Vater nicht, die Schwiegereltern sind aus meinem Leben gestrichen, das Haus ist verkauft, und ich selbst, ich bin für alle, die ich einst liebte, tot! Amtlich tot! Kann einer ungebundener sein? Zwar will Lina wieder zu mir zurück, und Dr. Schrader hat auch ein wenig Hoffnung. Aber wenn ich den Prozeß gewinne – was dann? Dann sitze ich in Minden und bin arbeitslos! Kann ich denn Lina und Peter und mich hier überhaupt ernähren? Mein Gott, daran habe ich ja noch gar nicht gedacht. Ich muß ja erst selbst Boden unter den Füßen haben, ehe ich den sicheren Boden unter Linas Füßen wegziehe. Franz und Emma haben nicht ganz unrecht. Wie kann ich meine Familie wiederfinden, wenn ich mich selbst noch nicht gefunden habe? Und den Prozeß könnte Dr. Schrader auch allein führen – warum soll ich danebensitzen wie ein billiger Statist, wie ein Reklameschild, auf dem zu lesen steht: Seht, das ist der arme Tote, der wieder leben will! So sieht man aus, wenn man zurückkommt und der Dank des Vaterlandes einem gewiß ist…!

Er lachte bitter vor sich hin und blickte dann auf.

»Nein!« sagte er fest. »Ich kann hin, wohin ich will!«

»Schön.« Paul Ermann schien zu fühlen,

was in Bergschulte vorging, und drang nicht weiter in ihn. »Ich habe einen Geschäftsfreund in Dortmund, der sucht einen guten Polier. Wäre das nichts für dich?«

»Polier?« Fritz Bergschulte schüttelte den Kopf. »Paul – das geht doch nicht. Ich habe länger als zwölf Jahre keine Kelle mehr in der Hand gehabt!«

»Na und? Hast du in den zwölf Jahren das Laufen vergessen? Wer einmal auf'm Bau war, der verlernt das nicht in dreißig Jahren. Mehr Mut, Fritz, mehr Selbstvertrauen! – Möchtest du nach Dortmund?«

»Aber ja, Paul!, – ja – sofort!« Fritz Bergschultes Augen leuchteten auf. Polier, dachte er. Gleich anfangen als Polier. Da kann ich mir in ein paar Jahren doch wieder etwas Eigenes bauen, da komme ich ja wieder auf beide Beine ... Er drückte Paul Ermann glücklich die Hand. Es war, als ob sich sein ausgemergelter Körper streckte, als ob ein neuer Funke aus der Asche seines Herzens sprang. Ein frisches Rot überzog seine fahle Haut und belebte sie.

»Na also.« Paul Ermann griff zum Telefon und drehte die Nummer des Fernamtes. »Fräulein – einmal Dortmund 43692. Ja, so schnell wie möglich.« Er legte den Hörer wieder auf die Gabel und klopfte Bergschulte auf die Schulter. »Das ist der Anfang, Fritz«, meinte er und hielt ihm das Ginglas entgegen. »Denn wenn ich hier in Minden wieder einen neuen, guten Polier oder gar Bauführer brauche, dann hole ich dich sofort zurück. Mein alter Junge - ich werde dich Dortmund nur pumpen...«

Hell klangen die Gläser aneinander. Wie Feuer lief der Gin durch Bergschultes Kehle. Er mußte husten.

Es gibt doch noch Kameraden, dachte er dabei.

Und solange es einen Kameraden gibt, ist das Leben nicht hoffnungslos.

Sein Rücken krümmte sich beim Husten. Paul Ermann schlug ihm mit der flachen Hand auf den Buckel und lachte dabei.

Für zwei Männer schrumpfte die Zeit zusammen.

Sie waren zwölf Jahre jünger geworden.

Am nächsten Tag wurde Frau Lina Korngold aus dem Krankenhaus in Vlotho entlassen. Heinrich Korngold wartete unten vor dem Portal mit seinem Wagen, kam ihr entgegen und führte sie die drei Stufen hinunter, die zwischen der Tür und der Auffahrt lagen. Stumm öffnete er den Wagenschlag, stumm stieg Lina in das Auto, stumm setzte sich Korngold daneben und fuhr vorsichtig, jedes Schlagloch der Straße meidend, nach Hause.

In der Wohnung, die mit Blumen überreich geschmückt war und in der Peter seine Mutter mit einem Jauchzer und vielen Küssen begrüßte, half Heinrich ihr aus dem Mantel, hängte diesen wortlos an die Garderobe und ging dann in sein Herrenzimmer, ein wenig nach vorn gebeugt, in den wenigen Tagen sichtlich gealtert.

Lina hörte eine halbe Stunde lang ihrem Sohn zu, denn der hatte viel zu erzählen, auch von einem fremden Mann, der ihn auf der Straße angehalten und ihm eine Tafel Schokolade geschenkt hatte, die er aber nicht gegessen, sondern aus Scheu, sie könnte vergiftet sein, weggeworfen hatte. »Er sah so zerlumpt aus, der Mann«, meinte er. Nachdem Lina daraufhin ein bißchen geweint hatte und Peter nicht wußte und von ihr auch nicht erfuhr, warum, ging sie hinüber in das Herrenzimmer. Heinrich Korngold saß hinter seinem großen Renaissancetisch, starrte ins Leere und rauchte nervös eine Zigarre. Seine Finger spielten mit einem Brieföffner, der – spitz wie ein Stilett – ihn ab und zu in die Hand stach. Er zuckte dann jeweils zusammen, aber er gab das schmerzhafte Spiel nicht auf, sondern sog nur noch heftiger an seiner Zigarre.

Als Lina eintrat, sah er ihr kurz entgegen und senkte dann den Blick. Sie blieb an der Tür stehen, scheu, zurückhaltend, als könne ein Schritt weiter ein Zuviel sein, und kreuzte die Arme über der straffen Brust. Ihr bleiches Gesicht zwischen den blonden Locken wirkte noch fahler, eingefallener, als das im Krankenhaus der Fall gewesen war. Ihre Lippen waren farblos und schmal. Ein bitterer Zug von Resignation lag in den Mundwinkeln.

Stumm stand sie mit dem Rücken zur Tür und wartete darauf, daß er sie ansprach. Heinrich Korngold legte den Brieföffner hin und besah sich seine Zigarre, indem er sie hin und her drehte.

»Du bist gekommen, um zu gehen?« fragte er sie.

»Nein.« Ihre Stimme war blechern, sie schepperte wie altes Metall. Man merkte die große Erregung, die ihr Inneres in Aufruhr versetzte. »Nein, Heinrich – ich bin gekommen, um Rechenschaft zu fordern.«

»Rechenschaft? Wofür?« Korngold blickte sie voll an. »Kann man über Liebe Buch führen und diese Bücher dann allein verstandesgemäß prüfen lassen?«

Lina trat einen Schritt näher und stand nun im Raum, eine schöne, blasse Frau, deren Hände bebten.

»Wußtest du, daß Fritz lebt?«

Diese Frage war schwer – sie war die Frage, von der alles abhing. Die Antwort darauf brachte die Entscheidung, ungeschminkt, klar – wie die Frage selber: Er wußte, daß Fritz lebt. Heinrich Korngold legte die Zigarre hin und stand auf. Er trat an das Fenster, kehrte Lina den Rücken und krallte die Finger in den Gittertüll der Gardine.

»Als ich aus dem Lager entlassen wurde, ja, da wußte ich, daß er lebt. Ich habe Abschied von ihm genommen und ihm meine restlichen Sachen geschenkt. Aber dann, dann wußte ich nicht mehr, ob er noch lebt ... dann, als ich dich heiratete, denn als ich ihn verließ, war er ein Gerippe, das nur noch wanken konnte und dem man keine drei Wochen mehr gab. Und wer einmal so weit ist, daß ihn die eigenen Kameraden aufgeben, der ist schon tot, auch wenn er noch Tage oder Wochen lebt. Ich habe nie geglaubt, daß er noch einen Monat überleben würde ... und es war für mich sicher, daß er starb.«

»So. Das glaubtest du?« Lina trat noch näher und stützte sich mit beiden Händen auf den Schreibtisch. »Warum kannst du mich nicht dabei ansehen, Heinrich? Ist es dir jetzt, nach vier Jahren, immer noch möglich, mir so ins Gesicht zu lügen wie damals? Hat dir Fritz nicht einen Brief für mich mitgegeben?«

»Ja!« Heinrich Korngold fuhr herum. Sein Gesicht war nun auch blaß wie das ihre.

Sein Atem ging stoßweise. »Ja. Ich hatte einen Brief für dich. Aber an jenem Abend, als ich bei dir in euerm Haus in der Ulmenstraße saß, als du mir einen Tee kochtest und mir die selbstgebackenen Plätzchen serviertest, als ich sah, wie schön du bist, wie begehrenswert für einen Mann, der viele Jahre in der Einsamkeit gelebt hat, als ich daran dachte, daß du auf einen Mann warten sollst, der in diesem Augenblick vielleicht schon in der russischen Erde liegt oder irgendwo auf einer Pritsche, kraftlos, erledigt, bereit, zu sterben – da habe ich in einer Minute, die du in der Küche warst, den Brief im Wohnzimmerofen verbrannt und alle Brücken hinter mir abgebrochen.« Er fuhr sich durch die Haare und seufzte tief. »Ich habe an diesem Augenblick, in dem der Brief meines besten Freundes in den Flammen zerfiel, die ganzen Jahre bis heute zu tragen gehabt. Ich habe des Nachts, wenn ich glücklich an deiner Seite lag und auf deinen leisen Atem lauschte, wenn ich so richtig glücklich war und mir kein schöneres Leben als das mit dir vorstellen konnte, anschließend immer wieder von diesem Brief geträumt. Ich sah Fritz am Lagertor stehen, während wir Entlassenen davonzogen. Er stand da im hohen Schnee, mager, vom Tode gezeichnet, vermummt in Wolldecken und Steppwesten, und er winkte mir nach, er, der Todgeweihte, winkte mir, der ich zurück in das Leben schritt, nach, und ich hatte in meiner Tasche seinen Brief an dich, von der er jeden Tag gesprochen und deren Bild er manchmal im Wald zwischen zwei Bäumen, die wir fällen mußten, aus der Tasche genommen und an die Lippen gedrückt hatte. Ich habe mich wieder gesehen, wie ich in Frankfurt an der Oder die ersten deutschen Zivilisten hörte, ihre ersten deutschen Heimatlaute, und wie ich weinte und in die Brusttasche griff, wo ich Fritzens Brief verwahrte. Das alles habe ich im Traum gesehen, und ich habe gestöhnt und mich hin und her gewälzt, wurde wach – aber dann sah ich dich an meiner Seite liegen, blond, schön, lächelnd im Schlaf, und ich habe die Zähne zusammengebissen und mir gesagt: Für diese Frau hättest du, wenn nötig, noch Schlimmeres getan! Und ich habe geschwiegen und nur für dich gearbeitet, ich habe keine Ruhe gekannt, um dir alle Wünsche zu erfüllen, um es dir noch schöner zu machen, um dich glücklich zu sehen ... Und du warst glücklich – o gib es doch zu, Lina ... du warst wunschlos glücklich bis zu dem Tag, an dem Fritz zurückkehrte.« Er hob beide Arme und ließ sie wieder schlaff herunterfallen. Eine ganze Welt von Hilflosigkeit lag in dieser Bewegung. »Das allein ist meine Schuld, Lina ... ich habe dich zu sehr geliebt ... Und ich liebe dich auch heute noch so...«

Lina war in den breiten Sessel gesunken, der an einem Rauchtisch mit einer dicken Marmorplatte stand. Sie bedeckte die Augen mit den langen, schmalen Händen und schüttelte den Kopf.

»Und was ... was soll nun werden?« fragte sie stockend. Schluchzen erschütterte ihren Körper. »Es kann doch so nicht weitergehen, Heinrich.«

»So nicht! Da hast du recht.« Korngold ging im Zimmer hin und her. Seine Schritte waren nervös und ungleichmäßig. »Bei dir liegt die Entscheidung, Lina – *ich* kann nicht mehr zurück, ich kann auf dich nicht verzichten. Solltest du das von mir verlangen, so verlangst du Unmögliches. Die Liebe zu dir war die ganze Kraft, die mich im Leben bisher vorantrieb.«

»Und Fritz? Er hat die anderen vier Jahre auch noch durchgestanden, weil er an mich glaubte. Und ich habe ihn verraten. Er hat zwölf Jahre am Rande des Abgrundes gelebt, hat es überstanden, weil auch er die große Hoffnung hatte, meine Liebe einst wiederzubekommen. Und ich hätte dich auch nie geheiratet, wenn ich gewußt hätte, daß Fritz noch lebt.«

»Das weiß ich. Darum ließ ich ihn sterben.«

»Fast wie ein Mörder.«

Das Wort stand im Raum und hallte in der Stille wider. Heinrich Korngold war zusammengezuckt und zog die Schultern hoch. Es war, als wachse sein Kopf plötzlich nach unten in den Rumpf, als sei er eine Schildkröte, die sich in ihren Panzer zurückzieht.

»Es haben schon viele Männer um einer Frau willen Fürchterliches getan«, sagte er tonlos.

»Und sie alle traf die Sühne!« Lina war aufgestanden. Ihre Gestalt straffte sich. »Ich habe dir vieles zu danken, Heinrich. Du hast mich in der Zeit der Not ernährt, du hast den Jungen auf das Gymnasium geschickt, du hast aus einer Arbeiterfrau eine ›Frau Ingenieur‹ gemacht mit eigenem Wagen, einer feudalen Wohnung und wertvollem Schmuck und Pelzen. Nach den Jahren der Angst und Sorge hast du mir drei Jahre der Zufriedenheit gegeben. Und ich gestehe es, es war auch eine innere Zufriedenheit. Die Ungewißheit war von mir genommen. Fritz wird nie wiederkommen, das wußte ich von dir, und das Leben mußte weitergehen. Für diese Zeit, in der ich froh war, habe ich dir zu danken.« Sie wandte sich der Tür zu: »Aber nun – laß mich gehen…«

»Freiwillig? Nie!« schrie Heinrich Korngold. »Er hat kein Recht mehr auf dich!« Mit drei schnellen Schritten kam er ihr zuvor, erreichte die Tür und schloß sie ab. Knirschend drehte sich der Schlüssel im Schloß, ehe er ihn abzog und in die Rocktasche steckte.

»Bitte laß mich hinaus«, sagte Lina leise. In ihrer Stimme lag eine versteckte Drohung, die durch die Verhaltenheit des Tones noch gefährlicher wurde. »Willst du einen Skandal haben? Soll ich einen Prozeß anstrengen, in dem deine ganze Lumperei an die Öffentlichkeit kommt? Willst du deine Stellung verlieren, überall verachtet werden, ein Schandfleck für diese Stadt?«

»Mir ist alles egal, wenn du von mir gehst!«

»Und an mich denkst du nicht? Immer nur du, immer nur der eigene Kopf, immer nur das eigene Glück? Glaubst du, ich könnte noch eine Nacht an deiner Seite liegen? An der Seite eines solchen Menschen?«

»Hör auf!« schrie Korngold. Er hielt sich die Ohren zu und stellte sich vor die Tür, als müsse er sie dadurch doppelt sichern. »Ich lasse dich nicht gehen! Ich werde mein Recht verteidigen!«

»Dein Recht?«

»Ja. Keiner kann mir nachweisen, daß ich einen Brief hatte. Keiner kann mir nachweisen, daß ich wußte, daß Fritz noch lebt. Dir wird man nicht glauben, denn du sprichst aus erloschener Liebe, aus plötzlichem Haß – so werde ich sagen. Und Fritz wird man nicht glauben aus demselben Grund, auf meinen Antrag hin. Ich kann dir das hier ruhig so sagen, denn was wir hier sprechen, hat keine Zeugen…«

»Außer Gott!«

»Gott! So erschreckt man kleine Kinder. Wo war Gott, als vor unseren Augen in Ufa am Ural fünfhundert Kameraden in wenigen Tagen krepierten? Wo war Gott, als zweiunddreißigtausend Kameraden ans Eismeer mußten und beim Straßenbau elend verreckten? Und wo war Gott, als er es zuließ, daß in der Welt dreißig Millionen Tote in die Erde kamen und die Felder noch nie so gute Früchte trugen wie nach diesem fetten Dung?«

»Mir graut vor dir!« Lina wandte sich ab und trat an das Fenster, riß die Gardine zur Seite und öffnete einen Flügel. »Jetzt sehe ich dein wahres Gesicht, das ungeschminkte, das innere, das verbrecherische. – Schließ die Tür auf!«

»Nein!«

Mit einem Satz sprang sie auf den Schreibtischstuhl und von dort auf das Fensterbrett. Noch hielt sie sich am Fensterkreuz fest und sah dem heranstürzenden Korngold in die Augen.

»Berühre mich nicht! Schließ die Tür auf – oder ich stürze mich auf die Straße!«

Mit einem gurgelnden Schrei lehnte sich Korngold gegen den Schreibtisch und spreizte die Finger. Seine Augen quollen hervor und hatten etwas Lebloses in ihrer Starrheit.

»Komm zurück!« flehte er. »Die Leute auf der Straße...«

»Schließ die Tür auf!«

Mit gesenktem Kopf wandte er sich ab, holte den Schlüssel aus der Tasche und steckte ihn ins Schloß. Langsam drehte er ihn herum, stieß die Tür auf und verließ das Herrenzimmer, nach vorn gebeugt, wie er es vor einer Stunde betreten hatte, schleppenden Schrittes – ein Mann, dem alles entglitten war, praktisch sein ganzes Leben, das er mit dem höchsten Einsatz, den es gibt, gewonnen und das er nun mit dem gleichen Einsatz – dem der Ehre – verloren hatte. Er ging durch die Wohnung, vorbei an dem ihn erstaunt musternden Peter, nahm seinen Hut von der Garderobe, verließ die Wohnung, stieg unten in seinen Wagen, ohne noch einmal empor zu dem Fenster zu blicken, an dem Lina stand und hinab auf die Straße sah.

Als sich der Wagen rasch entfernte, trat Lina zurück ins Zimmer, fuhr sich mit der Hand durch die Haare, straffte sich ... aber plötzlich war es, als fälle eine unsichtbare Axt all ihre Kraft ... mit einem leisen Aufschrei brach sie zusammen, fiel auf die breite Couch hinter dem Rauchtisch und vergrub das Gesicht in die schweren Kissen. Haltloses Weinen erschütterte ihren Körper. Sie grub die Nägel tief in den weichen Stoff der Couch und stammelte unverständliche Worte. Die ganze Qual der Tage, der Schmerz dieses großen Schicksals, die Erkenntnis des Kommenden waren in dieses Weinen eingeschlossen. Krampfartig zog sich ihr Herz zusammen, sie bekam keine Luft mehr, ächzend wälzte sie sich auf den Rücken, schlug erstickend mit den Armen um sich. »Luft ... Luft!« röchelte sie, grauenhafte Angst lag in ihren Augen, immer und immer wieder schnellte der Körper empor und öffneten sich die blauen Lippen ... Das Herz ... durchzuckte es sie ... das Herz hält es nicht aus ... und jetzt wird es stillstehen, jetzt wird Peter keine Mutter mehr haben ... keinen Vater und keine Mutter mehr. »Peter!« röchelte sie. »Peter...« O – das Herz, wie es zuckt, wie es sich zusammenkrampft, wie es aussetzt ... Das ist das Ende ... das ist zuviel für einen Menschen...

Dann schwanden ihr die Sinne, und ihr Körper rutschte von der Couch herunter auf den dicken Perserteppich, wo er gekrümmt und still vor dem Rauchtisch liegen blieb.

Am gleichen Vormittag besuchte Fritz Bergschulte die Ämter. Er holte sich die dreihundert DM ab, desgleichen einen Anzug, Unterwäsche und ein Oberhemd mit Schlips, er erhielt von Paul Ermann als »Vorschuß« zwei Paar neue Schuhe, einen Regenmantel und einen neuen Hut und kaufte sich von einem Teil des empfangenen Geldes einen goldenen Trauring, den er sich an einer einsamen Stelle der Weser an den Finger der rechten Hand steckte. Dann blickte er lange über die Wellen des Flusses, über die Türme und Dächer der Stadt, sah den Paddlern nach, die sich stromabwärts treiben ließen, blickte hinüber zu den Wiesen, von denen die bunten Zelte herüberleuchteten, die Wandervögel dort errichtet hatten, und sah dann wieder auf seinen Trauring, der neu und gelb in der Sonne glänzte.

»Ich komme wieder«, sagte er leise und ließ den Ring in der Sonne aufleuchten. »Und wenn ich wiederkomme, werde ich der alte Fritz Bergschulte sein. Nichts soll sich geändert haben – nur zwölf Jahre älter sind wir geworden ... aber das wären wir ja auch so, wenn wir zusammengeblieben wären...« Er stockte und schüttelte den Kopf. »Wenn wir ... was rede ich da bloß, Lina? Wir waren nie auseinander, was? Wir haben uns immer geliebt. Nur ich, ich war eine kurze Zeit mal in der Fremde – aber was tut das schon? Jetzt bin ich zurück –

hast du überhaupt gemerkt, daß ich weg war? Zwölf Jahre, sagst du? Aber Lina, Lina – zwölf Tage vielleicht, oder nur zwölf Stunden ... Hier, ich habe gearbeitet, da ist die Lohntüte – was, da guckst du, sie ist heute prall voll, und du kannst dir endlich den gewünschten neuen Hut kaufen ... den mit der Reiherfeder, die dir dann ins Gesicht wippt ... Das ist so lustig, so keck, so frech ... und ich mag dich so am liebsten, so frech wie ein Lausejunge ... Komm, gib mir einen Kuß ... Aber schnell ... sonst nehme ich dir die Lohntüte wieder weg ... Ach, Lina ... du kannst so schön küssen ... deine Lippen sind so heiß, daß sie mich verbrennen...«

Er schrak empor. Von der Weser herüber klang das Lachen der Paddler. Gesang schallte über die Wellen. Lustige Menschen winkten ihm zu. Da zog er sein Taschentuch, winkte auch und jauchzte über den Fluß hinweg.

Das Leben ruft mich ... klang es in ihm ... das Leben...

Und er winkte und lachte. Der Trauring blitzte in der Sonne, und das Herz war voll Jubel.

Ich bin wie ein Vogel, der krank war, dachte er, und plötzlich wieder fliegen kann. Hoch in die Luft steige ich, höher, immer höher, der Sonne entgegen.

Sein Lachen schallte über den sonnenüberglänzten Fluß.

Zwei Tage später fuhr der Zug aus der Mindener Bahnhofshalle hinaus, Bielefeld, dem Ruhrgebiet, Dortmund entgegen. Am offenen Fenster eines Wagens dritter Klasse stand Fritz Bergschulte und winkte zurück. Paul Ermann stand auf dem Bahnsteig, hatte Bergschulte noch eine Flasche Korn mit auf die Reise gegeben und ließ es sich nicht nehmen, ihm ein Abteil auszusuchen, wo er gut saß und auch die dritte Klasse, die es heute nicht mehr gibt, Polstersitze hatte.

Fauchend fuhr der Zug durch die Vorstädte, schlug einen Bogen, so daß der Blick der Fahrgäste noch einmal über Minden schweifen konnte. Die spitzen Türme der Kirchen grüßten, das Band der Weser, das silbern in der Morgensonne lag, begleitete den Zug eine lange Strecke, und die Felder, die weit und fruchtbar am Fuße des Wiehen-Gebirges lagen, leuchteten grün und saftig.

Noch immer stand Fritz Bergschulte am offenen Fenster und schaute hinaus in die Landschaft. Der Wind blies ihm ins Gesicht, gegen den starken Luftzug hielt er seine Augen zusammengekniffen. Da liegt meine nächste Heimat, dachte er, und zum zweitenmal verlasse ich sie, kaum, daß ich sie wiedergesehen habe. Was wird in Dortmund sein? Eine Stellung, ein Zimmer, reichlich unpersönlich wie alle möblierten Räume, viele Briefe zwischen Dr. Schrader und mir, ab und zu ein Kinobesuch oder ein Schoppen in irgendeiner Wirtschaft, am Sonntag auf dem Fußballplatz - ein Sauleben, trostlos und fade. Aber es sollte ja nur der Anfang sein. Erst mußte der Boden unter den Füßen her. Jede Rodung ist mühsam und schwer, am schwersten das Urbarmachen des Bodens für das eigene Schicksal.

Etwas wie Furcht vor der Fremde überkam ihn. Er schloß das Fenster und ließ sich auf seinen Sitz fallen. Nervös blätterte er in der Morgenzeitung, die er sich in der Mindener Bahnhofshalle gekauft hatte. Aber er las sie nicht wirklich - er war mit seinen Gedanken bei Lina und Peter. Ob ich ihnen schreiben soll, fragte er sich. Oder ob ich gar nichts von mir hören lasse, bis der Prozeß läuft und sich alles nach dem Gesetz klären muß? Oder ist es besser, ihr zu schreiben, daß ich in Dortmund bin? Vielleicht kommt sie nach, geht sie weg von Heinrich Korngold...

Er faltete die Zeitung wieder zusammen und gab sie seinem Nebenmann, der schon die ganze Zeit interessiert über seiner Schulter mitgelesen hatte. Es wird sich alles zeigen, dachte er. Es wird alles so werden, wie es beschlossen ist im Buch des Schicksals.

Ratternd und fauchend fuhr der Zug durch das blühende Land. Dörfer, Felder, Menschen, Kühe flogen am Fenster vorbei, Brücken dröhnten, und holpernd sprangen die Wagen über die Weichen.

Fritz Bergschulte schaute wieder aus dem Fenster und dachte auch an die freundliche Witwe Bornemann, seine Zimmerwirtin, bei der er sich mit viel Gedöns und Dankbarkeit eingemietet hatte, um das Zimmer praktisch schon nach Tagen wieder aufzugeben. Sie hatte ihm erklärt, ihn nicht für ganz normal zu halten.

Bin ich auch nicht, dachte er – aber ist das ein Wunder? Denkt euch in meine Situation hinein. Alles ist ungewiß, alles liegt noch im dunkeln für mich. Nur eins weiß ich, und das ist jetzt die Hauptsache: Ich bin wieder in Deutschland, ich lebe noch, ich kann wieder arbeiten, und solange ich das kann, muß ich mich nicht aufgeben, denn die Hoffnung ist stärker als die Angst vor dem Ungewissen.

Dortmund ... Die Großstadt, die Stadt der Biere und der Zechen, nach dem Kriege ein riesiger Trümmerhaufen zerbombter Häuser. Eine Stadt, deren Aufbauwille Wunde um Wunde schließt. Diese Stadt der Arbeit hat mich gerufen...

Und Arbeit ist jetzt alles - ist Vergessen und Ertragen.

Arbeit - früher war es ein Wort, über das man spotten konnte. Heute aber wurde es ein Symbol, ein Halt, von dem aus sich eine neue Welt erschloß.

Er saß am Fenster und starrte hinaus auf die vorübereilenden Dörfer, auf die ihre Felder bewirtschaftenden Bauern, auf die Kinder, die dem Zug zuwinkten, auf die Tiere, die weideten, auf die Autos, die neben dem Bahndamm auf einer alten Landstraße dahinbrausten und Staubwolken hinter sich herzogen. Das alles ist Leben, dachte er, das alles atmet, hat einen Rhythmus, hat ein Ziel - und nur ich allein soll nicht wissen, was ich will? Nein! Er biß die Zähne aufeinander und drückte die Stirn an die Scheibe. Sie war kühl und feucht und tat ihm wohl.

Dort irgendwo in der Ferne liegt Dortmund. Dort qualmen die Schlote und überziehen den Himmel mit dicken Rußwolken, dort pochen die Schmiedehämmer, dort fließt das glühende Eisen aus den Öfen, dort rauscht der Koks in die Kühlbehälter, dort brennen in der Tiefe der Erde Tag und Nacht die Grubenlampen und fressen sich die Preßlufthämmer in das Gestein, das schwarze Gold der Ruhr freilegend.

Fritz Bergschulte lächelte. Und dieses Lächeln war ein stilles, festes Versprechen, durchzuhalten und seinen Weg zu gehen … den Weg in das Leben – den Weg zurück zu Frau und Kind … den Weg in die wirkliche Heimat…

## 4

In seinem gemütlichen, etwas altväterlich eingerichteten Arbeitszimmer mit einem Riesenschrank voller Gesetzessammlungen und Kommentare empfing Dr. Fritz Kämmerer, ehemals Amtsgerichtspräsident von Minden, einen späten Gast: den Rechtsanwalt Dr. Schrader.

Dr. Kämmerer befand sich seit zwei Jahren im Ruhestand, obwohl er noch keine sechzig Jahre alt war. Er hatte vorzeitig um seine Entlassung aus dem aktiven Dienst gebeten, ohne schon amtsmüde gewesen zu sein. Auch Krankheit hatte ihn keine zu seinem Schritt bewogen – jedenfalls keine Krankheit, an der er selbst gelitten hätte. Wovon er buchstäblich außer Gefecht gesetzt wurde, war ein Gemütsleiden seiner Frau, die nie über den Tod zweier Söhne im Krieg hinwegkam. Schließlich versuchte sie mehrmals, sich das Leben zu nehmen. Daraufhin quittierte Dr. Kämmerer, der seine Frau außerordentlich liebte, den Dienst, um Tag und Nacht in ihrer Nähe zu sein. Verhindern konnte er dadurch die Katastrophe nicht.

Seine Frau schlich sich eines Nachts, als er an ihrer Seite schlief, aus dem Zimmer und tötete sich mit Pflanzengift, um auf diese Weise, wie sie in ein paar flüchtigen Zeilen, die sie hinterließ, schrieb, »zu ihren Söhnen zu gelangen«. Ihren Mann forderte sie mit gleicher Feder dazu auf, dasselbe zu tun, damit »die ganze Familie vereinigt werde«. Daraus ging hervor, wie weit ihre Krankheit schon fortgeschritten war.

Fritz Kämmerer neigte fortan zwar nicht auch zum Selbstmord, aber er war ein gebrochener Mann. Anhang hatte er keinen mehr, er war ganz und gar alleinstehend. Seine Frau, eine Industriellentochter aus Essen, hatte ihm ein großes Vermögen mit in die Ehe gebracht. Deshalb beschäftigte ihn nun die Frage, was mit dem ganzen Besitz, auf den er keinen Wert mehr legte, geschehen solle. In Juristenkreisen wußte man, wie deprimiert er war, und sorgte sich deshalb um ihn. Man müsse auf ihn aufpassen, sagten die Kollegen zueinander.

Rechtsanwalt Dr. Schrader reagierte in diesem Sinne deshalb sofort, als ihn Dr. Kämmerer heute abend angerufen und am Telefon gefragt hatte: »Herr Rechtsanwalt, hätten Sie Lust, mich einmal zu besuchen?«

»Aber gerne, Herr Präsident. Wann?«

»Möglichst bald. Sie wissen ja, ich habe immer Zeit. Die Frage ist, wann's Ihnen paßt.«

»Meinetwegen schon in einer halben Stunde.«

»Ausgezeichnet, Herr Rechtsanwalt! So kühn waren meine Hoffnungen gar nicht. Ich würde gerne mit Ihnen etwas besprechen.«

»Ich bin um neun bei Ihnen, Herr Präsident.«

»Wunderbar! Aber ich bin so rasch nicht vorbereitet. Ich weiß, Sie trinken am liebsten Bier, ich habe aber nur Wein im Haus...

»In der Not frißt der Teufel auch Mosel, Herr Präsident...«

Fünfundzwanzig Minuten später begrüßten sich die beiden an Kämmerers Haustür. Schrader wurde ins Arbeitszimmer geführt, das er schon kannte, und gebeten, Platz zu nehmen.

Nach dem ersten Schluck Wein sagte Dr. Kämmerer: »Herr Rechtsanwalt, lassen Sie mich gleich in medias res gehen. Ich trage mich mit dem Gedanken, eine Stiftung zu gründen...«

»Eine Stiftung?«

»Ja«, nickte Dr. Kämmerer. »Sie kennen wahrscheinlich meine Verhältnisse nicht. Ich bin ein vermögender Mann. Stammt alles von meiner Frau. Was soll ich mit dem ganzen Kram? Ich habe keinen Anhang. Deshalb mein Gedanke an eine Stiftung. Verstehen Sie?«

Dr. Schrader war so überrascht, daß er erst noch einmal einen Schluck Wein trinken mußte, ehe er antwortete: »Herr Präsident - wenn ich fragen darf - wie reich sind Sie denn?«

»Ich verstehe, Sie wollen sagen: Lohnt sich denn das überhaupt? Reicht es für eine Stiftung?«

»Nicht ganz so kraß, Herr Präsident...«

»Doch, doch«, lächelte Dr. Kämmerer, »das wollen Sie sagen. Nun, ich bin Millionär.«

»Millionär?«

»Multimillionär.«

»Großer Gott«, stieß Dr. Schrader, der zu kämpfen hatte, daß ihm der Mund nicht offenstehen blieb, hervor, »das haben Sie aber absolut zu verheimlichen gewußt als Beamter, Herr Präsident.«

Dr. Kämmerer winkte ab.

»Wissen Sie«, sagte er, »mir war der ganze Kram immer unangenehmer als - «

»Welcher Kram?« unterbrach Dr. Schrader.

»Häuser, Grundstücke, Beteiligungen, das meiste in Essen. Man sieht sich selbst leicht als Prinzgemahl unter solchen Umständen.«

»Aber dazu gab Ihnen doch Ihre Frau keinen Anlaß, Herr Präsident!«

Dr. Schrader hätte sich, als er das gesagt hatte, im nächsten Moment am liebsten selbst auf die Zunge gebissen, denn es war zu sehen, daß Dr. Kämmerer unter der Erinnerung an seine Frau litt – er senkte den Kopf und blickte abwesend vor sich hin; es war ganz klar, an wen er voller Traurigkeit dachte.

»Herr Präsident«, räusperte sich Dr. Schrader, »wem soll Ihre Stiftung zugute kommen?«

»Selbstmordgefährdeten.«

Schrader hatte geglaubt, mit seiner Frage den Präsidenten von seiner Frau abzulenken. Doch dessen Antwort zeigte den totalen Mißerfolg, den die Absicht des Rechtsanwalts zu verzeichnen hatte.

»Sie wissen«, fuhr Kämmerer mit tonloser Stimme fort, »was mir passiert ist. Mich läßt seitdem der Gedanke der Vorbeugung nicht mehr los. Es gibt ja viele solche Menschen wie meine Frau, die gemütskrank sind. Wer sollte ihnen helfen? Die Psychiatrie. Aber sehen Sie sich doch deren heutigen Stand an. Der Selbstmordgefährdung gegenüber bringt sie noch gar nichts. Meine Frau war in Behandlung. Ich habe mir genau angesehen, was mit ihr gemacht wurde. Lächerlich. Ein Psychiater selber sagte mir schließlich, daß sie sich da erst am Anfang befinden. Die Stiftung, welche mir vorschwebt, soll hier etwas in Bewegung bringen, sei es in Form eines Instituts, einer Heilstätte oder in welcher Gestalt immer. Das müßte noch abgeklärt werden. Was halten Sie davon?«

»Herr Präsident«, antwortete Dr. Schrader, »den Grundgedanken finde ich wunderbar. Im einzelnen kann ich mich allerdings nicht äußern, da ich zuwenig von der Materie verstehe. Dazu müssen Fachleute befragt und herangezogen werden. Zeit steht genug zur Verfügung, denn bis zu Ihrem Tode – «

»Was hat das mit meinem Tode zu tun?« unterbrach Dr. Kämmerer.

»Die Stiftung soll doch erst dann in Kraft treten, Herr Präsident?«

»Wer sagt Ihnen denn das? Nee, nee, mein Lieber, ich will die jetzt schon ins Leben rufen…«

»Jetzt schon?«

»Sie hören richtig, Herr Rechtsanwalt. Ich sagte Ihnen bereits: Was soll ich mit dem ganzen Vermögen? Ich brauche es nicht mehr. Meine Bedürfnisse sind durch das Ruhestandsgehalt gedeckt.«

»Wollen Sie damit sagen, daß Sie alles wegzugeben gedenken?«

»Ja.«

»Herr Präsident«, setzte Dr. Schrader zu einer Antwort an, schluckte und sagte nur noch einmal: »Herr Präsident…«

Größte Bewunderung stand ihm ins Gesicht geschrieben. Aber auch ein bißchen Befürchtung, daß Dr. Kämmerer verrückt sein könnte.

Die Weingläser waren leer. Der Hausherr schenkte nach. Dann sagte er: »Sie wissen nun Bescheid, Herr Rechtsanwalt. Die Gründung soll sofort in Angriff genommen werden. Dazu braucht's, wie fast bei allem, in erster Linie einen Juristen. Ich habe da an Sie gedacht...«

»An mich?« stieß Dr. Schrader höchst erstaunt hervor.

»Ja. Das war auch der Grund, warum ich Sie zu mir gebeten habe.«

»Wieso an mich?«

»Weil Sie ein guter Jurist sind.«

»Das sind andere auch.«

»Genügt es Ihnen nicht, wenn ich Ihnen das sage?«

»Nein, Sie haben mich neugierig gemacht.«

»Also gut: Weil Sie nicht nur ein guter Jurist sind. Ich beobachte Sie seit Jahren. Sind Sie jetzt zufrieden?«

Dr. Kämmerer war 30 Jahre lang am Amtsgericht in Minden dafür bekannt gewesen, daß er nur im äußersten Notfall ein Lob aussprach. Gerade deshalb wußte Dr. Schrader ganz besonders zu schätzen, was soeben geschehen war.

»Nehmen Sie meinen Auftrag an, Herr Rechtsanwalt?« fragte Dr. Kämmerer, und als Dr. Schrader nicht gleich antwortete, setzte er hinzu: »Überlegen Sie es sich. Ich sehe ein, das Ganze kommt sehr überraschend für Sie. Ich könnte mir aber sogar vorstellen, daß Sie sich der Stiftung einmal ganz verschreiben, als Geschäftsführer, verstehen Sie…«

»Und meine Kanzlei, Herr Präsident?«

»Die müßten Sie natürlich aufgeben. Wie läuft diese denn derzeit?«

»Bin zufrieden.«

»Interessante Fälle?«

»Einen ja – das heißt: ›interessant‹ ist da wohl nicht der richtige Ausdruck. ›Skandalös‹ müßte man besser sagen.«

»Erzählen Sie!« forderte Dr. Kämmerer, in dem der alte Jurist erwachte.

»Stellen Sie sich vor«, begann Dr. Schrader, »ein deutscher Landser ist zwölf Jahre lang vermißt und wird für tot erklärt. Er sitzt in einem russischen Schweigelager, wird aber entlassen und kehrt in die Heimat zurück. Und nun geht's los: Seine Frau ist wieder verheiratet…«

»Verständlich, ihr Mann war ja amtlich tot.«

»Das Haus, das er sich gebaut hatte, ist verkauft…«

»Von wem?«

»Von seiner Frau.«

»Auch verständlich. Sie hatte das Recht dazu.«

»Wissen Sie, mit wem sie verheiratet ist?«

»Sagen Sie's schon!«

»Mit einem Kameraden des Vermißten, der einige Jahre eher aus Rußland zurückkehrte und der Frau berichtete, daß ihr Mann im Lager in seinen Armen gestorben sei. So kam's auch zur Todeserklärung.«

»Und später hat er diese Frau geheiratet?«

»Kurz darauf sogar schon.«

»Sind Sie sicher, daß er sich nicht irren konnte, wenn er sagte, daß sein Kamerad gestorben sei?«

»Auf gar keinen Fall! Er hatte von seinem angeblich toten Kameraden sogar einen Brief an dessen Frau mitbekommen, den er nie abgab. Ich vermute, daß er ihn einfach vernichtet hat.«

»Das ist ja eine tolle Sauerei!« Dr. Kämmerer schlug mit der Faust auf den Schreibtisch. »Ein Fall für die Staatsanwaltschaft! Sie vertreten den Geschädigten?«

»Am wichtigsten ist mir, daß die Todeserklärung möglichst bald aufgehoben wird, ja.«

»Das geht alles in einem Aufwaschen.«

»Hoffentlich«, seufzte Dr. Schrader.

Als sich die beiden Herren etwas später voneinander verabschiedeten, versprach Dr. Schrader hinsichtlich seiner Entscheidung im Zusammenhang mit der geplanten Stiftung bald von sich hören zu lassen.

Es war spät abends gegen 10 Uhr, als es bei Franz Stahl in der Kolonie schellte. Erstaunt sah er von einem Roman auf, den er in einem Sessel sitzend gelesen hatte, und blickte Emma an, die einen Strickstrumpf in den Schoß legte.

»Um zehn Uhr noch Besuch?« brummte er erstaunt. »Sollte das der Fritz sein, der zurückkommt? Schön wär's.« Er stand auf und schlurfte hinaus auf den Flur.

»Wenn es der Fritz ist, bin ich nicht begeistert!« rief ihm Emma nach und rückte die Brille näher an die Augen. »Ich kann die Aufregungen nicht vertragen!«

»Wirst nicht dran sterben«, brummte Franz und drückte auf den Türknopf. »Das ewige Gejammer der Weiber über ihre Nerven...«

Er wartete an der Tür, ob jemand heraufkam, aber nichts rührte sich im Treppenhaus. Das Flurlicht ging nicht an, kein Schritt war auf der Treppe zu vernehmen. Verwundert wandte sich Stahl zur Küche um.

»Es kommt keiner, Emma!« rief er.

»Vielleicht hat ihn die Traute verlassen. Das Beste wär's. Und du « sie hob die Stimme – »du gehst mir nicht hinunter!«

»Das muß ich doch! Ich kann ihn nicht stehen lassen!«

»Bleib ja hier! Ihm nachlaufen, das wär ja noch das Schönste! Wenn's unbedingt sein muß, soll er von allein kommen. Er hat jüngere Beine als du.«

»Frauenlogik«, brummte Stahl. »Wir wissen doch nicht, was los ist. Emma, du kannst mir noch soviel erzählen – ich gehe runter...«

Er trat hinaus ins Treppenflur, machte das Licht an und tappte die Treppe hinunter. Mehrmals blieb er stehen und lauschte. Nichts. Es kam keiner. Der späte Besucher wartete unten vor der Haustür.

Mißmutig schloß Stahl diese auf und bedachte in seiner Mißstimmung gar nicht, daß der Besucher ja überhaupt nicht ins Haus konnte, wenn er keinen Schlüssel hatte und die Tür am Abend schon versperrt war. Fritz hatte einen Schlüssel gehabt, denn er hatte ihn bei seinem Krach mit ihnen in der Aufregung nicht abgegeben. Franz Stahl sperrte die Haustür auf, öffnete sie und wäre vor Überraschung fast umgefallen.

»Du?« stammelte er fassungslos. »Du...?«

»Ja, Vater.«

Draußen stand in der lauen Frühlingsnacht, in einem hellen Trenchcoatmantel mit zwei großen Koffern neben sich, Lina und nickte ihrem Vater zu. Auf der gegenüberliegenden Straßenseite wartete ein Taxi. Das Licht der Scheinwerfer fiel auf den Asphalt.

»Kann ich raufkommen, Vater? Kann ich das Taxi wegschicken?« fragte Lina. »Ich bleibe aber für länger. Ich brauche ein Dach übern Kopf.«

»Aber ja ... natürlich...«, stotterte der Alte und schüttelte den Kopf. Er verstand das alles nicht, er brauchte erst Erklärungen. Aber drüben, auf der anderen Seite, stand das Taxi und wartete. »Schick es weg!« sagte er. »Selbstverständlich hast du hier ein Zuhause – wo denn sonst?«

»Danke, Vater.« Lina winkte über die Straße, der Mietwagen setzte sich in Bewegung und verschwand.

Stumm stiegen sie die Treppe empor. Lina voraus, der Vater mit den Koffern hinterher. Er musterte ihren schmalen Rücken und ihre blonden Locken, und Angst überkam ihn. Er hatte ja einen gesunden Menschenverstand, der es ihm ermöglichte, Vermutungen anzustellen, die zutrafen. Er blieb auf halber Treppe stehen und fragte:

»Wo ist Heinrich?«

Lina, die ebenfalls angehalten hatte, antwortete:

»Ich habe ihn verlassen, Vater.«

»Heißt das, daß du zurück zu Fritz willst?«

»Ja.«

»Großer Gott!«

Der Schreck war fürchterlich. Franz Stahl hatte nicht den Mut, seiner Tochter in diesem Augenblick zu sagen, daß Fritz von ihnen an die Luft gesetzt worden war. Dazu brauchte er noch einige Zeit.

»Lina«, bat er sie. »Lina, sag Mutter noch nicht gleich, was geschehen ist. Der Schlag könnte sie treffen. Sie ist in letzter Zeit immer so anfällig. Sag ihr, daß du uns für einige Tage besuchen willst – «

»Mitten in der Nacht?«

»So spät ist es ja noch nicht.«

»Und Fritz? Soll ich ihm den gleichen Unsinn erzählen? Er ist doch oben bei euch?«

»Komm«, antwortete Vater Stahl, »hier zieht's. Du erkältest dich sonst. Oder mich erwischt's.«

Sie setzten ihren Weg fort.

Das kann ja heiter werden, dachte Vater Stahl bei jeder Stufe aufs neue.

»War Fritz schon auf allen Ämtern?« fragte Lina.

»Ich denke, ja.«

»Was heißt, du denkst?« Lina blieb wieder stehen. »Spricht er mit euch nicht darüber?«

»Geh schon!« antwortete ihr Vater. »Merkst du denn nicht, wie's in diesem verdammten Treppenhaus zieht?«

Emma Stahl saß immer noch am Küchentisch, die Handarbeit im Schoß, und blickte ihnen entgegen. Als sie ihrer Tochter ansichtig wurde, sprang sie überrascht hoch, so daß der Strickstrumpf zu Boden fiel, und rief: »Lina...!«

»Guten Abend, Mutter. Vater sagte mir, ich

könnte bei euch bleiben – «

»Bei uns bleiben?«

»Ja. Hoffentlich bist du auch damit einverstanden. Wo ist Fritz?«

»Fritz?

Emma wechselte einen schnellen Blick mit Franz, der hilflos am Herd stand und sich anschickte, in den Kohlen zu stochern. Alter Trottel, dachte sie ärgerlich, hast ihr wohl noch gar nichts gesagt. Das bleibt mir wieder. Na schön – aber nicht mehr heute! Wenn sie's morgen erfährt, ist das auch noch früh genug. »Fritz?« erwiderte sie. »Ich weiß nicht, wann er kommt. Wir sollen nicht auf ihn warten, hat er gesagt. Er ist schon seit heute mittag weg auf Arbeitssuche. Es wurde ihm etwas versprochen.«

Niemandem fällt es leichter als einer Frau, im Bedarfsfalle glatt und ohne Bedenken zu lügen.

»Prima«, freute sich Lina. »Damit hätte ich gar nicht so rasch gerechnet.«

Mutter Stahl setzte sich wieder und hob den Strickstrumpf vom Boden auf. Lina zog ihren Mantel aus. Irgendwie hatte sie das Gefühl, daß etwas nicht ganz stimmte. Vater machte so ein bestürztes Gesicht. Es blieb eine Zeitlang still zwischen den dreien. Die Luft füllte sich immer mehr mit Spannung, die jeden Augenblick zu einer Explosion führen konnte.

Es war soweit, daß die Lunte zu brennen anfing, als Emma Stahl fragte: »Wie lange willst du bleiben, Lina?«

»Das weiß ich noch nicht, Mutter. Bis wir etwas gefunden haben.«

»Du weißt das noch nicht, was willst du damit sagen? Du hast doch Familie?«

»Peter schläft bei einem Freund. Ich hole ihn morgen.«

»Wohin holst du ihn?«

»Hierher.«

»Hierher? Ich verstehe das alles nicht. Und was ist mit Heinrich? Ihr habt doch eine Wohnung?«

»Mutter«, sagte Lina das, was gesagt werden mußte, »Vater weiß es schon, ich habe Heinrich verlassen.«

»Was hast du?« rief Emma Stahl, wieder aufspringend, ohne auf ihren Strickstrumpf zu achten. »Bist du verrückt? Hast du vergessen, was er dir alles geboten hat, was du durch ihn geworden bist? Dein ganzes Leben wirfst du weg! Deshalb wirst du morgen zu ihm zurückkehren!«

»Nein, Mutter, nie!«

Dieses Nie war ein Schrei – er gellte durch den Raum und traf Emma Stahl wie ein Peitschenschlag.

»Was heißt ›Nie‹? Alles, was du bist, bist du durch Heinrich, wiederhole ich. Endlich hatte ich mich am Ziel all meiner Wünsche gesehen – meine Tochter heiratet den richtigen zweiten Mann! Was warst du bei dem ersten? Eine Arbeitersfrau, eine Proletin!«

»Wie du!«

Dieses Wort zerbrach eine Welt in Emma Stahl. Plötzlich sah sie in grauenhafter Klarheit, daß ihre Tochter jenseits des mütterlichen Ehrgeizes stand und es keine Brücke gab, die zu ihrem Herzen führte. Nur einen Weg schien sie gehen zu wollen, den Weg zurück zu Fritz Bergschulte ... aber dagegen stemmte sich der Stolz Emma Stahls, der Stolz, der ihr einredete, daß auch sie zu etwas Höherem geboren gewesen wäre, aber durch die Tücke des Geschickes nicht zur Entfaltung hätte kommen können.

Vernichtet sank sie auf ihren Stuhl und sah ihre Tochter groß an.

»Dein Entschluß steht fest?«

»Ja.«

»Du willst alles aufgeben?«

»Ja. Ich gebe nichts auf, was mir leid tut. Aber ich würde mich selbst aufgeben, wenn ich in dieser entscheidenden Stunde nicht zu Fritz stünde.«

»Und wie stand Heinrich zu dir, als du in Not warst?«

Lina wandte sich ab. »Bitte, sprich nicht mehr davon. Der Preis, den ich bezahlte, war hoch genug. Heinrich gab nichts umsonst.«

Emma Stahl winkte ab und schüttelte den Kopf.

»Er liebt dich…«

»Er ist ein Schuft!«

Emma Stahl merkte erst jetzt, daß sie am ganzen Körper vor Erregung zitterte. Franz stand noch immer am Herd und wagte nicht, sich in das Gespräch einzumischen. Er wußte, daß sich ein Abgrund aufgetan hatte zwischen Mutter und Tochter, der gleiche Abgrund wie zwischen ihm und seiner Frau seit über 35 Jahren, an dem er lange gelitten hatte, bis er ihm gleichgültig geworden war, bis er sein Leben stur weitergelebt und es hingenommen hatte, daß Emma ihm nur widerwillig folgte, allein gehalten durch die Pflicht, die sie an die Seite eines Schuhmachers, eines Arbeiters fesselte. Und nun stand da die einzige Tochter, sie, die das erreicht hatte, wovon die Mutter zeit ihres Lebens geträumt hatte, und die nun zurückkehrte zu dem Mann, den sie liebte, obwohl er nichts war als ein grauer Fleck in der großen Masse Mensch, und die trotzdem glücklich war, sein bedeutungsloses Leben mit ihm zu teilen.

Plötzlich hatte er eine ungeheure Achtung vor seiner Tochter. Knurrend ließ er den Herd Herd sein und warf den Schürhaken in die Kohlenkiste, daß er schepperte. Indigniert sah ihn Emma an.

»Warum belügst du deine Tochter?« herrschte er sie an. Und als er sah, wie sie blutrot im Gesicht wurde vor Wut und Scham zugleich, schrie er: »Ja! Sag doch die Wahrheit! Hinausgefeuert haben wir den Fritz! Auf die Straße gesetzt haben wir ihn, jawohl. Es wäre besser gewesen, du wärest wirklich in Rußland krepiert, haben wir ihm bedeutet!«

»Nein!« Lina schrie auf und faßte den Vater am Arm. »Vater, das ist nicht wahr! Sag, daß es nicht wahr ist! Das könnt ihr nicht getan haben!«

»Doch! Das haben wir getan! Und er hat uns zum Abschied ›Bande‹ genannt! Recht hatte er, tausendmal recht! Wir sind eine Bande, wir verdienen keine andere Bezeichnung. Ich kann dir nur raten, Lina, nimm deine Koffer und flüchte aus dieser Wohnung. Hier wirst du deines Lebens nie froh werden ... nie...! Keiner weiß das so gut wie ich.« Er machte sich frei von ihr und lehnte sich schweratmend an die Wand. »Das mußte einmal gesagt werden. 35 Jahre lang lag es mir auf der Seele.«

Lina stand wie versteinert im Zimmer und blickte stumm zwischen Vater und Mutter hin und her. Dann nahm sie ihren Mantel über den Arm, packte ihre Koffer an den Griffen und sah sich noch einmal um.

»Und wo ist Fritz jetzt?« fragte sie tonlos.

Franz Stahl hob beide Arme. »Weg! Wer weiß, wohin? Wir haben ihn nicht gefragt. Glaub mir, das tut mir jetzt alles schrecklich leid, Lina...«

»Dir glaube ich, Vater. « Und dann mit einem Blick auf die Mutter: »Lebt wohl...«

Die Tür fiel zu. Ihr Schritt verklang im Treppenhaus. Dann schlug unten die Haustür.

Franz Stahl stand noch immer an der alten Stelle und starrte auf die Küchentür. Sein Atem ging stoßweise, in seinen Augen glänzte es verräterisch. Um den Mund zuckte es.

»Sie ist weg«, stammelte er. »Wir haben keine Tochter mehr ... So mußte es kommen ... Das ist nun mein Leben...« Und plötzlich schrie er auf: »Jetzt mache ich Schluß! Das halte ich nicht aus! Das nicht...« Er riß mit einem raschen Griff das Fenster auf und wollte sich in die Tiefe stürzen. Aber Emma war im gleichen Augenblick bei ihm und hielt ihn am Rock fest. Keuchend, stumm, haßerfüllt rangen sie vor dem offenen Fenster miteinander, zerrten sich hin und her und jeder verkrallte sich in die Kleidung des anderen.

Endlich gelang es Emma, ihren Mann vom Fenster wegzureißen und es zu schließen. Mit pfeifendem Atem standen sie sich dann gegenüber, immer noch bereit, den Kampf von neuem aufzunehmen.

»Das könnte dir so passen!« stieß sie hervor. In ihren Augen loderte es. »Kurzen Prozeß machen mit dir! Und was ist mit mir? Wer kümmert sich um mich? Soll ich betteln gehen? Was hinterläßt du mir? Eine lächerliche Schusterwerkstatt, die ich sofort zumachen kann. Das ist es ja, was ich dir schon immer zum Vorwurf mache. Wir haben hinten und vorne nichts, wir sind nichts. Willst du das nun noch bestreiten? Merk dir das, sogar der Selbstmord ist oft nur etwas für Leute, die ihn sich leisten können. Du nicht!«

Stöhnend, gedemütigt, sank Franz Stahl auf seinen Stuhl und bedeckte das Gesicht mit beiden Händen. Schluchzen erschütterte den alten Körper, bitteres Weinen löste einen Strom von Tränen.

Unten auf der Straße stand Lina neben ihren Koffern und überlegte, wohin sie gehen sollte. Freundinnen hatte sie seit ihrem Umzug nach Vlotho hier in Minden keine mehr. Bekannte? Sollte sie denen ein Schauspiel geben, eine wunderbare Gelegenheit, Klatsch herumtragen zu können? In ein Hotel gehen? Ja, für eine Nacht – und was dann? Sie hatte 200 Mark in der Tasche, und auf ihrem Privatkonto lagen 2500 Mark. Das würde eine Zeitlang reichen, davon konnte man ein halbes Jahr leben … und in einem halben Jahr würde sie Fritz gefunden haben, würde das Leben wieder ganz anders aussehen.

Ein halbes Jahr ist eine Ewigkeit, wenn man warten muß.

Ein halbes Jahr ist aber auch eine Gnadenfrist für den Suchenden.

Ein halbes Jahr…

Sie nahm ihre Koffer und schleppte sie bis zu einer Straßenkreuzung. Dort stand sie länger als eine halbe Stunde, bis ein Taxi vorbeikam und sich heranwinken ließ.

»Kasernenstraße« sagte sie. »Nummer 15. Fahren Sie bitte langsam, mir ist nicht ganz gut.«

Und dann fuhr sie durch die hellen Straßen des abendlichen Minden. Leicht gekleidete frohe Menschen spazierten durch die laue Nacht. Liebespaare suchten eng umschlungen stillere Gassen auf oder wandten sich den Grünanlagen zu.

Lina lehnte sich in die Polster zurück und schloß die Augen. Nichts mehr davon sehen, dachte sie. Einfach nicht hinsehen, sonst werde ich doch noch schwach und bereue meinen Entschluß.

Jetzt bin ich allein … ganz allein auf der Welt. Wo Fritz ist, weiß ich nicht. Heinrich habe ich verlassen, von meinen Eltern habe ich mich losgesagt. Das einzige, was mir noch geblieben ist, ist mein Junge. Aber wohin mit ihm? Zu Max Schmitz, dem Maurerkameraden von Fritz?

Ich muß, ich werde Fritz finden. Das ist die nicht mehr ruhende Kraft, die mich treibt. Ich muß das Unrecht, das ihm geschehen ist, wiedergutmachen. Er soll mit mir wieder glücklich werden - und ich mit ihm.

Morgen schon werde ich auf Stellungssuche gehen, dachte sie und schaute auf die gefalteten Hände in ihrem Schoß.

Irgend etwas wird sich schon finden. Putzen, Fabrikarbeit, Nähen, Verkäuferin - es gibt ja so viele Möglichkeiten für eine Frau, wenn sie sich nur nicht scheut, notfalls auch die niedrigste Arbeit anzunehmen.

Sicher finde ich bald Fritz. Vielleicht weiß einer der alten Kameraden, wo er ist. Oder die Polizei? Ja, die Polizei. Die Meldebehörde.

Sie sagte zum Fahrer:

»Fahren Sie bitte erst noch beim Polizeipräsidium vorbei.«

»Jetzt?« Der Fahrer wunderte sich natürlich sehr.

»Ja.«

»Bitte.« Kopfschüttelnd drehte er ab und fuhr über die Hauptstraße zurück. Weiber, dachte er. Verrückte Weiber. Na ja - wenn se dafür bezahlt...

Die Fahrpreisuhr stand auf 7,60 DM...

Vor dem Präsidium bremste er und fragte: »Soll ich warten?«

»Ja. Bitte.«

Lina stieg aus und ging schnellen Schrittes in die Wachstube. Dort saß ein dicker, gemütlicher Beamter mit offenem Kragen und schwitzte, denn die Wachstube wurde für die Nachtdienst-Beamten noch immer geheizt. Als die eilige Frau, die gut aussah, über die Schwelle trat, setzte er sich in Positur und lächelte sie an.

»Na, wo brennt's, schöne Frau?« sagte er jovial, ja plump vertraulich. »Wollte einer etwas von Ihnen?«

Bei sich dachte er: Ich könnte den Kerl verstehen.

Lina schüttelte heftig den Kopf. »Nein, ich möchte eine Auskunft von Ihnen.«

»Nur zu. Die Polizei – Ihr Freund.« Der Beamte beugte sich etwas vor. »Um was handelt es sich denn?«

»Können Sie jetzt an das polizeiliche Melderegister heran?«

»Wenn's sein muß? Wen suchen Sie denn?«

»Einen Herrn Bergschulte.«

»Vorname?«

»Fritz.«

»Beruf?«

»Maurer.«

»Ledig oder verheiratet?«

»Verheiratet. Mit mir.«

»Ach nee.« Der Beamte sah sie an und wurde noch vertraulicher: »Warum, ging er denn stiften?«

»Sagen Sie mir, wie ich ihn finde!« fuhr ihm Lina über den Mund.

Der Beamte steckte zurück: »Wo soll er denn wohnen?«

»Das möchte ich gerade von Ihnen wissen.«

Er bemühte sein Telefon und gab die Weisung durch, in der Kartei nach einem Fritz Bergschulte zu suchen.

»Werden wir gleich haben«, sagte er dann. »Bitte, nehmen Sie so lange Platz.«

Lina hatte ihn gezähmt.

»Danke«, sagte sie, setzte sich aber nicht, sondern blieb voller Unruhe und Spannung stehen und ging vor dem Tisch hin und her. Als dann ein anderer Beamter erschien und ein großes Karteiblatt brachte, fühlte sie, wie ihr Herz schneller schlug. Jetzt erfahre ich, wo er ist, sagte sie sich mit plötzlicher Gewißheit. Das hätte ich mir doch gleich denken können, daß das gar nicht so schwierig ist.

Der erste Beamte ließ sich von dem zweiten das Karteiblatt geben, warf einen Blick darauf und riß die Augenbrauen hoch. Erstaunt sah er die Frau vor sich an, als wolle er sagen, daß sie diesen Blödsinn sein lassen sollte.

»Fritz Bergschulte?« fragte er dann gedehnt. »Maurer? Ein Kind mit Namen Peter?«

»Ja! Ja!« stieß Lina hervor. »Wo ist er?«

»In Rußland.« Der Beamte ließ das Karteiblatt auf den Tisch fallen. »Vermißt in Rußland, seit vier Jahren für tot erklärt, auf Antrag seiner eigenen Frau Lina, geborene Stahl...«

»Das bin ich.« Tonlos kam es von Linas Lippen. Verzweifelt starrte sie den Polizisten an. »Aber er ist gar nicht tot. Er kam vor wenigen Tagen aus einem Schweigelager zurück, für uns alle überraschend. Und jetzt ist er wieder verschwunden.«

Der Beamte zuckte mit den Schultern. Sein Gesicht war nun ernst und mitfühlend.

»Eine Rückkehr ist uns noch nicht gemeldet. Wir haben ihn deshalb nach wie vor als tot zu betrachten.«

»Als tot...«, wiederholte Lina mechanisch. Dann wandte sie sich ab, ging aus dem Zimmer und schritt wie eine Traumwandlerin durch die Gänge des Präsidiums dem großen Tor zu, trat auf die Straße und setzte sich stumm in das wartende Taxi.

Nach wie vor als tot zu betrachten, dröhnte es in ihren Ohren. Als tot...

Wahnsinn, dachte sie. Das ist doch alles Wahnsinn. Wer hilft mir? Fritz, wo bist du? Du mußt es ihnen ins Gesicht schreien, daß du noch lebst, so lange, bis sie es glauben und es dir amtlich bescheinigen.

Die beiden Beamten hatten ihr nachgesehen, als sie aus dem Zimmer gegangen war. Der Ältere schüttelte den Kopf und gab das Karteiblatt dem Jüngeren wieder zurück.

»Die tut mir leid«, sagte er leise. »Schätze, daß bei denen der Teufel los ist. Weißt du warum? Weil die wieder geheiratet hat. Ich sah ihren Ehering.«

Und als der junge Beamte lachte und eine obszöne Bemerkung machte (»Zwei Männer im Bett...«), schnauzte ihn der Ältere an und jagte ihn aus der Wachstube.

»Halt's Maul, hau ab! Was weißt du von Krieg und Elend? Ihr habt noch am Daumen gelutscht, als wir draußen für euch unseren Kopf hingehalten haben.«

Dann widmete er sich wieder seinen dienstlichen Obliegenheiten und studierte die einlaufenden Rapporte der Streifen. Aber seine Gedanken waren nicht bei den kleinen Straßenvorfällen. Er sah noch immer die junge, hübsche Frau vor sich, die wissen wollte, wo ihr toter Mann heute wohnt.

Vor dem Tor des Präsidiums fuhr das Taxi an. »Wohin jetzt?« fragte der Fahrer und schaute auf die Fahrpreisuhr.

10,80 DM...

»Kasernenstraße 15«, sagte Lina müde und tonlos. »Wie ich Ihnen schon sagte. Und bitte wieder nur langsam fahren...«

»Ist Ihnen immer noch nicht gut?«

»Nein.«

An dem gleichen Abend saß Heinrich Korngold in dem dicken Clubsessel seines Rechtsanwaltes Dr. Börner und rauchte nervös eine Zigarette. Sein Gesicht war fahl und eingefallen, seine Hände zitterten bei jedem Zug, wenn er die Zigarette an die Lippen führte. Die Augen hatten einen unsteten, irren Blick. Angst lag in ihnen, unverkennbare Angst und eine verhaltene, ohnmächtige Wut...

»Die Sache ist die, Herr Doktor«, sagte er mit einer merkwürdig rissigen Stimme. »Meine Frau hat mich heute verlassen ... Mit zwei Koffern und allen ihren Kleidern. Und bitte - hier ist ein Brief - « er reichte dem Rechtsanwalt den Bogen hinüber - »aus dem hervorgeht, warum sie mich verlassen hat und daß sie auch die Absicht hat, nicht wiederzukommen.«

Dr. Börner nahm das Blatt und las es halblaut vor:

»Ich verlasse Dich. Ich kann nicht anders. Nachdem Fritz lebt und zurückgekommen ist, weiß ich, an welchen Platz ich gehöre. Du hast kein Recht, mich zu halten, wie Du auch kein Recht hattest, mich zu heiraten.

Ich danke Dir für drei sorglose Jahre. Mehr kann ich dir nicht sagen. Leb wohl und führe Dein Leben weiter. Ich werde mein Leben suchen und finden. Lina.«

Der Anwalt blickte auf. »Klarer Fall«, sagte er.

Korngold nickte: »Was kann ich da tun?«

»Sie können sich möglichst rasch scheiden lassen.«

»Das möchte ich eben nicht. Ich will meiner Frau nicht die Möglichkeit geben, den Mann, dem sie nachläuft, zu heiraten. Ich will sie nicht freigeben.«

»Dann bleibt Ihnen nichts anderes übrig, als sich an den Status quo zu gewöhnen. Die Ehe bleibt bestehen – aber Sie leben getrennt.«

Heinrich Korngold drückte nervös die Zigarette aus. Sein Gesicht war ein wenig verzerrt.

»Das sind alles sehr komplizierte Dinge. Was ich brauch, ist eine Handhabe gegen diesen Fritz Bergschulte. Das ist der Betreffende. Gibt es keinen Weg, ihn zu verklagen?«

»Wofür?«

»Er nimmt mir die Frau weg. Ist das kein Grund?«

»Wenn ich mich nicht irre, folgt ihm Ihre Frau doch freiwillig. Oder deute ich ihren Brief falsch?«

»Sie hat durchgedreht. Sie weiß nicht, was sie tut. Vielleicht zwingt er sie auch und sie hat Angst. Er ist gefährlich. Mich hat er auch schon mit Mord bedroht.«

»Wirklich? Das wäre ja gar nicht schlecht.«

»Wie bitte?«

»Ja, sehen Sie«, lachte Börner, abgebrüht wie alle Anwälte, »damit hätten wir nämlich schon eine Handhabe gegen ihn. Wann und wo hat er Sie denn bedroht?«

»Vor kurzem im Krankenhaus. Ich konnte mich nur retten, indem ich ans offene Fenster sprang und drohte, alles zusammenzuschreien.«

Dr. Börner machte sich Notizen und blickte dann auf.

»Haben Sie Zeugen?«

»Ja. Die Stationsschwester trat gerade ein, als ich in Abwehrstellung am Fenster stand.«

»Sehr gut.« Dr. Börner notierte weiter. »Wer ist eigentlich dieser Fritz Bergschulte und in welchem Verhältnis steht er zu Ihrer Frau?«

»In welchem Verhältnis? Das ist doch klar. Oder wie meinen Sie das?«

»Kennt er sie schon länger? Ist er ein Jugendfreund? Wie kam die Bekanntschaft zustande? Wissen Sie Näheres darüber?«

Heinrich Korngold druckste herum. Auch das noch, grübelte er. Was soll ich tun? Ich muß es ihm sagen – denn später – im Gerichtssaal – ist es zu spät. Er blickte auf. Etwas Gehetztes lag in seinen Augen.

»Er war der erste Mann meiner Frau…«

»Nun ja.« Dr. Börner fand das nicht besonders aufregend. »Das kommt öfters vor. Ihre Gattin will also ihre erste Ehe der zweiten wieder vorziehen?«

»Ja.«

»Und warum wurde die erste Ehe geschieden?«

»Sie wurde nicht geschieden.« Ein Kratzen war in Korngolds Hals. »Der erste Mann war amtlich tot.«

»Ich verstehe Sie nicht.« Dr. Börner lachte schief wie über einen mißlungenen Witz. »Und jetzt lebt er wieder?«

»Ja. Fritz Bergschulte und ich waren zusammen in russischer Gefangenschaft. Ich wurde vier Jahre früher als er entlassen und sollte eine Nachricht von ihm an seine Frau mitnehmen. Ich nahm sie mit, einen Brief … und dann sah ich die Frau, hübsch, verlockend … und man hatte jahrelang keine Frau mehr gesehen … Da habe ich den Brief verbrannt und gesagt, Fritz Bergschulte sei tot. Er wurde daraufhin für tot erklärt, und ich heiratete die Witwe.«

Dr. Börner war aufgestanden und sah Heinrich Korngold groß an. Starr, steif stand er da, die Lippen zusammengepreßt, die Augenbrauen tief herabgezogen, die Hände in den Jakettaschen vergraben, und durchbohrte den vor ihm sitzenden Mann mit verächtlichen Blicken. Kalt und klar kamen die Worte zwischen den kaum geöffneten Lippen hervor:

»Herr Korngold, ich hatte einen Sohn in Rußland. Er fiel in Stalingrad. Seinen letzten Brief kenne ich auswendig. Wissen Sie, was er schrieb? Ich werde es Ihnen sagen: ›Lieber Vater, das Schönste, was es hier gibt, das einzige, ohne das ein Landser gar nicht existieren kann, das für ihn der Inbegriff aller Ideale ist – das ist die Kameradschaft...‹ – Das stand in seinem letzten Brief. Verstehen Sie mich, Herr Korngold...«

»Nicht ganz...«

»Dann muß ich es Ihnen deutlicher sagen. Ich bedauere, Ihre Interessenvertretung nicht übernehmen zu können.«

Heinrich Korngold fuhr aus dem Sessel auf. Sein Gesicht war dunkelrot.

»Herr Doktor!«

»Verstehen Sie mich nun?«

»Sie wollen nicht...« Korngold brach ab. »Das ist ... das ist...«

»Nein, ich will nicht. Zwingen Sie mich zu keiner weiteren Erklärung mehr!« sagte Dr. Börner scharf und schneidend. »Ich weiß, was ich dem Andenken meines Jungen schuldig bin. Verlassen Sie meine Kanzlei, Herr Korngold!«

»Sie werfen mich hinaus?« schrie Korngold und ballte die Fäuste. »Sie wagen es, mich einfach vor die Tür zu setzen?«

»Ich würde gerne noch etwas anderes tun, aber das verbietet sich leider unter zivilisierten Menschen. Verschwinden Sie, wiederhole ich!«

»Wie Sie wollen!« Korngold nahm zornbebend seinen Hut und seinen über die Sessellehne gelegten Mantel. »Es gibt auch noch andere Anwälte als Sie! Ich werde mein Ziel erreichen! Und dann – « er drehte sich an der Tür noch einmal um und ballte die Faust – »dann hoffe ich, auch noch mit Ihnen einmal abrechnen zu können.«

Keines klaren Gedankens mehr fähig, rannte er zu seinem Wagen und raste durch die Straßen Vlothos. Schließlich besann er sich und fuhr bei seiner Wohnung vorbei. Er guckte ins Branchenverzeichnis und suchte die Rechtsanwälte durch. Viel Auswahl gab es davon in Vlotho nicht. Aber einer von ihnen würde für Geld schon den Prozeß übernehmen.

Nach der Liste des Branchenverzeichnisses fuhr er die Anwälte ab.

Dr. Buchner. Er trug ihm den Fall vor. Steif, aber korrekt lehnte Dr. Buchner ab.

Dr. Frömmel. Er lehnte ab.

Dr. Patscheidt. Er ließ ihn nicht zu Ende reden. Stumm wies er ihm die Tür.

Zitternd, schnaubend, mit Mord und Brand in den Gedanken, verbissen und zäh fuhr Heinrich Korngold weiter.

Dr. Abraham. Er lehnte ab.

Dr. Suchardt. Er nannte ihn einen Lumpen und warf ihn hinaus.

Dr. Pintes. Er war vom Kollegen Frömmel telefonisch informiert worden und ließ ihn gar nicht vor.

Zähneknirschend saß Heinrich Korngold in seinem Wagen und warf das Branchenverzeichnis auf den Rücksitz. Aus. Kein Anwalt in Vlotho wollte ihn vertreten. Alle gegen einen. Man stieß ihn aus, man verachtete ihn, man sah in ihm einen Lumpen.

In ihm, der alles nur aus Liebe, aus einer blinden Liebe getan hatte...

Langsam fuhr er wieder an, wandte sich zur Bahnpost und ließ sich am Nachtschalter das Branchenverzeichnis von Minden geben.

Wenn nicht Vlotho, dann Minden, dachte er. Irgendwo auf der Welt wird es einen Anwalt geben, der mich vertritt.

Lange saß er über der Liste der Rechtsanwälte. Immer und immer wieder wog er ab. Dann schrieb er sich einige Namen auf. Ich werde ihnen ein Vermögen bieten, wenn sie meinen Prozeß führen, dachte er grimmig. Und wenn mich tausend Anwälte vor die Türe setzen ... der tausendunderste wird mich vertreten.

Mit einem knappen Dank gab er das Branchenverzeichnis zurück und stieg wieder in seinen Wagen. Er blickte auf die Uhr am Armaturenbrett. Neun Uhr abends. Wenn er schnell fuhr, konnte er um halb zehn Uhr in Minden sein. Und er würde sie wieder abklappern ... einen nach dem anderen, bis spät in die Nacht. Ich bezahle sie, dachte er verbissen. Und wer bezahlt, ist an keine Zeit gebunden. Langsam schnappte er über.

Der Wagen schoß davon. Die starken Scheinwerfer fraßen sich in die Nacht und tauchten das Band der Chaussee in gleißendes Licht. Wie Schemen flogen die Bäume und Häuser an ihm vorbei. Zitternd kletterte der Kilometerzeiger auf die Zahl 120.

Dort liegt Minden, dort amtieren neue Rechtsanwälte...

Ein Vermögen für einen Anwalt...

Die ersten Lichter der Vorstädte tauchten auf. Der Himmel reflektierte den Schein der Laternen in den Straßen.

Mit überhöhter Geschwindigkeit fuhr Heinrich Korngold in Minden ein. An einer Straßenecke hielt er an und sah auf seine Liste.

Nummer eins, dachte er grimmig.

Sein Finger legte sich, wie Besitz ergreifend, auf den Namen.

Es war – Dr. Schrader.

Der Morgen dämmerte herauf. Verstört fuhr Lina empor und schaute sich um. Sie lag in einem weißen Eisenbett und hatte ihr langes Nachthemd an. Vor einem kleinen, schiefen Fenster hing eine dünne Tüllgardine. Der Boden war gebohnert und mit einem Kokosläufer belegt. Ein Spiegel und ein Waschbecken waren an der einen Wand, an der anderen ein weißer Schrank, zwei weiße Stühle und ein alter, brauner, mächtiger Tisch.

Langsam erst, nach erschrockenem Suchen, kam ihr die Erinnerung an den vergangenen Abend zurück.

Sie war durch die Straßen gefahren, mit jenem Taxi, dessen Fahrer sie immer dazu angehalten hatte, das Tempo zu drosseln, damit ihr nicht übel werde. In der Kasernenstraße hatte er vor dem Hause Nr. 15 angehalten und den Schlag aufgerissen.

»Bitte«, sagte er. »Wir sind da.«

Sie stieg aus, bezahlte und schellte dann unten an der Haustür, obwohl diese nicht verschlossen war. Dann ging sie scheu die Treppe hinauf bis zum vierten Stock, wo eine dicke Frau auf der Treppe stand und ihr erstaunt entgegensah.

»Ja?« fragte sie mißtrauisch. Dabei musterte sie Lina von oben bis unten. Feine Frau, stellte sie im Inneren fest. Was will denn die von uns?

»Sind Sie Frau Schmitz?« fragte Lina.

»Allerdings.«

»Ich möchte gern Ihren Mann sprechen.« Und als Lina sah, wie ein gewisses Funkeln in die Augen von Frau Schmitz trat, lächelte sie schwach und sagte rasch: »Wir sind alte Bekannte. Mein Mann « sie stockte, denn der Ausdruck mein Mann für Fritz Bergschulte war seit Jahren so ungewohnt – »mein Mann war ein Freund von Ihrem Gatten.«

»Kommen Sie rein«, meinte Frau Schmitz und gab den Weg frei, indem sie zur Seite trat. »Er ist zu Hause.« Und über die Schulter weg rief sie in das Innere der Wohnung: »Maxe – komm mal her! Hier ist jemand für dich!«

Ins schmale Vorzimmer trat eine große, wuchtige Gestalt mit einem altmodischen und buschigen Schnauzbart. Er sah einen Moment verblüfft auf die Besucherin, riß die Augen auf und stotterte: »Mein Gott, die Lina! Die Lina Bergschulte! Na so was!« Er ergriff ihre beiden Hände, drückte sie fest und zog sie in die gemütliche Stube. »Was führt denn Sie hierher? Habe Sie ja fast vier Jahre nicht mehr gesehen. Seit damals…« Er stockte und wischte sich verlegen über den Schnauzbart. »Ja, der arme Fritz. Verdammt, immer die Besten müssen dran glauben…«

»Er ist wieder da«, sagte Lina leise.

»Was?« Max Schmitz sprang auf und riß

dabei das Tischtuch vom Tisch. Ein Aschenbecher kollerte über den Teppich und verstreute seinen Inhalt auf diesen. »Der Fritz ... der ist wieder da? Der ist gar nicht tot? Der ist zurückgekommen?«

»Ja. Wir sind alle in die Irre geführt worden. Und darum bin ich hier bei Ihnen...«

Und dann erzählte sie alles. Den Betrug Heinrich Korngolds, dem sie Glauben geschenkt hatte, ihre Heirat, den Verkauf des Hauses, die drei Jahre Ehe, die Rückkehr Fritz Bergschultes, ihren Sturz von der Treppe, ihren Entschluß, zu Fritz zurückzukehren, ihre Auseinandersetzung mit Korngold, ihre Trennung von den Eltern, ihre Einsamkeit ... ihren Zusammenbruch...

Es war spät in der Nacht, als sie alles berichtet hatte. Frau Schmitz saß in Tränen aufgelöst am Tisch und schluchzte in einem fort. Max Schmitz rannte im Zimmer hin und her und stieß wüste Flüche aus.

»Den Korngold erschlage ich!« brüllte er. »So ein Schwein, so ein Lump, so eine Kanaille! Meinen besten Freund und Kameraden für tot erklären lassen, weil ihm seine Frau gefällt! Und dann sie auch noch heiraten und ... und...« Ihm blieb buchstäblich die Spucke weg, er riß die Arme empor. »Lina«, sagte er, »Lina, das ist ja selbstverständlich: Sie bleiben so lange bei uns, bis alles klar ist. Und die Vormundschaft für den

Jungen, die übernehme ich auch, wenn Sie es wollen. Auf dem Gymnasium bleibt er selbstverständlich. Ich bin jetzt Polier und Bauführer und verdiene ganz gut. Und der Fritz wird mir alle Auslagen zurückerstatten, das weiß ich. Überhaupt bin ich ihm das schuldig. »Max«, hat er oft zu mir gesagt, ›Max, wenn du Durst hast, hol dir ‘ne Flasche Bier. Hier haste Geld!‹ Und ich hatte Durst, ich war damals Handlanger und konnte mir kein Bier leisten. Der Fritz, das war ein Kamerad, auf den man Häuser bauen konnte. Himmelherrgott, und dann so was! Lina, keine Angst, keine Aufregung. Was, Muttern « er blickte zu seiner tränenüberströmten Frau – »da ist die Lina gerade zu den Richtigen gekommen. Hör auf zu weinen. Die Schmitzens, die schaukeln das schon.«

Und dann hatte man gegessen, war Lina in ihr sauberes Zimmerchen geführt worden, und sie hatte noch lange geweint, bis sie vor Erschöpfung eingeschlafen war. Jetzt saß sie im Bett und strich sich durch die wirren Haare.

Zuerst muß ich den Peter holen, dachte sie. Den Eltern habe ich nicht gesagt, wo er ist. Ja, ich habe ihnen das bewußt verschwiegen, um die Dinge in der Hand zu behalten. Sie hätten Heinrich anrufen können, und er hätte mir den Jungen weggenommen. Und alles könnte ich ertragen, alles, nur den Jungen darf mir keiner nehmen. Er ist doch das einzige, was ich habe, das Letzte, das mich an Fritz erinnert, das Größte, was mich an ihn bindet ... Und ich würde zu einer Furie, wenn mir einer meinen Jungen anfassen würde.

Sie stand auf und trat vor den kleinen Spiegel über dem Waschtisch. Ein bleiches, leidvolles Gesicht sah ihr entgegen. Tiefe Ringe lagen unter den Augen, ein scharfer Zug hatte sich in den letzten Tagen von der Nasenwurzel zu den Mundwinkeln eingegraben. Der rote, lockende Mund war dünn und farblos geworden.

Mit einem Ruck wandte sie sich ab und zog sich an. Als sie in die Küche kam, war der Kaffeetisch schon sauber gedeckt, und Frau Schmitz wartete mit einer Tasse starken Bohnenkaffees. Max Schmitz war längst weg zur Arbeit – um sechs Uhr ging er aus dem Haus und kam zur Mittagszeit nur schnell auf eine Stunde wieder, um dann bis sechs, manchmal sogar bis sieben oder acht Uhr abends auf dem Bau zu sein. Der sonnige Mai wollte ausgenutzt sein, wenn die Arbeiten vorangehen sollten.

»Max rief vorhin an«, sagte Frau Schmitz, während sie frühstückten und den heißen Kaffee schlürften. »Er hat sich schon überall erkundigt, aber keiner hat den Fritz gesehen. Sie waren alle sprachlos, daß er wieder zurückgekommen ist. Am meisten platt war Paul Ermann, der ja früher der Chef vom Fritz war und sich inzwischen zu einem der größten Bauunternehmer Mindens aufgeschwungen hat. Der konnte sich überhaupt nicht beruhigen und trug Max auf, überall nachzuforschen, wo Fritz steckt. Mit dem Paul Ermann konnte es Ihr Mann immer gut. Sie sollen sehen, wenn er Fritz gefunden hat, bietet er ihm sofort eine Stellung an.«

»Das wäre schön«, sagte Lina und schaute in die Kaffeetasse. »Wo ich hinhöre, überall hat Fritz nur Freunde gehabt. Und ich mache mir den Vorwurf, daß ich so rasch an seinen Tod geglaubt habe. Ich hätte auf alle Fälle länger warten sollen, hätte mich einfach sträuben sollen, an seinen Tod zu glauben – so wie seine Mutter, die das getan hat, bis zu der Stunde, in der sie selbst starb. Ich habe ihn zu rasch verraten.« Sie drehte sich zur Seite, aber Frau Schmitz legte ihre Hand auf Linas Arm.

»Nun reden Sie sich nicht so was ein! Wenn es heißt, mein Maxe wäre tot und man hätte mit eigenen Augen gesehen, wie er starb, dann wäre ich davon auch überzeugt, so schwer es mir fallen würde. Da kann Ihnen keiner, auch der Fritz nicht, einen Vorwurf machen. Der Lump ist dieser Korngold. Und nun wollen wir mal sehen, was wir heute zusammen machen. Um ein Uhr will Max essen kommen. Damit habe ich keine Mühe. Es gibt noch Sauerkraut von gestern, dazu Bratwürste. Da können wir am Vormittag noch schnell nach Vlotho fahren und Ihren Peter holen.«

»Das wäre schön.« Lina blickte Frau Schmitz mit teils erfreuten, teils angstvollen Augen an. »Aber wie soll das werden, was sage ich dem Jungen bloß? Wie soll ich ihm beibringen, daß sozusagen zum zweiten Mal ein Vaterwechsel für ihn fällig ist. Er wird nicht begreifen, daß sein erster Vater wieder lebt, der längst tot war. Ich weiß nicht, wie ich ihm das sagen soll . . :«

»Lassen Sie das nur laufen.« Frau Schmitz räumte den Tisch ab und stellte das Geschirr auf ein großes Holztablett. »Das ergibt sich alles von selbst. Erst muß der Junge einmal hier sein, und wenn er den Charakter und die Seele seines Vaters hat, wird sich das alles rascher einrenken, als Sie denken.«

Am gleichen Tag, an dem vormittags Max Schmitz bei Paul Ermann anrief und dieser sich höchst erstaunt und verblüfft zeigte, als er die Rückkehr Fritz Bergschultes erfuhr, saß kurz danach Ermann am Schreibtisch und schrieb mit seinen dicken Fingern eigenhändig auf der Schreibmaschine im allgemein bekannten Zweifingersystem einen geheimen Brief an Fritz Bergschulte:

»Lieber Fritz! Soeben hat Max Schmitz angerufen. Weißt Du, der Max mit dem Schnauzbart, den wir immer ›Die Robbe‹ oder ›Das Walroß‹ nannten. Er teilte mir mit, daß Du zurückgekommen und spurlos in Minden verschwunden bist. Lina, Deine Frau, wohnt jetzt bei ihm. Sie hat den Korngold verlassen und sucht Arbeit. Sie wartet darauf, daß Du ein Lebenszeichen gibst. Ich habe mich ganz dumm gestellt (das fällt mir ja nicht schwer) und gesagt, ich will mithelfen, Dich zu suchen. Ich wollte dem Walroß nicht sagen, daß Du in Dortmund bist, denn ich wußte ja nicht, ob es Dir recht ist. Du hast nun allein die Entscheidung, ob Du Lina schreibst oder ob Du schweigen willst. Ich werde nichts verlauten lassen, bis Du mir mitteilst, was Du tun willst. Aber im Vertrauen, die arme Lina tut mir leid. Und ich will auch sehen, ob ich ihr nicht irgendwo eine Stellung vermitteln kann, ohne daß mein Name genannt wird. Ihr habt es dann beide leichter und könnt zusammen Euer Leben wieder aufbauen. Du sollst auf jeden Fall sehen, daß Deine alten Freunde noch da sind, und wenn auch einer derselben sich als Schuft entpuppt hat, wir anderen, Fritz, wir halten zu Dir und helfen Dir, so gut wir können. Und nun überlege Dir, was Du tun willst. Lina hat es jedenfalls verdient, daß Du ihr schreibst : . . Gruß. Dein Paule.«

Als Fritz Bergschulte diesen Brief zu Hause vorfand, lag ein besonders schwerer Arbeitstag hinter ihm. Müde und abgespannt betrat er sein möbliertes Zimmer in der Nähe des Dortmunder Hafens und warf sich auf das alte Sofa, das hinter einem breiten Tisch stand.

Zunächst sah er das dunkelgrüne Geschäftskuvert Paul Ermanns nicht, weil es unter der Zeitung lag, die ihm die Zimmerwirtin jeden Tag auf den Tisch legte. Er griff vielmehr erst nach dem Blatt, das er abonniert hatte, und versenkte sich in die Lektüre desselben.

Lesen, das war seit dem Tage, an dem er in Dortmund angekommen war, sich bei dem Bauunternehmer vorgestellt und sofort, ohne Zögern, auf die Empfehlung Ermanns hin den Posten des Poliers und Führers der Arbeiterkolonnen bei einem Behördenbau in der Innenstadt erhalten hatte, die einzige Zerstreuung nach der Arbeit. Von der Großstadt Dortmund hatte er noch recht wenig mitbekommen. Einmal war er in der Brückstraße in einem großen Kino gewesen und hatte einen amerikanischen Abenteurerfilm mit Errol Flynn gesehen. Nach der Vorstellung war er in eine der vielen Wirtschaften auf dem Ostenhellweg gegangen und mit der letzten Bahn wieder hinausgefahren zum Hafen, wo er sein Zimmer hatte. Am dritten Tage hatte er sich bei einer Leihbücherei eingetragen und gleich drei Bücher mitgenommen - einen Hemingway, von dem man so viel sprach, ein Buch von Frank Thieß und einen spannenden Kriminalroman von C. V. Rock. Bis spät in die Nacht pflegte er dann hinter den Büchern zu sitzen und zu lesen, und eine andere Welt, eine längst vergessene und versunkene, stand wieder vor ihm auf - der schöpferische dichterische Geist, der den Suchenden etwas zu sagen hat und aus dem Ideal der erdichteten Gestalten einen Weg weist aus dem Labyrinth der seelischen Klüfte und der Hoffnungslosigkeit des verlorenen Glaubens an das Gute und an die Menschlichkeit.

Die Arbeit an dem großen Bau gefiel ihm, wenn auch für seinen ausgezehrten Körper die Zumutungen groß waren und er am Abend kaum noch zu irgendwelchen Unternehmungen neigte. Nicht nur zu beaufsichtigen galt es für ihn, sondern es mußte auch - und zwar mehr als erwartet - angefaßt werden, wenn die neuen und jungen Lehrlinge, die bei den riesenhaften Zerstörungen der Städte im Baugewerbe eine sichere Zukunft sahen, nach einigen Stunden müde und müder wurden. Dann sprang Fritz Bergschulte ein, schleppte selbst die Ziegel heran, machte ihnen vor, wie man mit weniger Kraft die Speise in den Rückenträgern auf die Gerüste trug, zeigte, wie man guten Beton mischte oder den Baukalk löschte. Oft auch stand er oben auf dem Gerüst, die Kelle in der Hand, und mauerte eine Partie, übernahm die Berechnungen der Fenster und der Zierpfeiler, der Vorsprünge und inneren Abmessungen. Gab es irgendwo eine Stockung, so rief der Bauleiter, ein erfahrener Baumeister und Architekt, nach Fritz Bergschulte, und man konnte sich darauf verlassen, daß die Arbeit bald wieder in Fluß kam.

So war er in den wenigen Tagen, die er erst in Dortmund weilte, schon unentbehrlich geworden, und das von Lob erfüllte Schreiben, das Paul Ermann erhielt, machte auch diesen stolz. Der Fritz, dachte er. Wußte ich doch, der ist der alte geblieben, trotz der zwölf Jahre Rußland und trotz der Schweinerei, die man mit ihm in der Heimat begangen hatte. Früher war er schon der Beste der Kolonne. Sobald ich einen Posten frei habe, hole ich ihn nach Minden zurück...

Heute nun saß Fritz Bergschulte auf seinem Sofa, blätterte in der Zeitung, ehe er aufstand, an den elektrischen Kocher trat und sich die Kartoffeln, die geschnitten in der Pfanne lagen, briet. Dann machte er mit einem Büchsenöffner eine Dose Bratheringe auf und bediente sich. Die Kartoffeln mußten noch braten. Er setzte sich wieder auf das Sofa und griff abermals zur Zeitung. Jetzt erst entdeckte er unter der Zeitung den Brief Ermanns. Erfreut, von dem Freund zu hören, riß er ihn schnell auf und las mit wachsender Erregung das Schreiben.

Lina, durchzuckte es ihn. Lina ist bei Max Schmitz. Sie hat Korngold verlassen, sie steht zu mir, sie wartet auf mich, sie hat alles aufgegeben, weil sie mich liebt. Ein wundervolles Glücksgefühl durchzog ihn. Er lehnte sich zurück, schloß die Augen und vergegenwärtigte sich das Bild Linas. So hatte er oft auch in den russischen Lagern gesessen, hatte an sie gedacht und sich Kraft geholt aus der Liebe, die sie beide – wie er geglaubt hatte – miteinander verband.

Ob er ihr schreiben sollte? Ob er sie zu sich nach Dortmund holen sollte? Er blickte sich um. Das kleine Zimmer, das schmale Bett, ein Sofa, ein Stuhl, ein Schrank, ein Nachttisch und eine kleine weiße Kommode. Er schüttelte den Kopf und las den Brief noch einmal. Unmöglich. Wenn er ihr jetzt schriebe, würde sie sofort kommen. Und hier zu zweit wohnen? Ausgeschlossen, das ging nicht. Peter war ja auch noch da. Von ihm stand übrigens nichts in dem Brief.

Wo befindet sich der, fragte sich Fritz.

Plötzlich fiel ihm die Unterredung mit Dr. Schrader ein. Es ist schwer, gegen Heinrich Korngold die nötigen Beweise, die ihn vernichten, beizubringen. Geradezu gelegen käme ihm, wenn ich dumme Fehler machen würde. Und ein solcher Fehler wäre es, wenn ich Lina jetzt schon zu mir holen würde. Dann hätte Korngold ein wunderbares Mittel in der Hand, uns unter Druck zu setzen. Dann hätte nämlich Lina - juristisch gesehen - mit mir, ihrem eigenen Mann, Ehebruch begangen, und Korngold könnte ihr gerichtlich untersagen lassen, mich - nämlich denjenigen, mit dem sie Ehebruch begangen hat - zu heiraten. Ein Irrsinn das - aber nicht zu ändern. Paragraphen sind oft von einem normalen Verstand nicht zu fassen.

So dachte Fritz und übertrieb dabei natürlich ein bißchen. Er sah das zu kraß.

»Nein!« sagte er laut. »Lina, es geht nicht. Ich darf es nicht. Unsere Zukunft ist wichtiger als eine unmittelbare selige Gegenwart. Warte noch ein wenig, ein oder zwei oder auch drei Monate. Wir haben zwölf Jahre aufeinander gewartet - was sind da schon drei Monate? Ich weiß, du sehnst dich nach mir, und ich ... ach, laß mich nicht darüber sprechen...«

Er legte den Brief in seine Brieftasche, die

er aus dem Rock zog. Da erst merkte er, daß es brandig im Zimmer roch, daß aus einer Ecke Rauchschwaden heranzogen ... »Die Bratkartoffeln!« rief er und rannte zu dem elektrischen Kocher. Mit einer Gabel stocherte er die festgebrannten Kartoffeln von der Pfanne los, sortierte sie aus und warf sie in den Abfalleimer. Den Rest aß er, zusammen mit dem Brathering. Ein tolles Mahl war das gerade nicht, aber Fritz mußte nur an Rußland denken, um sich sofort wie im besten und teuersten Feinschmeckerlokal Frankreichs vorzukommen.

Während er aß und in seine alte Angewohnheit verfiel, dabei den Kopf in die Zeitung zu stecken, kehrten seine Gedanken immer wieder zu Lina zurück. Sein Gehirn nahm sachte auf, was die Augen in Gedanken abtasteten - es las nicht wirklich, es dachte an zwei Lippen, die er so lange nicht mehr geküßt hatte, und an zwei weiche Arme, die ihn so lieb umfangen konnten und ihn an einen heißen, bebenden Körper drückten...

Er warf die Zeitung weg und stand auf. Mit gesenktem Kopf stand er am offenen Fenster und ließ sich den Frühlingswind, der draußen angenehm warm durch die Straßen strich, um die Haare wehen, die viel zu langsam nachwuchsen.

Ich weiß, ich halte das nicht lange aus, gestand er sich ein. Zwölf Jahre lang keine Frau ... und jetzt ist man daheim und muß weiter so leben, als sei man abgeschlossen von der Welt. Dort, dort unten auf der Straße, da gehen sie ... Verliebte, Arm in Arm, sie werden einander zu einem Park führen oder zu den Wiesen der Emscher, sie werden sich küssen mit all der Glut der Jugend und des Frühlings, und sie werden die Welt um sich vergessen und einander ganz gehören in einem Taumel grenzenlosen Glücks und süßer Erfüllung...

Stöhnend wandte er den Kopf zur Seite und lehnte die heiße Stirn an die kühle Scheibe.

Hart sein, schrie es in ihm. Hart sein. Nicht dem Gefühl nachgeben, da es heißt, dem nüchternen Geist Vorrang zu geben. Nur eine Nacht in den Armen Linas, nur einmal hineingetaumelt in das ersehnte Glück ... und du stehst ärmer da als je zuvor, vernichtet durch die eigene Hand, durch eine Leidenschaft, deren Folgen du kanntest.

Er ging ins Zimmer zurück und legte sich angezogen aufs Bett. Über ihm, an der Wand, war mit einer Heftzwecke das Bild Linas in Postkartengröße, wie sie die Straßenfotografen anfertigten, an der Tapete befestigt. Es war das gleiche Bild, das ihn durch die Gefangenschaft begleitet hatte und um das er bei jeder Leibesvisitation mit den Posten und dem Genossen Kommissar gekämpft hatte.

Fritz Bergschulte schloß die Augen. Morgen ist wieder ein Tag. Sechs Uhr aufstehen, um sieben an der Baustelle, um zehn Uhr Frühstück, um zwölf Uhr das Mittagsmahl aus dem Henkelmann, um sechs Uhr Feierabend. Ein sturer, eintöniger Rhythmus des Lebens, der am Freitag jeder Woche einen Höhepunkt in Gestalt einer vollen Lohntüte erfuhr. Und jeden Freitag ging es dann auch so weiter: Er stand nach der Mittagspause, in der er den Lohn austeilte, vor dem Einzahlungsschalter der Dortmunder Sparkasse und zahlte auf ein Sparbuch einen großen Teil des Lohnes ein. Miete, Essen, Kino, Bücherausleihen, Zeitungen, ab und zu ein Bier ... das wurde alles am Monatsersten im voraus kalkuliert, und alles Geld, das übrig blieb, wanderte auf das Sparbuch. Und das durfte kein Ende nehmen, Monat um Monat, bis Geld genug vorhanden sein würde, um wieder ein Häuschen bauen, neue Möbel anschaffen und Lina glücklich machen zu können. Ja, und da war ganz tief im Herzen noch ein Wunsch, den Fritz Bergschulte nie laut auszusprechen wagte, den er als Geheimnis wahrte, an den er aber immer dachte, wenn er das Bild über seinem Bett ansah. Peter wird ein Schwesterchen haben, hoffte er dann zaghaft. Oder ein Brüderchen

... das ist ja egal. Aber mit meinem neuen Leben soll auch ein anderes neues Leben hinaus in die Welt gehen. Wie eine Wiedergeburt soll es werden, wie ein vergessener Baum, dessen öder Stamm plötzlich frische Triebe zeigt und emporwächst zu neuer Kraft und blühender Schönheit.

Die Dämmerung brach herein und ließ die Möbel unwirklich und schemenhaft erscheinen. Die Gardine, die vor dem offenen Fenster flatterte, war wie ein großes Tuch, das ein Winkender in der anwachsenden Dunkelheit schwang. Willkommen, konnte das heißen. Oder: Auf Wiedersehen.

Der Lärm der Straße verebbte, im Hafen erstarb das Rattern der Kräne und das zischende Fauchen der kleinen Schlepplokomotiven. Es war fast, als könne man in der Stille, die jetzt über den Straßen lag, das Klatschen der Wellen an die Kaimauern und Laderampen hören. Nur von den Riesenwerken Hoesch herüber tönten die Schichtsirenen über die Stadt.

Fritz Bergschulte lag noch immer auf dem Bett und starrte an die Decke, an welche die Straßenbeleuchtung wunderliche Figuren zeichnete.

»Ich werde ihr schreiben«, sagte er leise, ohne ihr mitzuteilen, wo ich bin. »Ich werde ihr sagen, daß ich auf sie warte und daß auch sie auf mich warten soll. Nur noch kurze Zeit, und wir werden wieder für immer zusammen sein.«

Er stand auf, knipste die Deckenbeleuchtung an und holte aus der Kommode einen Schreibblock und ein Kuvert. Langsam, jede Zeile überlegend, schrieb er, und seine Schrift war vor innerer Erregung etwas zittrig und zerfahren. Dann schloß er das Kuvert, schrieb die Anschrift »Frau Lina Bergschulte, bei Max Schmitz, Minden, Kasernenstraße 15, 4. Stock« und las sie noch einmal durch. Lina Bergschulte stand da. Er schloß die Augen bis auf einen Schlitz. Ja, Bergschulte. Lina Korngold? Eher würde ihm die Hand abfaulen, als daß er diesen Namen schriebe. Diese drei Jahre Korngold wollte er aus ihrem Leben streichen – diese drei Jahre hatte sie nie gelebt. Diese Vergangenheit wollte er löschen mit allen Mitteln, von denen ihm keines unwesentlich erschien.

Er frankierte den Brief und wog ihn dann in der Hand, als sei er sich noch unschlüssig, ob er ihn auch wirklich wegschicken sollte. Doch dann steckte er ihn entschlossen in die Brieftasche.

Morgen fährt ein Arbeiter von mir nach Braunschweig, dachte er. Seine Mutter ist schwer erkrankt. Er wird den Brief mitnehmen und in Braunschweig in den Kasten werfen.

Braunschweig. Nie wird Lina erfahren, daß er in Dortmund ist.

In Braunschweig wird sich seine Spur, die sich im Poststempel manifestiert, verlieren.

Arme, kleine, liebe Lina ... vergib mir den kleinen Schwindel. Es ist besser für uns, denn wir wissen doch, daß wir nicht stark genug sein können, um zu widerstehen, wenn wir uns gegenüberstehen und der Verlockung unserer Körper ausgesetzt sind.

Er schloß das Fenster und zog die Gardine vor, als zöge er einen Vorhang über einen neuen, zu Ende gegangenen Akt eines Dramas, das man Leben nennt...

## 5

Heinrich Korngold fuhr bis an die Ecke der Ulmenstraße. Dort stieg er aus dem Wagen und ging das kurze Stück zu Fuß. Die Nachtluft erfrischte ihn und gab seinem überanstrengten Gehirn neue Spannkraft. Immer wieder schaute er auf seinen Zettel:

Dr. Schrader. Dr. Arnulf Schrader.

Wo hatte er diesen Namen schon einmal gehört? Er kam ihm so bekannt vor, als hätte man schon öfter von ihm gesprochen. Oder hatte er ihn gelesen? Das war möglich. Wenn Dr. Schrader ein guter Anwalt war, stand er bestimmt mehrmals in den Zeitungen als Verteidiger in großen Prozessen.

Vor dem Haus hielt Korngold an und schaute zu den Fenstern hin. Durch die Ritzen der geschlossenen Schlagläden schimmerte Licht. Dr. Schrader war also noch nicht zu Bett gegangen. Das war ein glücklicher Umstand. Vielleicht war es auch ein Fingerzeig des Schicksals, daß hier der Mann wohnte, der seinen Prozeß übernehmen und nicht so arrogant sein würde wie die Kollegen in Vlotho.

Korngold durchmaß den Vorgarten und schellte. Eine nette, sehr gepflegte Dame öffnete die Haustür und schaute den späten Besucher fragend an.

»Bitte?« sagte sie.

Korngold zog den Hut und verbeugte sich korrekt. Bestimmt die Herrin des Hauses, dachte er. Er räusperte sich.

»Ist Ihr Herr Gemahl noch zu sprechen, gnädige Frau?« fragte er. »Es handelt sich um einen dringenden Fall, der keinen Aufschub verträgt.«

»Bitte, treten Sie näher.« Frau Schrader führte ihn in ein gut eingerichtetes Wartezimmer und bat, sich einen Augenblick zu gedulden. Kurz darauf kam sie wieder zurück, und Heinrich Korngold legte die Illustrierte auf den Tisch, in der er nervös geblättert hatte.

»Mein Mann läßt bitten«, sagte sie.

Sie führte ihn durch ein Herrenzimmer und schloß dann hinter ihm die Tür. Aus dem angrenzenden Raum tönte eine Stimme.

»Bitte, einen Moment...«

Dann trat Dr. Schrader in das Zimmer und knöpfte sich seinen Kamelhaar-Hausrock zu. Grüßend nickte er und sagte:

»Sie müssen vielmals entschuldigen, aber ich hatte es mir schon gemütlich gemacht.«

»Aber bitte, bitte.« Korngold winkte lächelnd ab. »Ich hätte Ihre wohlverdiente

Ruhe auch nicht gestört, wenn mein Fall nicht so außergewöhnlich und - wie soll ich mich ausdrücken - pikant wäre. Um es glatt herauszusagen: Ihre Kollegen in Vlotho haben es rundweg abgelehnt, mich zu vertreten.«

»Sie kommen aus Vlotho?« antwortete Dr. Schrader.

Bei sich dachte er, irgendwie verfolgt mich in letzter Zeit Vlotho. Zwischen meinem Mandanten Bergschulte und Vlotho gibt's ja auch Zusammenhänge.

»Kennen Sie den Ort?« fragte Korngold.

»Kaum«, erwiderte Dr. Schrader und fuhr, da sich der andere noch nicht vorgestellt hatte, fort: »Wie war Ihr Name, bitte?«

»Oh, verzeihen Sie mein Versäumnis. Ich heiße Korngold...«

Das gibt's ja nicht, durchzuckte es Schrader, jetzt fehlt nur noch, daß er auch Heinrich heißt.

»Heinrich Korngold«, ergänzte dieser.

Dr. Schrader blieb eiskalt. Gute Anwälte müssen sich in der Hand haben, sonst können sie ihren Beruf gleich aufgeben und Steine klopfen gehen.

»Und was führt Sie zu mir, Herr Korngold?«

Statt einer Antwort legte Korngold schweigend den Abschiedsbrief Linas auf den Schreibtisch. Dr. Schrader las den Brief ebenso stumm, dabei schossen ihm eine

Menge Gedanken durch den Kopf:

Ich muß den Kerl sofort rauswerfen. Ich muß ihm sagen, daß ich seinen Kontrahenten Bergschulte vertrete. Wenn ich das nicht tue, sondern der Versuchung erliege, ihn auszuhorchen, handle ich grob pflichtwidrig und mache mich sogar strafbar. Ich sprenge mich als Anwalt selbst in die Luft. Ich werde ihn also jetzt vor die Tür setzen.

»Herr Korngold«, sagte er, diesem den Brief zurückgebend, »soviel ich sehe, hat Ihre Frau Sie verlassen. Sie wollen also von ihr geschieden werden, nehme ich an.«

»Im Gegenteil, Herr Rechtsanwalt«

»Wie bitte?«

»Im Gegenteil, ich denke gar nicht daran, meine Frau freizugeben!«

Warum breche ich das Gespräch nicht augenblicklich ab, dachte Dr. Schrader. Ich muß es tun, sonst bringe ich mich selbst in Teufels Küche.

»Dann sprechen Sie doch mit ihr«, fuhr er fort. »Haben Sie das schon versucht?«

»Das hat keinen Zweck, Herr Rechtsanwalt. Sie will zurück zu ihrem Mann.«

»Zu ihrem Mann? Ihr Mann sind doch Sie!«

»Ihr zweiter, Herr Rechtsanwalt.«

»Ich verstehe. Ihre Frau war schon einmal verheiratet und wurde geschieden...«

»Nein.«

»Was heißt nein? Wenn Ihre Frau ein zweites Mal geheiratet hat, muß sie doch von ihrem ersten Mann geschieden gewesen sein...«

»Sie war verwitwet.«

»Verwitwet? Das wird ja immer toller, Herr Korngold. Sie sagten mir doch, daß sie zu ihrem ersten Mann zurück will. Das muß sie uns aber erst einmal vormachen - als Witwe dieses Mannes. Ist sie verrückt?«

Dich kriege ich schon, Bursche, dachte Dr. Schrader. Dir ziehe ich die Würmer aus der Nase, warte nur.

Aber im nächsten Augenblick sagte er sich: Wahnsinn! Was ich mache, ist Wahnsinn! Schluß jetzt!

»Ich habe das Gefühl, Herr Korngold«, fuhr er fort, »daß Sie mir noch lange nicht alles gesagt haben. Da stimmt doch etwas nicht in der Geschichte?«

Heinrich Korngold zierte sich nicht mehr lange. Das hätte auch gar keinen Zweck gehabt. Zu was war er denn hergekommen? Er mußte die Karten auf den Tisch legen.

»Ich will es kurz machen, Herr Rechtsanwalt«, begann er. »Fritz Bergschulte - das ist der erste Mann meiner Frau - war ein Kamerad von mir beim Militär. Wir gerieten beide in Gefangenschaft und saßen in einem russischen Schweigelager. Ich wurde ein paar Jahre früher entlassen. Er bat mich, seine Frau aufzusuchen und ihr ein Lebenszeichen mitzubringen – «

»Welches Lebenszeichen?« unterbrach Dr. Schrader lauernd. Dieser Punkt war ja von größter Wichtigkeit.

»Einen aus dem Lager herausgeschmuggelten Brief, Herr Rechtsanwalt. Ihn sollte ich überbringen.«

»Und?«

»Ich habe das nicht getan.«

»Und was haben Sie statt dessen getan?«

»Den Brief vernichtet.«

»Ist das alles?«

»Ich habe ihr auch noch gesagt, daß ihr Mann tot ist.«

»Und darauf basierte die schließliche Todeserklärung«, sagte Dr. Schrader, »denn die war ja nötig, damit sich Frau Bergschulte als Witwe wieder verehelichen konnte – oder nicht?«

»Ja.«

Dr. Schrader erhob sich, ging einige Male hin und her, blieb vor Korngold stehen und stieß hervor: »Sagen Sie mal, was haben Sie sich dabei eigentlich gedacht?«

»Ich wollte die Frau haben. Es war Liebe auf den ersten Blick.«

»Aber es mußte Ihnen doch klar sein, daß der Schwindel eines Tages auffliegt?«

»Wieso? Der wäre nicht aufgeflogen, wenn Bergschulte nicht zurückgekommen wäre.«

»Er *kam* aber zurück!«

»Als ich ihn im Lager verließ, war er so schwach, daß ihm keiner mehr eine Überlebenschance gab.«

»Aha, Sie erhofften sich also sein Ende. Anders kann man das doch nicht sehen.«

Das klang sehr verächtlich, so daß Korngold, der längst über die Schwelle, sich zu schämen, hinaus war, aufbrauste und erwiderte: »Ich bin nicht hier, um mich moralisch zu rechtfertigen. Sie sind Anwalt und kein Priester. Entweder übernehmen Sie meine Vertretung oder nicht. *Wenn* Sie sie übernehmen, haben Sie die Pflicht, alles zu tun, um meine Sache durchzufechten bis zum Sieg. Verstanden!«

»Und was wäre für Sie der Sieg?«

»Die Erhaltung meiner Ehe.«

»Dazu muß aber Ihr Gegner ausgeschaltet werden.«

»Keiner kann mir den Brief nachweisen«, erwiderte finster Korngold, nun sein wahres Gesicht in letzter Konsequenz zeigend, »im Gegenteil, ich werde sogar beschwören, daß Bergschulte mir auftrug, seiner Frau seinen Tod zu melden, damit er von ihr loskommt. Er hätte sie längst satt gehabt, werde ich beteuern. Soll er selbst ruhig nun etwas anderes behaupten, dann steht eben Behauptung gegen Behauptung und es kommt darauf an, wer den besseren Anwalt hat. Ich möchte meinen, ich, denn ich kann mir den besseren Mann leisten, während er über keinen Pfennig verfügt. Das ist doch immer das Entscheidende, Geld regiert die Welt, auch im Gerichtssaal…«

Korngold grinste dreckig und schloß mit der Frage: »Also wie wär's mit Ihnen, Herr Rechtsanwalt? Setzen Sie Ihr Honorar an, so hoch Sie wollen, ich werde es bezahlen.«

Du Schwein, dachte Dr. Schrader. Du fieses Schwein! Du sollst dich in die Finger geschnitten haben! Dein Pech, daß du ausgerechnet an mich geraten bist!

»Was ist?« fragte Korngold, als eine gewisse Zeit verstrich, in der Dr. Schrader schwieg. »Wollen Sie nicht?«

»Ich muß mir das noch überlegen«, entgegnete der Anwalt. »Auf alle Fälle verspreche ich Ihnen, daß ich Ihnen, falls ich es nicht selbst machen werde, einen tüchtigen Kollegen besorge.«

Den Abschied gestaltete er so, daß er Korngold nicht die Hand reichen mußte.

In der folgenden Nacht schlief Dr. Schrader schlecht. Er wälzte sich ruhelos auf seinem Lager umher, bis auch seine Frau davon wach wurde, Licht machte und ihn fragte: »Was hast du? Ist dir nicht gut?«

Daraufhin erzählte er ihr alles. Sie hörte ihm zu, wurde blaß und blasser und rief zuletzt in hellem Entsetzen aus: »Arnulf, dein Beruf ist im Eimer!«

»Wenn publik wird, was ich getan habe, ohne jeden Zweifel, Gertrud.«

»Wie konntest du nur, Arnulf!«

Sie fing an zu weinen und stieß hervor: »Das darf nicht sein! Wovon sollen wir leben? Du mußt dich sofort aus der ganzen Sache zurückziehen! Teile das auch deinem Bergschulte mit!«

»Und wer soll ihm zu seinem Recht verhelfen?«

»Nicht du!«

»Aber gerade ich wäre doch jetzt dazu in der Lage. Nicht als Anwalt, sondern als Zeuge. Mir hat ja der Kerl alles eingestanden.«

»Muß ich dich noch einmal fragen, wer uns ernähren soll? Erwartest du das von mir?«

»Nein«, versicherte er ihr, »das tue ich nicht.«

Und ironisch fügte er hinzu: »Eher bleibt mir das Recht auf der Strecke...«

Am nächsten Morgen verabredete er sich mit seinem Kollegen Dr. Penzolt, den er nach zwei Stunden endlich dazu überreden konnte, die Vertretung Korngolds zu übernehmen und dessen üble Sache mit viel

Überwindung und Anstand zu Ende zu führen.

»Nach allem, was Sie mir nun erzählt haben, stehe ich auf verlorenem Posten«, sagte Dr. Penzolt.

»Betrübt Sie das?« fragte ihn Kollege Schrader.

»Nein, betrüben würde mich ein Sieg in dieser Sache. Aber wie ist denn das mit Ihnen? Sie sind sich doch im klaren darüber, in welcher Situation Sie sich befinden?«

Dr. Schrader seufzte.

»Meine Frau«, sagte er, »erwägt die Trennung von mir.«

»Hat sie Ihnen das schon angekündigt?«

»Mehr oder minder ja.«

»Ich würde Ihre Frau verstehen. Aber Sie verstehe ich nicht. Was haben Sie davon, Herr Kollege, wenn Sie Ihrem Mandanten seine Frau verschaffen und die eigene verlieren?«

Noch einmal seufzend sagte Dr. Schrader: »Herr Kollege, wie lautet ein berühmtes einschlägiges Wort der alten Römer: ›Fiat justitia pereat mundus! Es sei Gerechtigkeit, und wenn die Welt untergeht!‹ In einer solchen Situation sehe ich mich gewissermaßen.«

»Narr sind Sie keiner, wie?«

Diese sarkastische Frage konnte sich Dr. Penzolt erlauben, da er und Dr. Schrader über ein gutes kollegiales Verhältnis hinaus fast befreundet miteinander waren.

Dr. Penzolt schüttelte den Kopf. Die beiden verabschiedeten sich voneinander und Dr. Schrader fuhr zu Dr. Kämmerer, dem pensionierten Amtsgerichtspräsidenten von Minden, der ihn erfreut begrüßte und sagte: »Das ging aber rasch. Sie kommen doch, um mir zu sagen, daß Sie mein Angebot annehmen?«

»Nein, Herr Präsident.«

»Nein?« Dr. Kämmerer zeigte sich enttäuscht. »Wieso nein?«

»Ich würde Ihnen ja gerne zusagen, aber wahrscheinlich werden *Sie* keinen Wert mehr auf mich legen...«

»Warum in Dreiteufelsnamen soll ich keinen Wert mehr auf Sie legen?«

»Dazu muß ich etwas ausholen«, erwiderte Dr. Schrader und setzte, nachdem er sich umständlich eine Zigarre angezündet hatte, hinzu: »Korngold war bei mir.«

»Wer ist Korngold, zum Teufel?«

»Der Prozeßgegner von Bergschulte.«

»Himmelherrgott, wer ist Bergschulte?«

»Jener für tot erklärte Heimkehrer, von dem ich Ihnen erzählte.«

»Woher soll ich das riechen? Herr Rechtsanwalt«, sagte Dr. Kämmerer, »Sie scheinen mir etwas durcheinander. So kenne ich Sie nicht. Würden Sie mir verraten, warum Sie durcheinander sind?«

»Wir sind ja schon beim Thema, Herr Präsident. Korngold wollte, daß ich ihn vertrete…«

»So? Wollte er das? Schöner Zufall. Sie haben ihm daraufhin, hoffe ich, gleich gesagt, daß er sich jedes weitere Wort sparen kann, weil Sie seinen Gegner schon vertreten…«

»Nein.«

»Was nein?«

»Ich habe ihm das nicht gesagt.«

»Sondern?«

»Ich ließ ihn reden.«

»Waaas?«

Dr. Kämmerer kam aus seinem tiefen Clubsessel hervor.

»Er hat restlos ausgepackt, Herr Präsident.«

Dr. Kämmerer stand schon halb.

»Er lieferte mir ein perfektes Geständnis, Herr Präsident.«

»Herr Rechtsanwalt«, sagte Dr. Kämmerer, zu seiner vollen Größe aufgerichtet, mit drohender Stimme, »korrigieren Sie mich, bitte, sagen Sie mir, daß ich mich verhört habe…«

»Nein, Herr Präsident.«

»Ich habe mich nicht verhört?«

»Nein.«

»Mein Eindruck ist also richtig, daß Sie in der gröblichsten Weise Ihre Pflicht verletzt haben?«

»Ja.«

Daraufhin konnte Dr. Kämmerer nur die Frage an Dr. Schrader richten: »Sind Sie wahnsinnig?«

Dr. Schrader breitete in einer überzeugenden Unschuldsgeste seine Hände aus, während er antwortete: »Ich konnte nicht widerstehen. Die Verführung war zu groß. Sie hätten hören müssen, was der Kerl sagte – «

»Das interessiert mich nicht!« unterbrach Dr. Kämmerer energisch und fragte rasch: »Was hat er denn gesagt?«

»Er werde sogar beschwören, daß Bergschulte ihm auftrug, seiner Frau seinen Tod zu melden, um von ihr loszukommen. Er sei auch deshalb sicher, zu gewinnen, weil er Geld habe, mit dem er sich den besten Anwalt leisten könne, und der mittellose Heimkehrer keines. Das ist ein ganz übles Subjekt, Herr Präsident.«

Dr. Kämmerer schwieg. In seinem Gesicht arbeitete es. Seine Backenknochen mahlten. Das war ein Zeichen eines großen inneren Zornes, der in ihm wütete. Plötzlich stieß er hervor: »Diese Suppe muß ihm versalzen werden!«

»Der Meinung bin ich auch, Herr Präsident.«

»Aber wie?«

»Wenn's nicht anders geht, lasse ich mich vom Gericht in den Zeugenstand rufen, Herr

Präsident.«

Ein zweites Mal rief Dr. Kämmerer: »Sie sind wahnsinnig! Damit sind Sie Ihre Zulassung als Anwalt los!«

»Ich will's ja auch nur im äußersten Notfall dazu kommen lassen, Herr Präsident.«

»Und wer oder was garantiert Ihnen, daß der äußerste Notfall nicht eintritt?«

Dr. Schrader zuckte die Schultern, und beide verstummten. Wieder arbeitete es in Kämmerers Gesicht. Auf einmal entkrampften sich seine Züge. Ein guter Gedanke war ihm gekommen. Er lächelte und sagte: »Eine Lösung gäb's ja...«

»Welche, Herr Präsident?« fragte Dr. Schrader rasch. Er hoffte, daß Kämmerer sich auf dem richtigen Weg befand. Deshalb war er, Schrader, ja auch hergekommen.

»Ich habe Ihnen doch auch den Posten eines Geschäftsführers bei meiner Stiftung angeboten, Herr Rechtsanwalt...«

Dr. Schrader nickte. Er ist auf dem richtigen Weg, dachte er erfreut.

»Und dazu«, fuhr Dr. Kämmerer fort, »brauchen Sie nicht unbedingt die Zulassung als Rechtsanwalt. Leben könnten Sie sehr gut von dem Gehalt, das ich Ihnen aussetze. Was halten Sie davon?«

»Herr Präsident«, sagte Dr. Schrader zögernd, als wolle er sich gegen Kämmerers Idee sträuben, »ich kann Ihnen keinen mit

Schimpf und Schande bedeckten Angestellten zumuten. Deshalb sagte ich auch gleich zu Anfang, daß ich es verstehe, wenn Sie keinen Wert mehr auf mich legen...«

»Reden Sie kein Blech!« fiel ihm Dr. Kämmerer, der nun selbst ganz begeistert von seiner Idee war, ins Wort. »Wir machen das so. Wär ja gelacht, wenn diesem Kerl nicht beizukommen wäre.«

Und nach einer kurzen Pause, in der er vor sich hinstarrte, fügte er hinzu: »Sie dürfen nicht vergessen, Herr Rechtsanwalt, daß zwei Söhne von mir in russischer Erde liegen. Ich bin sicher, daß beide genau diese Handlungsweise von mir erwarten würden.«

Daran gab's keinen Zweifel.

»Es ist ja nicht gesagt, daß es zum Schlimmsten kommt«, meinte Dr. Schrader noch einmal, ehe sich die beiden trennten.

Zu Hause angekommen, diktierte Schrader einen kurzen Brief an Heinrich Korngold:

»Sehr geehrter Herr Korngold, leider sehe ich mich nicht in der Lage, Sie anwaltschaftlich zu vertreten. Ich habe aber, wie versprochen, heute schon mit einem tüchtigen Kollegen, Herrn Dr. Erwin Penzolt, gesprochen und ihn gebeten, Ihre Interessen wahrzunehmen. Er wird sich mit Ihnen in Verbindung setzen. Hochachtungsvoll Dr. Schrader.«

Am schwersten vom ganzen Brief fiel ihm das »Hochachtungsvoll«.

Zwei Tage später.

Fritz Bergschulte hatte wieder einen schweren Arbeitstag hinter sich und ging von der Baustelle nach Hause. In einer abgeschabten Aktentasche, die er einem Kollegen für wenig Geld abgekauft hatte, verwahrte er seinen Henkelmann, seine Tabakspfeife und die flache Blechdose mit dem Krüllschnitt. Da der Abend sehr warm und schwül war, hatte er den alten Hut etwas in den Nacken geschoben und überlegte beim Gehen, was er heute abend tun sollte. Ins Kino? Keine Lust, stellte er fest. Lesen? Zu müde. Ein Bierchen trinken? Schon eher. Damit war eigentlich alles erschöpft, was man am Abend tun konnte, es sei denn, man griff tiefer in die Tasche und leistete sich ein Varieté oder gar einen Theaterbesuch. Aber auch dazu war er zu abgespannt, so daß ein kühles Pils mit einem Körnchen vorneweg noch das Verlockendste war.

Leise vor sich hinpfeifend bog er in eine Seitenstraße ein, als ihn mit wütendem Gekläff ein kleiner, frecher Foxterrier ansprang und versuchte, ihm die Hose zu zerreißen. Woher der Hund kam, war zunächst nicht festzustellen. Er fegte plötzlich um die Ecke und fiel über Fritz Bergschulte her.

»Na, na«, sagte Fritz und bückte sich, stellte seine Tasche auf die Straße und versuchte, den wütend bellenden, immer wieder herankommenden und zurückweichenden Hund dadurch zu beruhigen, daß er ihm zeigte, keine Angst vor ihm zu haben. Nicht das hatte aber Erfolg, sondern etwas anderes. Plötzlich stutzte der Hund, verstummte, hob witternd die Nase und trabte dann näher. Ohne Scheu schaute er den Mann, den er soeben angebellt hatte, bittend an, schnupperte an der auf der Straße stehenden Tasche herum und machte auf einmal »Männchen«.

Laut lachend streichelte ihm Bergschulte das schwarzweiße struppige Fell.

»Gute Nase«; sagte er zu dem Hund. »Riechst du Racker, daß ich Fleisch im Henkelmann habe?« Er bückte sich, öffnete die Tasche, schob die neugierig tastende Nase des Foxterriers zur Seite und nahm ein Stückchen Gulasch, das ihm mittags zuviel geworden war, aus dem Topf. »Da, laß dir's schmecken«, sagte er zu dem Hund »Mach aber dann, daß du nach Hause kommst, und belästige die Leute nicht länger.«

Gierig sprang der Hund an ihm empor und schnappte das Stückchen Fleisch.

In diesem Augenblick bog um die Ecke ein junges, schlankes, dunkellockiges Mädchen in einem hellen Lavabelkleid voll bunter Blumen und blieb erstaunt stehen.

»Nanu?« sagte es und schüttelte den Kopf. »Was machen Sie denn da mit meinem Flocky?«

»Sie sollten lieber fragen, was Ihr Flocky mit mir gemacht hat oder besser gesagt – machen wollte.« Fritz Bergschulte schloß seine Aktentasche wieder und richtete sich auf. »Schönes Tier«, meinte er dabei.

»Er hat bisher nie von einem Fremden etwas angenommen.« Das Mädchen nahm Flocky an die Leine und drohte ihm mit dem Finger: »Mach mir das nicht wieder!«

»Vielleicht bin ich ihm sympathisch?« Bergschulte nestelte an seiner Tasche herum. »So etwas soll es bei Hunden geben – Sympathie auf den ersten Blick. Momentan tat er zwar, als ob er mich fressen wollte.« Sie hat schöne Beine, dachte er dabei. Und die dunkelseidenen Strümpfe stehen ihr entzückend. Sie ist bestimmt erst 20 Jahre alt. Und wenn sie ein bißchen zornig tat, wie jetzt auf ihren Flocky, sieht sie ganz besonders nett aus. Doch dann bezwang er seine ausschweifenden Gedanken und sagte nüchtern:

»Sie entschuldigen, Fräulein, auf Wiedersehen.«

Er wollte seinen Weg fortsetzen und stellte fest, daß das Mädchen mit ihm die gleiche Richtung hatte. Das freute ihn. Die Gelegenheit beim Schopf packend, meinte er:

»Wir haben anscheinend denselben Weg. – Dann können wir ja noch ein bißchen zusammenbleiben. Flocky scheint nichts dagegen zu haben.«

Das Mädchen nickte und zog den Hund an der Leine an sich heran, da er die Nase nicht von der Aktentasche lassen wollte.

»Sie verstehen etwas von Hunden?« fragte sie.

»Verstehen wäre übertrieben. Ich habe Hunde gern. Überhaupt alle Tiere. Als Kind hatte ich ein Aquarium und brachte meine Mutter zur Verzweiflung, wenn ich Tüten voll Ameiseneier in der Wohnung verstreute. Später dann – ich war schon 14 Jahre und ging in die Lehre – hielt ich mir einen Feuersalamander und drei Laubfrösche. Ich hatte sie vorsichtigerweise in ein Glas gesteckt. Die Folge war: Sie hatten dauernd Krach.«

»Krach? Wieso denn?«

»Sie konnten sich übers Wetter nicht einigen.«

Das Mädchen lachte schallend. Sie kann herrlich lachen, durchzuckte es Fritz Bergschulte. Und wie ihre Zähne schimmern zwischen den geschwungenen, leicht nachgezogenen Lippen. Und das Kleid steht ihr wundervoll. Wenn der Abendwind es an ihren Körper drückt, sieht man die junge Brust durch den leichten Stoff.

Er wurde unsicher und schwieg.

Eine Weile gingen sie stumm nebeneinander her, bis das Mädchen die Unterhaltung wiederaufnahm.

»Wollte Flocky Sie beißen?« fragte es. Fritz Bergschulte fuhr etwas zusammen. Er hatte geträumt und wurde wach. Sie hat etwas gesagt. Ihre Stimme verwirrt mich. Zwölf Jahre lang hat kein Mädchen mit mir gesprochen. Ich muß mich erst wieder daran gewöhnen, daß ich es bin, mit dem auch ein Mädchen spricht.

»Beißen?« fragte er. »Ich weiß nicht. Er war jedenfalls sehr frech.«

»Er beschützt mich«, sagte das Mädchen stolz.

»Dann ist es ja doppelt wichtig, daß ich mit Flocky Freundschaft geschlossen habe«, meinte Bergschulte und lachte ein bißchen keck. Das Mädchen lachte auch und erwiderte den Blick, den ihr Fritz zuwarf.

»Sie arbeiten auch in Dortmund?« fragte Fritz Bergschulte nach einer Weile, in der sie abermals stumm nebeneinander hergegangen waren.

»Ja. Ich bin hier bei einer Brauerei Sekretärin.«

»Bei einer Brauerei?« Bergschulte seufzte. »Eine solche Stellung bräuchte ich auch.

Allein wenn ich das Wort höre, kriege ich schon Durst.«

»Trinken Sie so gerne?« fragte das Mädchen.

»Aber nein, ab und zu ein Bierchen – mehr nicht. Und das auch nur in Gesellschaft, die ich suche, um nicht ständig allein zu sein.«

»Sind Sie denn allein?«

Bergschulte zögerte einen Augenblick. Bin ich allein, fragte er sich. Habe ich noch jemanden auf dieser Welt? Er schaute empor zum Nachthimmel, der nur schwach die Sterne erkennen ließ.

»Ja«, sagte er fest.

Das Mädchen blickte ihn von der Seite her an.

»Sie sind nicht verheiratet?«

»Nein.«

»Aber Sie tragen doch einen Trauring?«

Dem Mädchen schien nichts zu entgehen. Es hatte den Ring gesehen, als Fritz den Hund gestreichelt hatte.

Fritz hob die rechte Hand und sah auf den goldenen Reif. Vor wenigen Tagen noch hatte er ihn in Minden gekauft. Und jetzt?

»Das ist ein Talisman«, meinte er ausweichend. »Ich *war* verheiratet.«

»Und nun sind Sie allein?«

»Ja.« Er stockte. »Wieder allein. Ich habe alles verloren, was ich hatte. Ich war doch schon gestorben...«

Das Mädchen fuhr herum. Ein Wahnsinniger? Es wünschte sich spontan einen Bernhardiner zum Schutz und keinen Foxterrier. Doch dann blickte sie in Bergschultes Gesicht und hatte wieder keine Angst mehr. Diese Augen sind voll Leid, fühlte sie mit jener Sensibilität, der nur eine Frau fähig ist. Dieser Mann hat ein schweres Leben hinter sich.

»Gestorben? Was heißt das? Sie leben doch…«

»Ich lebe wieder.«

»Wieder? Das verstehe ich nicht. Wer einmal gestorben ist, kann nicht wieder leben…«

»Doch. Das gibt es. Glauben Sie mir. Heute ist alles möglich.« Bergschulte lachte bitter auf. »Wir leben nicht umsonst im Zeitalter, das keine Unmöglichkeiten mehr kennt. Aber das kann ich Ihnen so nicht erklären, und es würde Sie vielleicht auch langweilen…«

»Aber nein.« Das Mädchen schüttelte energisch den Kopf. Ihre schwarzen Haare flogen dabei über ihr Gesicht und eine Strähne davon streifte die Wange Bergschultes. Es durchfuhr ihn, als habe ihn ein unter Strom stehender Gegenstand berührt, der ihn elektrisierte.

Sie ist so jung und schön, so frisch und voller Leben. Ich werde flüchten müssen, flüchten vor mir selbst, wenn ich sie länger anschaue. Aber er rannte nicht davon, er blieb an ihrer Seite, auch als er merkte, daß sie nicht in der Nähe des Hafens wohnte, sondern weiter östlich. Als müßte es so sein, ging er neben ihr her, und es bedeutete ihm plötzlich ungeheuer viel, sich an der Seite eines hübschen Mädchens zu sehen und mit ihm zu sprechen.

»Trotzdem«, sagte er. »Es wäre eine Geschichte, für die der Abend nicht ausreichte. Ich müßte Ihnen etwas erzählen, was einen Zeitraum von zwölf Jahren umspannt.«

»Zwölf Jahre?« Ein Gedanke durchzuckte das Mädchen. »Sie waren in Gefangenschaft? In Rußland?«

Statt zu antworten, nahm Bergschulte seinen Hut ab. Sein kahlgeschorener, jetzt mit Stoppeln bedeckter Schädel wirkte überscharf in der grellen Straßenbeleuchtung. Dann setzte er den Hut wieder auf und meinte bitter:

»So. Jetzt kann ich wohl gehen?«

»Aber warum denn?«

»Habe ich Sie nicht erschreckt?«

»Nein.« Das Mädchen schüttelte den Kopf. »Ich weiß jetzt, was Sie meinten, als Sie sagten, Sie wären schon tot gewesen. Sie tun mir so leid...«

»Sie scheinen sich aber zu amüsieren, Sie lächeln...«

»Weil ich sehe, daß Sie wieder leben. Und weil ich glaube, daß Sie das alles vergessen wollen.«

»Vergessen? Nie! Abschnitte vielleicht, Episoden, oder Dinge, an die man einfach nicht mehr denken will. Doch zwölf Jahre restlos vergessen? Wer kann das? Wer einmal mit einer Glasscherbe den Barackenboden weißscheuern mußte, der vergißt das nicht.«

Sie waren in eine stille Vorstadtstraße gekommen. Das Mädchen blieb stehen.

»Schade«, meinte es. »Hier wohne ich. Nun kann ich Ihnen nicht länger zuhören.«

Fritz Bergschulte schaute sich um. Schöne, zweistöckige Häuser, aus glasierten Klinkern gebaut, säumten die Straße. An der Tür des Hauses, vor dem sie standen, war ein Messingschild befestigt.

»Herten«, las Bergschulte halblaut.

»So heiße ich«, sagte das Mädchen. »Friedel Herten.«

»Friedel Herten.« Er sah sie an. »Ich heiße Fritz Bergschulte, Maurer von Beruf. Im Moment bin ich Polier und Bauführer.«

Das Mädchen lachte auf. »Das finde ich lustig«, sagte sie. »Mein Vater ist Architekt.«

Fritz fand das weniger lustig. Die Kluft zwischen Maurer und Architekt war zu groß. Er fühlte wieder die Unsicherheit in sich aufsteigen, von der er schon anfangs befallen gewesen war. Schnell riß er sich den

Hut vom Kopf und streckte Friedel die Hand hin. »Also denn – auf Wiedersehen, Fräulein Herten.«

»Auf Wiedersehen.«

Sie erwiderte den Druck seiner Hand und schloß dann die Tür auf. Sie wandte Fritz ihren Rücken zu. Er stand da, den Hut in der Hand, und betrachtete ihre Locken, die weich über den Kragen des bunten Kleides fielen.

»Ich habe noch etwas vergessen«, sagte er langsam. Friedel Herten drehte sich herum und sah ihn lächelnd an, während er fortfuhr: »Ich möchte Ihnen sagen, daß diese paar Minuten mit Ihnen seit zwölf Jahren die schönsten waren. Und wie im Märchen, wenn die gütige Fee wieder zurück in ihr Zauberreich geht, möchte ich mir etwas wünschen...«

»Bitte...«

»Darf ich Sie wiedersehen?«

Friedel Herten zögerte nicht, sondern nickte und sagte: »Machen Sie einen Vorschlag.«

»Übermorgen?« fragte Bergschulte. »Es ist Sonntag. Wenn es schön ist, könnten wir irgendwo hinfahren. Ist Ihnen zwei Uhr nachmittags recht? Ich hole Sie hier ab. Einverstanden? Wir haben dann einen schönen, langen Tag vor uns und ... für uns...«

Friedel Herten reichte ihm noch einmal

die Hand und sagte dazu fröhlich:

»Bis Sonntag denn, Herr Bergschulte.«

Dann verschwand sie im Haus. Der Schlüssel drehte sich von innen im Schloß.

Den Hut in der Hand, stand Fritz Bergschulte noch ein Weilchen da und blickte auf die stumme Tür. Die abgeschabte Ledertasche mit dem Henkelmann drückte er dabei unbewußt ganz fest an sich, als hielte er nicht sie im Arm, sondern etwas ganz anderes – etwas Lebendiges im geblümten Kleid.

Bis Sonntag.

Ein Sonntag im Frühling.

Sein Herz spürte er plötzlich in der Brust. Erstaunt stellte er fest, daß es auf einmal schneller schlug. In seiner Hand fühlte er noch den Druck von Friedels schlanken Fingern.

Endlich riß er sich von der stummen Tür los und ging den Weg zurück, dem Lichterschein der Hauptstraßen entgegen.

Er war glücklich und pfiff leise vor sich hin.

Und er wäre noch glücklicher gewesen, hätte er gesehen, wie Friedel Herten am Fenster hinter der Gardine stand und ihm nachblickte.

An dem gleichen Tag, an dem Fritz Bergschulte selbst zu den Verwicklungen seines Schicksals beitrug, saß in Minden Paul Ermann am Telefon und versuchte, nach Dortmund durchzukommen.

Er hatte am Tag zuvor mit Max Schmitz in einer Wirtschaft zusammengesessen und sich die ganzen Neuigkeiten erzählen lassen. Mit ungeheuer natürlich gespieltem Erstaunen nahm er den Bericht über Fritz Bergschultes Rückkehr zur Kenntnis, vernahm er die Tragödie im Hause Korngold und den Einzug Linas in Schmitzens Wohnung.

»Das sind wir dem Fritz schuldig«, sagte Max Schmitz und trank erregt sein Körnchen. »Wer weiß, wo er jetzt herumirrt, gramzerfressen und an der Welt verzweifelnd.«

»Ja, wer weiß...« Paul Ermann sah in sein Bier, weil es ihm unmöglich war, bei diesem Satz dem alten Freund in die Augen zu schauen. »Und was macht die Lina jetzt?«

»Sie will eine Stellung annehmen. Meine Alte sagt zwar, sie soll ihr im Haushalt helfen, aber das will sie nicht. Sie will auf eigenen Füßen stehen, will Geld verdienen, will wieder von vorne anfangen.« Max Schmitz nahm einen Schluck. »Man kann das verstehen. Sie will auch nicht zu Hause sitzen und sich verrückt machen lassen. Sie will arbeiten und ihrem Fritz auch dadurch zeigen, daß sie in jeder Lage zu ihm hält. – Wenn sie nur eine Stellung bekäme...«

»Was kann sie denn?« fragte Paul Ermann.

»Stenographie, Schreibmaschine, Buchhaltung und so'n Bürokram. Aber solche Leute haben die Firmen jetzt genug.«

»Mehr als genug.«

Sie hatten sich dann voneinander verabschiedet, aber während der ganzen Fahrt nach Hause und auch noch in seinem Herrenzimmer grübelte Paul Ermann darüber nach, wie er Lina helfen konnte. Das Problem war schwierig. Wer brauchte schon eine Sekretärin, die fast zehn Jahre nicht mehr tätig gewesen war? Junge Arbeitskräfte suchte man, frisch ausgebildet. Die kosteten am wenigsten und konnten auch mal eine Stunde länger herangezogen werden. Aber eine Frau mit Kind?

Schließlich war jedoch Ermann doch noch der richtige Gedanke gekommen. Er schwankte zwar, ihn auszuführen. Einmal malte er sich im Geiste die Wirkungen seiner »Nötigung«, die er vorhatte, aus und rieb sich in größter Vorfreude die Hände. Dann aber kamen ihm wieder Bedenken, die ihn die ganze Nacht über quälten und ihn nicht schlafen ließen.

Heute nun hatte er sich dazu durchgerungen, den Plan doch auszuführen, mochte kommen, was da wollte.

Endlich klappte die Verbindung. Paul meldete sich:

»Ermann...«

»Hier Architekturbüro Herten GmbH...«

»Herrn Herten bitte persönlich«, sagte Ermann. Dann knackte es in der Leitung, und die tiefe Stimme des Architekten erreichte Pauls Ohr.

»Ermann? Was ist denn? Wo brennt's?«

»Bei Ihnen.«

»Bei mir?« Hans Herten lachte kurz. »Was wollen Sie? Ich kenne Sie doch.«

»Gut so, dann kann ich auch gleich loslegen, Herten: Wie alt ist Ihre Sekretärin?«

»Machen Sie mich nicht fertig. Was haben Sie mit meiner Sekretärin zu tun? Ich habe übrigens nicht nur eine, sondern vier.«

»Sie Pascha!« Ermann lachte nun auch. »Ich dachte, Sie haben ein Architekturbüro. Jetzt stellt sich heraus, daß Sie einen Harem haben.« Ermann wurde wieder ernst. »Also, – wie alt sind die vier Grazien?«

»Woher soll ich das wissen? Alle so um die zwanzig herum. Ich liebe Jugend, wissen Sie. Alt bin ich selbst.«

»Hm. Daraus ersehe ich, daß Sie dringend eine fünfte Sekretärin brauchen, nämlich eine, die auch arbeitet.«

»Auf keinen Fall.«

»Auf jeden Fall. Ich schicke Ihnen in drei oder vier Tagen eine perfekte Sekretärin. Geeignet als Chefsekretärin. Alter Anfang dreißig, auch hübsch, das mag Sie trösten. Verheiratet, mit einem Kind. Mann Spätheimkehrer. Es ist sozusagen schon eine moralische Verpflichtung von uns, den Leuten zu helfen.«

»Sie sind total verrückt. Sie verfügen über mein Geld, Sie schicken mir da eine Person, mit der ich nichts anfangen kann...«

»Das möchte ich mir auch ausbitten, daß Sie mit der Dame nichts anfangen!« antwortete Ermann zweideutig. Männer können das nicht lassen. Er fuhr fort: »Bester Herten, in vierzehn Tagen werden Sie mir schreiben: Nehmen Sie mir die vier anderen Sekretärinnen ab, ich bleibe bei der fünften. Genügt Ihnen das? Ich denke, doch. Und wenn bei mir bald wieder einmal ein großes Bauvorhaben ins Haus steht « Ermann spielte seinen letzten, stärksten Trumpf aus – »dann werde ich Sie frühzeitig benachrichtigen und Sie mit dem Bauherrn zusammenbringen. Was sagen Sie dazu?«

»Sie Levantiner!« Hans Herten lachte. »Also gut, Ermann. Setzen Sie Ihre Superkraft an die Bahn. Ich werde ihr Gelegenheit geben, sich zu bewähren. Kann sie etwas, wollen wir weiter sehen. – Sonst noch etwas?«

»Nee.«

»Dann will ich schnell Schluß machen, sonst fällt Ihnen doch noch etwas ein. Also denn – auf Wiedersehen.«

»Auf Wiedersehen. Schönen Dank auch.«

Paul Ermann legte auf und zog an seiner dicken Zigarre. Er war mit sich zufrieden. Die Zigarre zwischen den Lippen, rieb er sich die Hände, stand auf und rief in sein Vorzimmer hinaus, daß sein Wagen vorfahren solle; er müsse gleich in die Stadt.

»Das hätten wir geschafft, Paule«, sagte er zu sich selbst, als er die Treppe hinunter zu seinem Mercedes schritt. »Mehr kann ich vorläufig nicht tun. Fritz soll sehen, daß es auch noch andere gibt als diesen Korngold, das Schwein.«

Die Welt ist klein. Und sie wird winzig, wenn man einer Unabänderlichkeit entfliehen will, wenn der Mensch glaubt, er könne sich in der Weite der Erde vor dem Griff seiner Vorbestimmung schützen. Dann schrumpft der Stern, auf dem wir leben, dann sind Entfernungen zwar auf Karten zu lesen, existieren aber in Wirklichkeit nicht mehr, dann ist der Kreis unseres Wirkens kleiner geworden, als wir ahnen. Das Schicksal findet uns, und es erfaßt uns in Augenblicken, in denen wir denken, daß wir ihm endlich entflohen sind und aufatmen können.

Auch hier, im Leben Fritz Bergschultes, griff das Schicksal wieder mit beiden Händen zu. Während Friedel Herten, die Tochter Hans Hertens, mit Bergschulte am kommenden Sonntag um zwei Uhr mittags hinaus aus Dortmund ins Grüne wanderte, traf mit dem Mittagszug Lina Bergschulte in Dortmund ein und trat am Montag ihre neue Stellung bei dem Vater Friedels an.

Noch zog das Schicksal zwischen alle Personen Trennungslinien insofern, als es sie voreinander verbarg. Noch spielte es mit ihnen einzeln. Aber mit unabwendbarer Folgerichtigkeit wurde der Kreis, in dem sie sich alle versammelten, kleiner. Es trieben die Personen aufeinander zu und mußten einmal, auf dem Gipfel der Tragödie, zusammenprallen, Entscheidungen auslösend.

Die Fahrt nach Dortmund unternahm Lina wie in Trance.

Kurz bevor sie das Haus verließ, brachte der Briefträger einen Brief.

Einen Brief von Fritz.

Aus Braunschweig.

Lina war viel zu aufgeregt, um dies zu bemerken. Sie drehte ihn immer wieder ungeöffnet in den Händen, zitterte, während ihr Tränen über die Wangen liefen, las mehrmals die Adresse und konnte es nicht glauben, daß es wirklich Fritzens Schrift war, die ihr vor den Augen tanzte. Da nahm ihr der nüchtern denkende Max Schmitz den Brief aus der Hand, drehte ihn herum, fand keinen Absender und entzifferte den Poststempel.

»Braunschweig«, sagte er erstaunt.

»Wieso Braunschweig?« wunderte sich Frau Schmitz und trat ungeduldig von einem Bein auf das andere. »Was schreibt er denn? Hat er eine Stellung? Sollst du kommen?«

Aber Lina hörte sie nicht und antwortete deshalb auch nichts. Sie steckte den Brief ungeöffnet in die Tasche und fuhr mit der Straßenbahn bis zum Bahnhof. Max Schmitz, der sie begleitete, drang nicht mehr in sie, auch wenn er vor Neugier platzte. Er verstand es, wenn Lina den Brief ihres Mannes allein und nicht im Beisein anderer lesen wollte.

Und dann saß sie im Zug, eingezwängt zwischen andere Reisende, und wagte nicht, den Brief zu öffnen, aus Angst, der Inhalt des Schreibens könne sie ohnmächtig werden lassen. Aber immer, wenn sie sich bewegte, knisterte der Brief in der Tasche und verlockte dazu, gelesen zu werden.

Vielleicht soll ich wirklich zu ihm kommen, dachte sie. Und ich fahre nach Dortmund - wie dumm, wenn ich gleich wieder umkehren muß.

Um sich abzulenken, blickte sie aus dem Fenster. Aber auch die Landschaft inspirierte sie zu keinen anderen Gedanken. Zumindest kann es leicht sein, daß ich weinen muß, wenn ich den Brief lese, ängstigte sie sich. Was sollen dann die anderen Reisenden denken? Sie faßte deshalb einen Entschluß, erhob sich und verließ das Abteil, um draußen auf dem Gang des Waggons den Brief zu lesen. Mit bebenden Fingern riß sie den Umschlag auf und entfaltete den Bogen.

Zunächst verschwammen die Buchstaben vor ihren Augen, über denen die Tränen wie ein Schleier lagen. Doch dann formten sie sich, wurden zu Worten ... zu Sätzen...

»Meine liebe Lina ... Nun habe ich Minden wieder verlassen, um eine kleine Chance, die mir das Leben noch gibt, auszunutzen. Darum möchte ich dich heute bitten: Suche mich nicht, forsche nicht nach, wo ich bin, sondern warte. Vielleicht in drei Monaten wird alles gut sein, und wir können wieder zusammenkommen. Was sind drei Monate, wenn zwölf solche Jahre hinter uns liegen? Und diesmal wissen wir, daß wir uns wiedersehen werden, daß wir wieder einander gehören werden und daß unser Leben wieder so wird, wie es einmal war - glücklich und zufrieden. Warte auf mich, Lina. Ich liebe dich noch immer. Dein Fritz.«

Sie lehnte sich gegen den Rahmen eines offenen Fensters und ließ den Brief sinken. Der Fahrtwind verfing sich in ihren Haaren und wirbelte ihr die Locken ins Gesicht.

Warten, dachte sie. Noch ein Vierteljahr. Und er schreibt nicht, wo er ist; er sagt kein

Wort davon, daß ich zu ihm kommen soll. Bitte suche mich nicht, ich liebe dich noch immer, schreibt er.

Ein Vierteljahr. Sie rechnete aus, wieviel sie in diesen drei Monaten von ihrem Gehalt bei Hans Herten ersparen konnte, wenn sie sich nichts gönnte, von früh bis spät arbeitete und jeden Pfennig auf die Seite legte. Für sie durfte es kein Kino geben, kein Café, kein neues Kleid, nur das Allernötigste zum Leben, nur ein kleines Zimmer unter dem Dach, das wenig kostete.

Sie steckte den Brief wieder in die Tasche, kämmte sich mit einem der Haarkämme die Locken, ordnete sie und steckte sie fest. Dann wischte sie sich mit dem Taschentuch über das Gesicht, wartete noch eine Weile und trat dann wieder ins Abteil.

Und dann saß sie erneut am Fenster, blickte hinaus auf die vorbeifliegende Landschaft, die blühend unter der strahlenden Frühlingssonne lag.

Ratternd rollte der Zug dem Ruhrgebiet entgegen. Der Himmel wurde rußiger, trüber, die ersten hohen Schornsteine der Zechen und Hüttenwerke stachen aus der Landschaft empor. Weite Industrieanlagen dehnten sich neben der Bahnstrecke, große Werkhallen mit Glasdächern, hohe Bürobauten, mächtige Kessel und eine verwirrende Fülle von Röhren und Leitungen, Klärbecken und Kohlenhalden reihten sich aneinander.

Die Städte gingen ineinander über, Bahnhof reihte sich an Bahnhof, kaum daß man merkte, schon wieder in einer anderen Stadt zu sein. Wie eine einzige Riesenstadt war dieses ganze Ruhrgebiet, die größte Stadt der Welt, durchdrungen von Arbeit und Kohle, Eisen und Stahl. Und Millionen Menschen kannten zwischen den Fördertürmen und Schlackenhalden, den Koksöfen und Riesenschmieden nichts anderes als Stahl und Kohle, die der Puls ihres Lebens waren, ohne den es augenblicklich zum Stillstand gekommen wäre.

Erfreut und mit Unbehagen zugleich sah Lina Dortmund auftauchen. Vorbei an den hohen Sudhäusern der Brauereien, die den Namen Dortmund hinaus in die ganze Welt trugen, rollte der Zug der Halle des Hauptbahnhofs entgegen. Inmitten des Sonntagstrubels stand sie verloren auf dem Bahnsteig, neben sich ihre beiden Koffer, und blickte um sich. Münsterstraße, dachte sie. Dort soll ein Zimmer auf mich warten. Bei einer Schwester von Frau Schmitz. Nicht weit vom Bahnhof.. Wenn man aus der Vorhalle trat, links herunter, an der Hauptpost vorbei, durch die Unterführung und dann geradeaus, quer über den Steinplatz, Richtung Kirche.

Sie nahm ihre Koffer auf und schloß sich dem Strom der Reisenden an, der sich die Treppen hinunterwälzte, dem Hauptausgang zu.

Unsicher suchte sie dann den ihr beschriebenen Weg, bewunderte in den Schaufenstern die Angebote der Modehäuser, beobachtete an den Straßenecken etwas verwirrt den ungewohnten Großstadtverkehr und dachte dabei, was ihr Max Schmitz, der Dortmund von früher her kannte, gesagt hatte: »Zuerst wirst du den Rhythmus der großen Stadt bewundern, er wird dir gefallen – doch nicht lange, dann frißt er dich und du wirst ein Sklave von ihm.«

Sie ging weiter, überquerte den Steinplatz und schleppte ihre Koffer die Münsterstraße hinunter. Nächsten Sonntag, dachte sie dabei, sehe ich mir die großen Straßen an, die Kaufhäuser, die wundervollen Geschäfte – das berühmte Schaufenster Dortmunds, auf das es so stolz ist wie Düsseldorf auf seine Königsallee – den Westen- und Ostenhellweg, die Hansastraße, die Brückenstraße. Namen, die man ihr einschärfte, wenn sie Dortmund lieben lernen wolle.

Dort, wo der Krieg Wunden, die noch nicht wieder geschlossen waren, hinterlassen hatte, lockten breite Werbezäune und Plakattafeln die Menschen an. »Westfälische

Rundschau«, »Westdeutsches Tageblatt«, »Das grüne Blatt«. In Riesenbuchstaben prangten die Namen und beherrschten das Bild der Straße.

Die Koffer wurden ihren Armen zu schwer. Aber sie fuhr nicht, weil sie jeden Pfennig sparen wollte. Sie setzte die Koffer einen Augenblick ab und blickte um sich. Dort war ein niedliches kleines Café. Die Buttercreme- und Sahnetorten im Fenster lockten verführerisch. Dort konnte man sich ausruhen und eine gute Tasse Kaffee trinken.

Beschämt nahm Lina ihre Koffer wieder auf. Fängt es schon an, schalt sie sich selbst. Sahne und Kaffee sind jetzt vorbei für dich.

Sie riß sich zusammen und ging weiter. Der Kirchturm, in dessen Nähe das Haus lag, das ihr Ziel war, wurde zwischen den Dächern sichtbar. Max Schmitz hatte ihr alles genau beschrieben. Unwillkürlich wurden ihre Schritte schneller.

Sie hatte es auf einmal eilig, die Geborgenheit ihres neuen Heimes zu erreichen.

Auspacken und schlafen, dachte sie. Nichts mehr hören und sehen heute. Morgen dann wird alles leichter sein, und übermorgen … und nächste Woche. So wird sich Tag an Tag reihen, bis die Stunde gekommen sein wird, in der Fritz und ich endlich zusammen sein werden.

Fritz ... laß mich nicht zu lange mehr warten...

Bitte. . . bitte. . .

Ich bin im Herzen immer deine Frau geblieben ... und ich will sie endlich wieder sein.

Mit einem scheuen Lächeln auf den Lippen schellte sie an der Tür, welche für sie die Pforte war zu einem neuen Lebensabschnitt ... einem kurzen Lebensabschnitt ... einem teils fürchterlichen, teils wunderbaren.

Als es Abend wurde und die Straßenlaternen aufflammten, stiegen Fritz Bergschulte und Friedel Herten aus dem Omnibus, der sie aus der grünen Umgebung Dortmunds zurück in die rußige Stadt brachte. Sie hatten blanke Augen, lachten viel und waren von der Sonne im Gesicht etwas gerötet. Als sie jetzt über den Bahnhofsplatz gingen, hakte sich Friedel bei Fritz ein und lehnte den Kopf an seine Schulter.

»Das war ein schöner Sonntag, nicht wahr, Fritz?« sagte sie und drückte seinen Arm an ihre junge Brust.

Bergschulte nickte, während ihm ein heißes Rieseln über den Körper lief.

»Mir ist noch immer, als träumte ich«, sagte er leise. »Diese Stille in den Wäldern, der wundervolle Duft der Blüten ... und du ... Es war wie im Märchen: eine Elfe zeigte dem müden Wanderer eine erfrischende Quelle; nur in den Schlaf sang sie ihn nicht.«

»Bist du wirklich glücklich?« fragte sie.

»Wunschlos.« Er legte den Arm um ihre Schulter und streichelte dabei ihre Haare. »Sie sind wie Seide«, flüsterte er ihr in die Ohren. »Wie Engelshaar...«

Sie lachte und blickte zu ihm empor, indem sie den Kopf in den Nacken legte. Ihre Lippen waren ganz nah vor seinem Mund, halb geöffnet, die Zähne blitzten und die kleine, flinke Zunge sandte mit der Spitze zwischen ihnen Verführungssignale aus.

»Ich möchte dich wieder küssen« sagte Bergschulte leise.

»Tu es doch!«

»Vor allen Leuten?«

Friedel Herten lachte. »Die sehen so etwas nicht. Wer achtet in Dortmund darauf, ob zwei Menschen sich auf der Straße küssen? – Komm, hab keine Angst...« Sie spitzte die Lippen und umarmte ihn.

Mit geschlossenen Augen küßte Bergschulte sie und preßte sie wild an sich.

Zwölf Jahre Einsamkeit und Angst. Zwölf Jahre keine Frau...

Er zwang sich, den Kuß zu beenden, und ließ die Arme sinken.

»Was hast du?« fragte Friedel erstaunt und

etwas verletzt. »Macht's dir keinen Spaß, mich zu küssen?«

»Doch, doch!« beteuerte er und strich sich über die Augen. »Friedel, wann sehen wir uns wieder?«

»Wann du willst, Fritz.«

»Morgen? Ich habe um sechs Uhr Feierabend. Wir können uns irgendwo treffen.« Seine Worte drängten hastig aus ihm heraus, damit sie es sich nicht etwa anders überlegen könne. »Ich muß dich jetzt jeden Tag sehen, jawohl, jeden Tag ... Friedel, es ist plötzlich alles so anders ... so hell um mich, so frei, so voll Leben ... Keiner ist mehr da, der sagt, schneller, schneller, es müssen noch 10 Bäume gefällt werden. Keiner ist da, der mir sagt, du hast heute zuwenig Blei gefördert, du kriegst dafür nichts zu essen. Das ist vorbei. Plötzlich bist du da, eine Frau, eine schöne, herrliche Frau, die mir im Arm liegt, die ich küssen kann, die mich streichelt, die sich an mich schmiegt und in deren Augen ich sehe, daß sie mich liebt...

»Ja, Fritz, ich liebe dich.« Friedel Herten hatte bei diesen Worten ernste und lautere Augen.

»Das ist schön ... so schön...« sagte Bergschulte, zog sie in einen dunklen Hausflur und küßte sie mit einer Inbrunst und Stärke, daß Friedel sich an ihn klammerte und ihren Körper an ihn drängte. Eng umschlungen standen sie so eine Weile, bis Fritz Bergschulte sich wieder dazu zwang, sich aus ihren Armen zu lösen.

Wie Feuer jagte es durch seinen Körper. Er preßte die Lippen zusammen und warf den Kopf zurück. Du darfst dich nicht vergessen, nicht hier an diesem Ort, schrie es in ihm. Es ist zwar unmenschlich, was du dir antust, aber es bleibt dir keine andere Wahl, als dich zu beherrschen. Du hast dich in sie verliebt, ja, du kannst es dir ruhig eingestehen. Diese Augen, diese Lippen, dieser schlanke, junge Körper, alles reizt dich und röstet dich in dem Feuer deiner Sehnsucht. Wer könnte auch diese Friedel nicht lieben, wenn er sie einmal geküßt hat? Und heute, draußen in den Wäldern, als mein Kopf in ihrem Schoß lag und sie mit den Lippen über mein Gesicht tastete, bis sich unsere Lippen fanden, da drohte ich schon dem Zauber der neuen Liebe zu erliegen. Ich habe mich aufgebäumt unter ihren streichelnden Händen und ihrem warmen Körper, der sich eng an mich drängte. Ich habe beim Küssen ihre Haare zerwühlt, und was ich dabei sagte, waren Worte, die ich im gleichen Augenblick wieder vergaß, weil nicht der Verstand, sondern das Herz sie diktierte. Und dabei rauschte der Wind durch den Wald, trieb der Duft der Blüten schwer und aufreizend auf uns zu und wurde wie eine lockende Melodie, alles zu vergessen...

»Wir müssen gehen«, sagte er mit spröder Stimme. »Wenn wir jetzt nicht gehen, könnte ich dich morgen und später nicht mehr wiedersehen...«

Sie schien zu ahnen, was ihn quälte, und strich ihm über den stoppeligen Schädel.

»Und wann sehen wir uns morgen?« fragte sie.

»Um acht Uhr abends. Wollen wir ins Kino gehen?«

»Gerne, Fritz.«

Sie küßten sich noch einmal. Lange, eng aneinandergepreßt, mit der ganzen Leidenschaft einer jungen, eben erst erblühten und noch nicht erkalteten Liebe.

Dann traten sie auf die Straße hinaus Fritz Bergschulte brachte sie zur Elektrischen, winkte ihr nach, bis er sie nicht mehr erkennen konnte, und stieg dann in seine Bahn, die ihn zum Hafen brachte.

Als er sein Zimmer betrat, sah er auf dem Tisch einen Brief liegen.

Verwundert schaute er auf den Absender.

Paul Ermann.

Seine Züge lösten und erhellten sich. Freudig nahm er ein Messer, das neben dem elektrischen Kocher lag, und schlitzte das Kuvert auf.

Der Brief war mehr eine Mitteilung, doch sie genügte, um Fritz Bergschulte die Fassung verlieren zu lassen.

»Mein lieber Fritz! Denke bloß nicht, ich werde dir jetzt alle 2-3 Tage einen langen Brief schreiben und dich in der Fremde trösten. Heute möchte ich dir nur mitteilen, daß ich deiner Frau Lina bei einem Bekannten eine Stellung als Sekretärin besorgt habe. Damit habt ihr beiden nun Boden unter den Füßen und könnt wieder von vorn anfangen. Dazu viel Glück – wie ich dich kenne, hast du in 2 Jahren viele andere überflügelt. Dein Freund Paul.«

Lina!

Ein eisiger Schreck durchfuhr Bergschulte.

An Lina hatte er gar nicht mehr gedacht.

War denn so etwas möglich?

Er küßte ein Mädchen, er verzehrte sich nach ihrer Liebe, er ging wie im Taumel herum, er machte Pläne, ja, er schmeckte noch ihre Lippen, wenn er mit der Zunge über die seinen fuhr. Und dort, in Minden, wartete Lina auf ihn und nahm jetzt eine Stellung an, um ein neues Leben mit ihm aufzubauen.

Ein neues Leben?

Lebte er nicht bereits ein neues, ein völlig anderes Leben?

Er hatte einen Beruf, er hatte einen guten Lohn, er hatte ein süßes Mädchen, das er liebte. Was wollte er noch mehr?

Warum jetzt noch ein anderes neues Leben, das nur eine Fortsetzung des alten sein sollte? Des alten Lebens, das man ihm weggenommen hatte, indem man ihn für tot erklärt hatte. Was konnte es ihm noch bieten? Aber hier, dieses neue Leben, das hielt noch alle Hände offen, in die das Glück seine Gaben regnen lassen konnte. Freiheit, Zukunft, Jugend, Liebe, Hoffnung, Geben und Nehmen – ein neuer, ein betörender Rhythmus, ein anderes Lied des Lebens. Das alte wollte er nicht mehr hören. Es war ein Trauermarsch gegen die Fanfaren der Freude, die ihm nun das Herz höher schlagen ließen.

Etwas wie Trotz kam in Fritz Bergschulte auf.

Er zerriß den Brief Paul Ermanns in kleine Schnitzel und warf sie in den Papierkorb. Dann setzte er sich auf das alte Sofa und zimmerte sich ein Gedankengebäude zurecht, das ihn vor sich selbst rechtfertige.

Man hat mich um zwölf Jahre betrogen. Meine Frau hat mich verlassen, hat mich für tot erklären lassen, hat mein Haus verkauft, hat meinen Kameraden geheiratet, hat mich vergessen bis zu der Stunde, in der ich wieder vor ihr stand – ein Toter, an den keiner mehr gedacht hatte. Damals war ich wie von Sinnen – ich verstand die Welt nicht mehr – ich forderte mein Recht. Ich kam aus der Hölle und sollte in der Heimat heimatlos sein. Ich, der ich zwölf Jahre gewartet hatte, sollte tot sein für die, um deretwillen ich alle Kräfte aufgewandt hatte, um weiterzuleben. Aber wie ist es jetzt? Jetzt hat man einen Abstand gewonnen von den Dingen. Man hat eine Stellung, es bildet sich ein neuer Lebenskreis, man ist sogar wieder – oder endlich – verliebt. Und nun soll das alles wieder rückgängig gemacht werden? Ich soll vergessen und vergeben. Wer aber würde mir vergeben, wenn ich einmal eine solche Schuld auf mich laden würde? Jetzt, da ich endlich wieder die Sonne scheinen sehe, da ich fühle, daß ich noch jung bin, daß ich noch Hoffnung habe, jetzt soll ich in das alte, dumpfe Leben zurück, soll täglich an meine Tragödie erinnert werden, an den Betrug, der mein altes Leben zerstörte? Wenn ich Lina sehe, dann muß ich daran denken, daß sie in Heinrich Korngolds Armen gelegen hat und glücklich war. Wenn ich an meinem Haus vorbeikomme, dann muß ich denken: das hat einmal dir gehört. Wenn ich durch die Straßen gehe und die Leute grüßen mich, dann muß ich mir sagen: Auch die haben an deine Verwesung geglaubt, für die warst du längst tot. Nun bist du eine Sensation, weil du doch noch lebst, und man bestaunt dich nicht viel anders als wie einen Wunderaffen im Zirkus.

Nicht mehr fähig, vernünftig und klar zu

denken, fühlte er eine sinnlose Wut in sich aufsteigen. Zwölf Jahre betrogener Hoffnung und zerstörten Glaubens durchbrachen alle Dämme der Vernunft. Jetzt, an der Schwelle der Entscheidung, verlor Fritz Bergschulte die Orientierung und drehte durch.

Einem plötzlichen Entschluß folgend, setzte er sich an den Tisch und schrieb einen Brief. Wie gehetzt lief die Feder über das Papier und hielt die Worte fest, die sein überreiztes Gehirn gebar.

Dann beschriftete er das Kuvert, schloß es und griff nach seinem Hut. Mit schnellen Schritten verließ er die Wohnung und eilte zum nächsten, gelbgestrichenen Briefkasten.

Dort nahm er den Brief aus der Tasche und hob mit der anderen Hand die Einwurfklappe hoch. Einen Augenblick zögerte er und las noch einmal die Adresse, ehe er den Brief einwarf und die Klappe mit lautem Knall zufallen ließ.

»So!« sagte er trotzig wie ein erzürnter Junge. »Das ist der Schlußstrich!

Er steckte beide Hände in die Hosentaschen und ging den Weg zurück. Starr, verbissen, sich im Recht dünkend – wie ein Rächer in einem billigen Film…

Und der Briefkasten erlebte bald seine nächste Leerung.

Fritzens Brief trat die Reise zu seinem Empfänger an.

Nach Minden. An den Rechtsanwalt Dr. Schrader…

# 6

Am Montag begann Lina mit ihrer Arbeit bei Hans Herten. Sie wurde in die Registratur gesteckt und hatte am ersten Tag nichts anderes zu tun, als Baupläne, Detailzeichnungen und Aufrisse zu ordnen und auf Verlangen aus den langen Regalen herauszusuchen. Sie wurde eingewiesen in den laufenden Bürobetrieb und lernte nach Jahren wieder den Rhythmus kennen, der das ganze Denken ergriff, solange man in den Räumen der Firma weilte.

Dieser erste Tag war anstrengend und schwer. Das ungewohnte Hin- und herlaufen, das lange Stehen an den Regalen, die von ihr verlangte schnelle Reaktionsfähigkeit, wenn sie nach einem kurzen Stichwort wissen mußte, um welche Pläne es sich handelte, ermüdete sie. Deshalb war sie froh, als der Uhrzeiger auf sechs Uhr abends rückte und ein dunkler Summerton durch das Haus tönte.

Feierabend. Die Mädchen packten ihre Taschen ein, hängten die Büromäntel in die schmalen Spinde, puderten sich das Gesicht und kämmten die Locken durch. Der Buchhalter aß noch schnell ein Butterbrot, das er nicht wieder mit nach Hause bringen durfte. Die Konstrukteure und Zeichner stellten die großen schwenkbaren Lineale an den Zeichentischen gerade und bedeckten die Zeichnungen mit einer dünnen Schutzfolie. Der Bürodiener gähnte ermüdet, denn ihm oblag während der Dienststunden alles, was mit Laufen zusammenhing. Die Putzfrauen standen draußen vor der Tür und schwatzten und warteten, bis die Räume leer wurden.

Lina stand noch an ihr Regal gelehnt und überblickte diese summende Geschäftigkeit des Aufbruchs. Sie alle gehen jetzt nach Hause, dachte sie. Der eine zu seiner Familie, der andere erwartet nachher seine Braut, – und dort die junge Stenotypistin wird bestimmt heute ins Kino gehen und mit ihrem Liebsten Hand in Hand einen packenden Film miterleben. Nur sie war jetzt allein, ganz allein. Ein fremdes Zimmer wartete auf sie in der Münsterstraße, ein kleiner, unpersönlicher, dumpfer Raum mit alten Möbeln, ein enges Treppenhaus, dunkel, gewunden, immer nach altem Bodenöl riechend, eine betagte Hängelampe mit einem Seidenschirm, der in seinen vielen Rüschen schon farblos geworden war.

Sie riß sich von ihren Gedanken los und schlüpfte in den leichten Sommermantel. Draußen regnete es ein wenig, es war ein Sprühregen, der das Pflaster im Scheine der vielen Lampen blankgeputzt erglänzen ließ. Einen kurzen Augenblick stand sie vor dem Spiegel über dem Waschbecken in der Ecke des Büros. Sie wandte sich aber schnell wieder ab und ging auf die hohe Glastür zu, welche von den Büros auf einen Flur hinausführte, an dessen Ende das Zimmer des Chefs, Hans Herten, lag.

Der Architekt hatte sie, ohne daß es Lina gemerkt hatte, durch das große Fenster, das sein Büro von den übrigen Räumen trennte, im Laufe des Tages öfter beobachtet, nicht aus Mißtrauen, um sie im Bedarfsfalle anzutreiben, sondern weil ihn die stille Frau rein menschlich interessierte, zumal er glaubte, aus ihrem Gesicht viel Leid und noch mehr verborgene Hoffnung herauslesen zu können. Als sie jetzt den Flur entlangkam und zur Tür hinauswollte, rief er sie in sein Büro. Die Tür stand offen.

»Einen Augenblick, Frau Korngold«, sagte Hans Herten mit seiner etwas abgehackten Geschäftsstimme. »Kommen Sie doch bitte mal herein.«

Lina erschrak und folgte der Bitte, die mehr eine Anweisung war, mit weichen Knien. Als sie vor seinem breiten Schreibtisch stand, ließ sie die Hände an ihrem Körper herunterhängen und senkte ihr Haupt gleich einem Sünder vor Gericht, der mit einem schlimmen Urteil rechnen muß.

»Sie sind mit mir unzufrieden?« sagte sie leise. »Ich habe seit Jahren nicht mehr in einem Büro gearbeitet. Aber morgen geht es bestimmt besser.«

»Wer spricht denn davon?« Herten winkte ab. »Bitte, nehmen Sie doch Platz, Frau Korngold.« Er wies auf einen Sessel. Lina setzte sich zaghaft.

»Ich möchte nur einige Fragen an Sie stellen«, fuhr Hans Herten fort. »Ich habe Sie auf Empfehlung eines Bekannten eingestellt. Er schrieb mir, daß Ihr Mann aus Rußland zurückgekommen ist.«

»Mein erster Mann«, sagte Lina.

»Ihr erster ... Ach, ich verstehe.« Hans Herten sah sie mitfühlend an. »Verzeihen Sie, daß ich Sie fragte. Sie haben da ein schweres Schicksal zu tragen. Die wenigsten haben die Kraft, in einer solchen Situation klar zu denken und eine Entscheidung, die in jedem Falle folgenschwer ist, zu treffen.« Er blickte auf die blanke Schreibtischplatte. »Wenn ich Sie recht verstehe, wollen Sie also zu Ihrem ersten Mann zurück?«

»Ja. Es hat sich herausgestellt, daß der zweite die Ehe mit mir auf einem Riesenbetrug aufgebaut hat.«

»Und wo ist Ihr erster Mann jetzt?«

Lina hob die Schultern. »Ich weiß es nicht. Er schrieb mir gestern aus Braunschweig. Ich solle nicht nach ihm suchen, schrieb er. Er will erst wieder eine Stellung haben, ehe er mich holt. Und er will den Prozeß abwarten.«

»Und Sie arbeiten jetzt auch, um wiederaufzubauen?«

Lina nickte zaghaft. Sie ängstigte sich immer noch, ihre Stellung, die sie kaum angetreten hatte, schon wieder zu verlieren. Aber darum ging es nicht. Lina hatte im Gegenteil Grund, sich zu freuen.

»Können Sie Schreibmaschine?« fragte Herten sie.

»Ja. Nicht mehr so flott. Aber es geht noch.« Lina sah ihren Chef ratlos an. Was will er, dachte sie. Warum fragt er mich?

»Ich brauche eine Kraft«, fuhr Herten fort, »die mich auf meinen Reisen begleitet. Ich bin viel unterwegs, kreuz und quer durch Deutschland. Ich weiß nicht, ob Sie das bringen, was Sie da leisten müßten. Ich will es aber mit Ihnen versuchen. Ich befinde mich in einer Zwangslage. Sie sind die sechste innerhalb kurzer Zeit. Eine Reisesekretärin muß selbständig disponieren können, muß immer verfügbar sein, muß dem Chef alles abnehmen, was überhaupt ihm abzunehmen ist. Trauen Sie sich das zu?«

»Ich – ich weiß nicht.« Lina schüttelte an sich selbst zweifelnd den Kopf. »Aber ich will es versuchen.«

»Sie müssen mehr Mut haben!« Hans Herten stand auf. »Wenn Sie sagen: Ja, es geht – dann wird es gehen! Vielleicht fehlt Ihnen wirklich nur das nötige Selbstvertrauen. Ich verspreche Ihnen auch, anfangs ein Auge zuzudrücken.« Er streckte ihr die Hand hin. »Versuchen wir es, Frau Korngold. Wenn's klappt, verdopple ich Ihr Gehalt.«

»Aber nein ... nein...« Lina wischte sich über die Stirn. »Das ist doch viel zuviel...« stammelte sie. »Ich bin ja schon dankbar, wenn Sie mich überhaupt behalten.«

»Reden Sie nicht! Wollen Sie? Ja oder nein?!«

»Natürlich!« Sie drückte ihm begeistert die Hand, die sie ergriffen hatte. In ihren Augen standen Tränen. »Dann kann ich ja eine Menge sparen, viel mehr, als ich dachte. Mein Gott, wird sich Fritz freuen!«

»Fritz heißt Ihr Mann?«

»Ja. Fritz Bergschulte.«

»Vielleicht finden wir ihn auf einer unserer Reisen«, sagte Hans Herten fröhlich. »Wissen Sie, was wir dann machen?«

»Nein.«

»Dann nehmen wir ihn am Kragen, schleifen ihn zum Auto und entführen ihn einfach nach Dortmund.«

»Das wäre herrlich.« Lina Korngold wischte sich über die Augen. Es war eine zaghafte, mädchenhafte und in der Bewegung zärtlich wirkende Geste. »Sie sind so gut zu mir, Herr Herten« sagte sie dankbar.

»Ich helfe gerne den Menschen, die weniger Glück im Leben hatten als ich. Das ist eine Christenpflicht, die leider heute nur noch selten geübt wird, weil der Egoismus modern geworden ist. Ich hasse die Menschen, die immer nur an sich selbst denken und an dem hungernden Bruder vorbeigehen, ja sogar noch empört sind, daß er es wagt, sie anzuflehen. Sie und Ihr Mann haben großes Leid erfahren. Sie sollen es auch wieder vergessen, wenn ich dies ermöglichen kann.« Und plötzlich nickte er und sagte schroff, wieder im so gefürchteten Büroton: »Guten Abend, Frau Korngold.«

»Guten Abend, Herr Herten.«

Lina nickte und verließ das Büro.

Doppeltes Gehalt, dachte sie selig. Ihr Herz trommelte gegen die Rippen, als wollte es den Panzer der Brust sprengen. Ein solcher Verdienst genügte ja vollauf für sie beide, sollte es Fritz nicht so schnell gelingen, Arbeit zu finden. Jetzt brauchte er nicht mehr zu warten, jetzt konnte er kommen.

Sie besann sich.

Kommen? Wo war er denn? In Braunschweig? Muß ein Mensch, wenn er einen

Brief aus Braunschweig schreibt, auch dort wohnen? Dieser Gedanke kam ihr jetzt plötzlich und machte sie hilfloser als vorher. Die ganze Unmöglichkeit, Fritz Bergschulte zu finden, kam ihr zum Bewußtsein. Sie mußte sich mit dem abfinden, was Fritz ihr schrieb: Warten. Schlimmstenfalls warten, bis erst der Prozeß sie wieder zusammenführte.

Der Prozeß. Lina wurde zum Automaten. Sie gewahrte kaum mehr, daß sie in eine Straßenbahn stieg, daß sie von dieser hin- und hergeschleudert wurde, daß sie im Gedränge der vollen Bahn stand und zur Seite gestoßen wurde, wenn die Leute ausstiegen. Ganz in ihren Gedanken versunken, wurde sie zum Objekt ihrer Umwelt, die mit ihr recht unsanft verfuhr, ohne daß sie es merkte.

Der Prozeß.

Bei ihm würde sie Fritz wiedersehen. Und vor aller Welt würde sie sich zu ihm bekennen und mit ihm gemeinsam den Saal verlassen.

Arm in Arm.

Hinein in ein neues Leben.

In eine neue, ersehnte Liebe...

Dr. Schrader war bester Laune. Einen seiner Industrieprozesse hatte er gestern zu einem glücklichen Abschluß gebracht, und das hatte schon etwas heißen wollen bei einer Sache, die man in Juristenkreisen »oberfaul« genannt hatte. Das Honorar daraus berechnete sich äußerst großzügig, und so konnte er daran denken, sich einen großen Wunsch zu erfüllen und einen neuen Wagen zu kaufen.

An diesem Morgen lagen vor ihm die gestern noch bestellten und heute mit der Post gekommenen Stapel von Angeboten der verschiedenen Automarken. In großen, bunten Kunstdruckprospekten priesen sie die Vorzüge ihrer Konstruktionen, und es war schwer, aus der Fülle der verschiedenen Vorzüge *den* Wagen herauszusuchen, der nicht nur elegant, sondern auch leistungsfähig und gut genug war.

Dr. Schrader sortierte die Post.

Prospekte links. Gerichtssachen rechts. Privatpost in die Mitte. Klientenbriefe hatten Vorrang. Sie mußten zuerst geöffnet werden, denn Klienten bringen Geld.

Voller Verwunderung sah er auf den Absender eines Briefes, der ihm gleich anfangs in die Hände geriet:

Fritz Bergschulte. Dortmund. Postlagernd Hauptpost.

Nanu? dachte Dr. Schrader. In Dortmund?

Er schlitzte mit seinem dolchähnlichen Brieföffner das Kuvert auf und entnahm diesem den kurzen, mit einer wie gehetzt wirkenden Schrift bedeckten Bogen.

Der Brief lautete:

»Sehr geehrter Herr Dr. Schrader! Infolge von Umständen, die ich Ihnen schriftlich nicht näher erklären kann, möchte ich Sie bitten, den Termin zur Ungültigkeitserklärung der Ehe meiner Frau mit Herrn Korngold nicht mehr weiterzuverfolgen und lediglich die Aufhebung der Todeserklärung zu betreiben. Ich verzichte auf eine Rückkehr meiner Frau zu mir und möchte Sie bitten, es bei der jetzigen Situation zu belassen. Durch Vorkommnisse während meiner Abwesenheit von Minden ist es mir unmöglich geworden, das alte Leben wiederaufzunehmen, und je mehr ich jetzt Abstand von den Dingen bekomme und mich wieder in die Zivilisation einzuleben beginne, erkenne ich, daß die Vergangenheit tot ist und nicht mehr wiedererweckt werden soll. Und deshalb möchte ich auch durch nichts mehr an meine Vergangenheit, zu der auch meine Frau zählt, erinnert werden. Ich bitte Sie, in dem o. a. Sinne zu verfahren und beim Gericht eine Absetzung des Verfahrens gegen Herrn Korngold zu erwirken. Mit vorzüglicher Hochachtung Fritz Bergschulte.«

Dr. Schrader mußte den Brief zweimal lesen, ehe er die ganze Ungeheuerlichkeit dieses Schreibens begriff. Dann aber hieb er mit der Faust auf den Tisch und warf den Brief auf den Stapel Prospekte.

Bergschulte zog seine Klage zurück! Der Mann mußte verrückt sein oder – Dr. Schrader dachte an den berühmten Satz Napoleons, der die Erfahrung von Jahrhunderten in sich barg und sogar auf vieles in der großen Weltgeschichte hinwies: Cherchez la femme! Sucht die Frau – das war es! Da hatte dieser Bergschulte in Dortmund sicher ein Mädel kennengelernt und in seiner Verblendung, in seinem über zwölf Jahre angestauten Trieb vergaß er nun alles, was ihn überhaupt zurück in die Heimat gezogen hatte. Er stieß die Frau zurück, die sich zu ihm bekannte, er ließ einen Lumpen ungeschoren, der ihm sein Leben gestohlen hatte, er dachte nicht mehr an seinen Sohn – er wurde in den Händen einer anderen Frau selbst zu einem Lumpen, der sich aus der Verantwortung stehlen wollte, indem er einfach untertauchte und für immer in Dortmund verschwand. Das hätte er dann gleich sagen sollen, nicht erst, nachdem er Lina veranlaßt hatte, die Brücken hinter sich abzubrechen.

Eine ungeheure Wut packte Dr. Schrader.

Ich fahre nach Dortmund und lauere ihm an der Hauptpost auf, war sein erster Impuls.

Und wenn er dann vor mir steht, wenn er

mir erklären will, daß jetzt, da er zwei Lippen küßte und in weichen Armen lag, alles anders aussieht als vorher, wenn er sich weigert, diesen wahnsinnigen Brief zu widerrufen, dann werde ich ihm vor allen Leuten eine Ohrfeige geben und meine ganze Verachtung in diesen ersten und einzigen Schlag meines Lebens legen.

Doch dann, als die Wut, die nie ein guter Ratgeber ist, verrauchte und der nüchterne Verstand wieder die Oberhand gewann, rief er die Sekretärin und diktierte ihr ein Antwortschreiben. Der Brief war klar und kühl und ließ keine Zweifel aufkommen über die wahre Gesinnung, die er ausdrücken sollte:

»Sehr geehrter Herr Bergschulte. Ihr Schreiben habe ich erhalten. Was Sie dazu bewogen hat, Ihre Ansichten zu ändern, weiß ich nicht und will es auch nicht wissen. Ich bedauere jedenfalls, Ihrer Bitte nicht nachkommen zu können, da die Akten und Unterlagen schon der Staatsanwaltschaft vorliegen und dies nicht mehr rückgängig gemacht werden kann. Die Staatsanwaltschaft würde auch von sich aus Anklage gegen Korngold erheben, da es sich um Offizialdelikte desselben handelt, und nicht um Antragsdelikte. Zudem ist Ihre Haltung menschlich völlig unverständlich, und es wäre angebracht, Ihre Haltung wieder zu korrigieren, um nicht in die Gefahr zu geraten, mit Ihrem Prozeßgegner auf eine Stufe in moralischer Hinsicht gestellt zu werden. Die Festsetzung des Termins werde ich Ihnen sofort mitteilen. Hochachtungsvoll Dr. Arnulf Schrader.«

Nachdem er diesen Brief diktiert und anschließend auch gleich ins reine hatte schreiben lassen, rief er den Oberstaatsanwalt an. Er bat darum, daß im Einvernehmen mit dem Gericht der Termin sehr bald festgesetzt werden möge, um dem Heimkehrer Fritz Bergschulte rasch die Möglichkeit zu geben, wieder Fuß zu fassen und zwölf verlorene Jahre aufzuholen, soweit dies überhaupt möglich war.

Der Oberstaatsanwalt versprach, für eine schnelle Bearbeitung des Falles zu sorgen: Befriedigt legte Dr. Schrader auf.

Dann nahm er noch einmal die mittlerweile umfangreich gewordene Akte Bergschulte aus dem Regal und blätterte sie durch. Eine Idee war ihm gekommen, die dazu verhelfen konnte, die Adresse Bergschultes ausfindig zu machen, um ihn selbst aufsuchen zu können, falls postlagernde Briefe als wirkungslos verpuffen sollten.

Dr. Schrader ging noch einmal die Liste der Zeugen durch, die sich gemeldet hatten, um die Identität Fritz Bergschultes eidlich zu bestätigen. Sein Zeigefinger, der die Reihe der Namen entlangfuhr, blieb bei einem stehen:

Paul Ermann, Bau- und Stukkateurgeschäft.

Wo hatte er diesen Ermann noch in den Akten gefunden? Irgendwo mußte der Mann zu Fritz Bergschulte in einer engen Verbindung stehen, irgendwie war er mit den Ereignissen der letzten Tage eng verknüpft.

Schrader wühlte noch einmal die ganze Akte durch, er nahm sich die Zeit, wenn auch immer vor sich hinfluchend, und stieß dabei auf einen Satz, der ihn stutzig machte und den er als äußerst aufschlußreich empfand:

»Eine enge Freundschaft hatte ich mit Paul Ermann. Wir haben zusammen als Maurer angefangen, bis es Ermann durch eine Erbschaft möglich war, ein eigenes Baugeschäft zu gründen, in das ich als Bauführer eintrat. Ich bildete mich durch Abendkurse so weit fort, daß ich selbst Planzeichnungen anfertigen konnte und kleinere Aufträge für die Firma selbständig zu erledigen in der Lage war.«

Dr. Schrader griff zum Telefonbuch und suchte Ermanns Nummer. Er fand sie, griff in die Scheibe und wartete, bis sich die fette Stimme des Bauunternehmers meldete.

»Guten Tag, Herr Ermann«, sagte Dr. Schrader in forciert freundlichem Ton und stellte sich mit Vergnügen vor, wie es ihm nun gleich gelingen werde, seinen Gesprächspartner zu übertölpeln. »Hier ist Dr. Schrader. Ich sehe gerade in meiner Akte, daß ich vergessen habe, die derzeitige Adresse von Herrn Bergschulte zu vermerken. Wie ist sie doch noch mal?«

»Hähä!« Paul Ermann lachte wiehernd und überlegen. »So dumm, wie ich vielleicht aussehe, bin ich nicht, Herr Rechtsanwalt. Mich fangen Sie mit solchen Mätzchen nicht.«

»Sie wissen also, wo Herr Bergschulte wohnt?«

»Na klar!«

»Jedenfalls in Dortmund...«

»Sieh an – Sie wissen doch schon etwas!« Ermann pfiff durch die Zähne. »Ihr Juristen habt eine gute Nase.«

»Herr Bergschulte hat mir heute geschrieben«, antwortete Dr. Schrader. »Aus Dortmund. Er hat mich gebeten, das Verfahren gegen Herrn Korngold abzublasen.«

»Was?« Ermanns Stimme überschlug sich. »Ist der Junge total übergeschnappt? Und seine Frau?«

»Von der will er nichts mehr wissen.«

»Verflucht noch mal! Ich fahre sofort nach Dortmund. Lassen Sie mich das nur machen, Herr Rechtsanwalt. Den biege ich zurecht wie'n Stückchen Betoneisen. Dem stemme ich's Gehirn auf. Will die Lina sitzenlassen – jetzt, wo sie schon ganz in seiner Nähe ist...«

»Was ist die?« rief Dr. Schrader, auf den diese Nachricht alarmierend wirkte. »In seiner Nähe ist die? Heißt das: in Dortmund? Seid ihr verrückt?«

»Himmel! Da habe ich nun doch zuviel gesagt!« Ermann stockte. »Das sollten Sie gar nicht wissen, Herr Doktor.«

»Aber, Mann! Seien Sie froh, daß Sie sich verplappert haben! Was macht ihr doch für Blödsinn! Ich habe Herrn Bergschulte gesagt, welche Konsequenzen das haben kann, wenn er jetzt schon mit seiner Frau, von der er nach dem Gesetz getrennt ist, wieder zusammenlebt. Dann kann nämlich der Beklagte Korngold womöglich den Spieß umdrehen.« Dr. Schrader raufte sich die wenigen Haare, die er noch hatte. »Warum fragt ihr nicht vorher mich, ob das, was ihr macht, auch in Ordnung ist?«

Paul Ermann saß an seinem Telefon und begann zu schwitzen. Er schwitzte immer, wenn er erregt war. Sein Kopf sah dann aus wie eine nasse, überreife Tomate, denn die Aufregung trieb ihm auch das Blut ins Gesicht. Verlegen antwortete er:

»Hm – ja. Das ist nun mal so, Herr Doktor. Man will etwas Gutes tun und begeht oft die größte Dummheit. Aber es ist ja gar nicht anzunehmen, daß sich die beiden in Dortmund schon über den Weg gelaufen sind. Sie wohnen ja nicht in derselben Straße. Ich fahre auf jeden Fall morgen hinüber.«

»Morgen? Heute, Herr Ermann! Jede Stunde ist wichtig! Wie mir der Herr Oberstaatsanwalt zusagte, soll der Termin schon sehr bald anberaumt werden. Bis dahin muß auf unserer Seite alles so bleiben, wie ich es sage, denn nur wenn wir unangreifbar sind, können wir in einem Zuge gewinnen.«

Paul Ermann blickte auf seine Armbanduhr. In seinem Kopf schwirrten die Gedanken durcheinander.

»In einer Stunde fahre ich, Herr Doktor«, sagte er. »Soll ich Bergschulte noch etwas von Ihnen bestellen?«

»Ja, bitte. Sagen Sie ihm, daß ein Brief von mir an ihn unterwegs ist, den er beherzigen soll. Mehr nicht. Und viel Erfolg, Herr Ermann. Noch eins – alles deutet darauf hin, daß Herr Bergschulte in Dortmund ein zartes Erlebnis hatte, das ihn aus der Bahn warf. Versuchen Sie, diese Frau zu sprechen und umzustimmen. Vielleicht ist das aussichtsreicher, als mit ihm zu verhandeln. Zwölf Jahre Enthaltsamkeit zeitigen nur ihr Ergebnis. Wir dürfen uns aber davon nicht unseren Prozeß kaputtmachen lassen.«

»In Ordnung.« Paul Ermann schwitzte und schwitzte. »Ich werde die Frau suchen. Und wenn's nötig ist – Herr Doktor – für meinen Freund opfere ich mich selbst … wenn Sie verstehen, was ich meine.«

Lachend legte Dr. Schrader auf. Er kam sich vor, als habe er in einer Schlacht eine wichtige Stellung erobert, von der aus man die feindliche Überlegenheit, die plötzlich drohte, wieder zunichte machen konnte. Und abermals fand er, was er in den langen Jahren seiner Praxis oft genug gesehen hatte und was als Sammelüberschrift vieler Prozesse gelten konnte: Die stärkste Macht im Menschen war die Leidenschaft, und es gab keinen, der nicht ihr Sklave war, wenn sie in ihm aufloderte.

Denn in jedem Menschen schläft der Urtrieb der Natur...

Das Schicksal ließ den Menschen, die es in seinen Fängen hatte, wenig Zeit, ihre Gedanken zu sammeln, sich selbst zu beobachten und dem Lauf der Dinge mit Verstand oder Herz eine kluge Richtung zu geben. Mit der Unerbittlichkeit ungeschriebener Gesetze griff es in das Leben ein und zog die Fäden mit einer Grausamkeit, die kein Erbarmen kannte. Da gab es kein Fragen mehr, kein Abwarten, kein Hinauszögern, kein Ausweichen, kein Überlegen – da wurde wie mit einer Faust die Seele dorthin getrieben, wo sie sich niemals zu finden dachte, ohne Frage, ob es schmerzen oder gar zum absoluten Untergang führen konnte.

Hans Herten saß zu Hause in seinem Herrenzimmer und rauchte eine Zigarre, als seine Tochter Friedel ein wenig scheu zu ihm ins Zimmer trat und sich ihm gegenüber in einen der großen Clubsessel setzte. Sie sah blaß aus, erregt, ängstlich, um ihren jungen roten Mund zuckte es nervös, und als sie nun dasaß, verkrampfte sie die Finger ineinander und legte sie in den Schoß.

Erstaunt sah Herten von seiner Abendzeitung auf.

»Was ist, mein Spatz?« fragte er. »Hast du wieder einen Wunsch? Wenn du deinem alten Vater mit einer solchen Miene gegenübersitzt, muß ich meistens das Scheckbuch zücken. – Neues Kleid?«

Friedel Herten schüttelte den Kopf.

»Neuer Mantel?«

»Nein, Vater.«

Was dann?« Hans Herten legte seine Zigarre hin. »Wenn es ein Auto ist – Friedel – du weißt – das gibt es nicht. Ich liefere dich den heutigen Verkehrsverhältnissen nicht aus. Es gibt keine Fahrdisziplin mehr. Ich habe kein Interesse daran, mein einziges Kind durch die allgemeine Raserei auf der Straße zu verlieren.«

»Das gibt mir das Stichwort, Vater«, sagte Friedel tapfer. »Du hängst zu sehr an mir. Einmal muß ich ohnehin aus dem Haus.«

Hertens Augen weiteten sich. »Was soll

das heißen? Willst du ausziehen?«

»Nicht so, wie du meinst, Vater. Ich will – « sie stockte, sie hatte Mühe, das Wort auszusprechen – »ich will heiraten.«

»Was? Heiraten?« Hans Herten lachte erleichtert auf und griff wieder nach der Zigarre. »Du Spatz willst heiraten? Wer ist denn der Auserwählte? Etwa der junge Moebius von meinem technischen Büro? Der Junge wird immer rot, wenn du in den Betrieb kommst. Oder gar der Buchhalter Frantzens?« Er lachte noch einmal auf. »Liebes Kind, das sind alles keine Männer für dich. Die sehe ich jeden Tag acht Stunden und weiß, welche Qualitäten sie haben oder vielmehr nicht haben.«

»Es ist keiner, den du kennst, Vater.« Friedel Herten war durch das Lachen ihres Vaters etwas aus der Fassung gebracht. Sie hatte ein Donnerwetter erwartet, Schimpfen, Vorwürfe, Drohungen, vielleicht sogar Schläge – denn der Vater konnte sehr zornig werden – aber Lachen? Sie richtete sich etwas auf und beugte sich vor. »Es ist ein armer Mann, Vater. Ein Maurer. Jetzt ist er Bauführer, hier in Dortmund, er stammt aber aus Minden. Vor wenigen Wochen ist er aus russischer Kriegsgefangenschaft zurückgekehrt, war für tot erklärt worden, alles hat er verloren, auch den ganzen Glauben an die Menschen. Und den will ich ihm wiedergeben, den kann ich ihm auch wiedergeben, Vater, denn – wir lieben uns.«

»Ihr liebt euch?« Hans Herten starrte seine Tochter an. »Sagtest du, er kommt aus Minden?«

»Wir waren am Sonntag den ganzen Tag zusammen. Ja, er ist Mindener. Er hat mir alles erzählt. Und ich weiß heute, daß meine Liebe ihm helfen, ihn aufrichten kann, ein neuer Mensch zu werden.«

»Ein Spätheimkehrer?« Herten stand langsam auf. Ein Spätheimkehrer? wiederholte er sich innerlich. Ein Spätheimkehrer aus Minden? Großer Gott, das wird doch nicht…

Der Gedanke ließ ihn nicht mehr los. Ein Spätheimkehrer aus Minden?

Ich muß mir die Gewißheit verschaffen, sagte sich Hans Herten und fragte seine Tochter: »Wie heißt er?«

Der Gedanke daran, daß sich seine Vermutung bestätigen könnte, machte ihn zornig. Seine Augen funkelten aggressiv.

»Ich nenne dir nicht den Namen, Vater.« Friedel hatte sich ebenfalls erhoben. »Ich sehe, daß du wütend bist. Du könntest ihm etwas antun. Nein! Selbst wenn du mich schlägst – ich nenne dir den Namen nicht!«

»Ich werde ihn nicht antasten.« Hans Herten lehnte sich gegen den Bücherschrank, dessen Glas dadurch Gefahr lief zu zerbrechen. »Soll *ich* dir den Namen nennen?«

fragte er plötzlich. Er spürte in seinem Kopf einen schmerzhaften Druck und wußte, daß er nahe daran war, seine Beherrschung zu verlieren.

»Woher solltest du den wissen?« antwortete Friedel und beruhigte sich selbst: »Nein, das ist ausgeschlossen, du kannst ihn nicht kennen!«

»Er heißt – Fritz Bergschulte.«

»Vater!« schrie Friedel auf und wich vor ihm zurück. »Das verstehe ich nicht! Woher weißt du das? Tu ihm nichts, sonst wirst du mich nie wiedersehen!«

»Ich werde mit ihm sprechen, mehr nicht.« Hans Herten blickte auf die Uhr. »Wo arbeitet er?«

»Das weiß ich nicht.« Trotzig klangen die Worte. Das Mädchen stand am Fenster, hielt sich die rechte Hand vor den Mund und starrte ihren Vater fast feindselig an.

»Wo wohnt er?«

»Das weiß ich auch nicht.«

»Du warst noch nicht bei ihm?« Etwas wie Hoffnung klang in dieser Frage.

Friedel schüttelte den Kopf: »Nein!«

Hörbar atmete Hans Herten auf. Friedel, dachte er. Sie liebt ihn, ja, sie werden sich geküßt haben, sie werden Pläne gemacht haben. Wenn aber weiter nichts zwischen ihnen gewesen ist – und es sieht so aus –, wird es leicht sein, mit Bergschulte von

Mann zu Mann zu sprechen. Wir waren alle einmal jung, bitte, ich bin Ihnen nicht böse, daß Sie meiner Tochter den Kopf verdreht haben. Aber jetzt muß Schluß sein. Was ist mit Ihrer Lina? Sie arbeitet für Ihre gemeinsame Zukunft und will zurück zu Ihnen ... und Sie ... Hans Herten brach ab. Ihm kam dieser wahnsinnige Zufall erst jetzt so richtig zum Bewußtsein. Seine Tochter liebte Bergschulte, und dessen Frau war angestellt bei ihm, dem Vater. Und keiner der beiden wußte etwas von dem anderen, während sie jeden Tag fast aneinander vorbeigingen. Wie klein doch die Welt ist, und wie voller Komödien und Tragödien...

»Ihr trefft euch doch wieder?« fragte Herten seine Tochter.

»Natürlich.«

»Und wann und wo, wenn ich fragen darf?«

»Heute abend. Ecke Brückstraße. Am Fürstenhof.«

»Kennt mich Herr Bergschulte?«

»Was fragst du mich? Ich muß doch annehmen, daß ihr beide euch schon kennt. Es ist mir dann allerdings ein Rätsel, warum er mir das nicht gesagt hat.«

»Wir kennen uns nicht. Ich frage dich nur, weil es ja hätte sein können, daß du ihm schon ein Bild von mir gezeigt hast.«

»Ach was!«

»Ich bitte mir aus, daß du mir keine so patzigen Antworten gibst!«

»Entschuldige...«

»Heute abend wirst nicht du auf Bergschulte warten, sondern ich.« Er schluckte, denn was er jetzt sagte, war eine Lüge, die ihm weh tat. »Wenn er mir gefällt, können wir ja über den Fall später weiterreden. Jedenfalls billigst du mir doch das Recht zu, daß ich mir meinen zukünftigen Schwiegersohn mal ansehe...«

»Papa!« Friedel sah ihn mit strahlenden Augen an. In ihrem Blick war so viel Hoffnung und Freude, daß er sich abwenden mußte. Er hat es ihr nicht gesagt, dachte er. Er hat ihr seine Frau verschwiegen, und das allein finde ich schon gemein. Man spielt nicht mit der Seele eines jungen Mädchens, wenn man merkt, daß sie ihre erste Liebe erlebt. Das ist eine Schweinerei.

»Es ist gut, mein Spatz«, sagte Hans Herten leise. »Und mach dir keine Sorgen. Ich werde mit deinem Herrn Bergschulte zart umgehen. Wenn er mir gefällt « er überwand sein schlechtes Gewissen – »dann können wir uns morgen einmal gemütlich zusammensetzen. Nein – noch nicht « sagte er schnell, als Friedel auf ihn zueilte und ihm einen Kuß geben wollte. Er wandte sich schnell ab und verließ das Herrenzimmer.

Friedel hörte den Vater in der Diele noch

kurz herumkramen, dann klappte die Außentür, und wenig später sprang unten auf der Straße der Mercedes an und entfernte sich schnell.

Es war zur gleichen Stunde, als Paul Ermann auf der Autobahn mit aufgeblendeten Scheinwerfern nach Dortmund raste und seine hohe Geschwindigkeit mit einem flotten Foxtrott aus dem Autoradio würzte. Er hatte den Hut in den Nacken geschoben, eine Zigarette zwischen die dicken Lippen geklemmt und befand sich in einer ausgesprochenen Kampfstimmung.

Als das erste Ortsschild auftauchte und der Name Dortmund im Scheinwerfer aufleuchtete, warf Ermann seine halb gerauchte Zigarette aus dem Fenster, nachdem er dieses einen kleinen Spalt aufgedreht hatte.

»Na warte, mein Junge«, sagte er laut.

Dann drehte er das Fenster wieder zu.

Am Horizont wurde der Himmel hell und heller. Es sah aus, als spiegelte sich der Widerschein eines großen Brandes in den nächtlichen Wolken. Dortmund.

Das Lichtermeer der Großstadt lockte.

Paul Ermann drehte das Radio lauter.

Ein wenig komisch kam er sich in seiner Rolle doch vor.

Fritz Bergschulte wartete nicht lange an der Ecke Brückstraße, als neben ihm auf dem Fahrdamm fast geräuschlos ein grauer Mercedes hielt. Er wollte weitergehen, um nicht neugierig zu erscheinen, als sich die Wagentür öffnete und ein Herr ihn anrief. Fritz dachte, er werde um eine Auskunft gebeten und trat an das Auto heran. Ein Herr, Mitte Fünfzig, saß am Steuer und nickte ihm freundlich zu.

»Ich vermute, Sie sind Herr Bergschulte«, sagte der Mann, und als Fritz, überrumpelt durch diese Worte, hervorstieß: »Ja, was wollen Sie, ich kenne Sie nicht«, antwortete der Fremde: »Kommen Sie, ich muß mit Ihnen reden, steigen Sie ein, ich bin Hans Herten, der Vater von Friedel.«

»Der Vater von Friedel?« Ein Gefühl des Unbehagens machte sich spontan in Bergschulte breit. »Hat sie Ihnen gesagt, daß ich hier auf sie warte?«

»Natürlich. Woher wüßte ich es sonst? Sie hat mir alles gesagt, auch, daß sie Sie liebt und heiraten möchte. Und darüber will ich mich mit Ihnen unterhalten. Das ist Pflicht und Aufgabe eines jeden Vaters. – Wo darf ich Sie hinfahren, Herr Bergschulte?«

»Das überlasse ich Ihnen, Herr Herten.« Bergschulte ließ sich in die weichen Polster sinken. »Sie kennen Dortmund besser als ich. Ich bin hier noch fremd.«

»Setzen wir uns in ein stilles Lokal, schlage ich vor.« Herten fuhr an und lenkte den Wagen sicher durch den starken Abendverkehr. »Was wir zu besprechen haben, ist nichts für fremde Ohren.«

Das klang wie eine Kampfansage. Bergschulte schwieg verbissen und starrte geradeaus durch die Windschutzscheibe auf die Straße. Haß erfaßte ihn, Haß auf diesen Mann neben ihm, dem der Wohlstand aus allen Knopflöchern schaute. Dicker Wagen, teurer Anzug, kostbarer Siegelring am Finger ... Zum Kotzen, der Kerl, fand Bergschulte in seiner Habenichtsmentalität und stieß hervor: »Was wollen Sie? Was wissen Sie von mir?«

»Ich weiß nicht viel von Ihnen – aber immerhin doch mehr, als Sie denken.« Hans Herten lenkte den Wagen in eine Querstraße und hielt vor einem stillen Weinlokal. Er parkte etwas abseits und bedeutete Bergschulte durch ein Handzeichen, auszusteigen. »Hier sind wir. Unter Männern verhandelt es sich am besten, wenn man eine gute Flasche auf dem Tisch stehen hat.«

»Das kenne ich.« Bitterkeit klang in Bergschultes Stimme. »Wenn der Russe Wodka bekam, war immer Feiertag im Lager. Dann wurden wir als Sondervorstellung der Reihe nach durchgeprügelt...«

Hans Herten zuckte zusammen. Dieser

Satz eröffnete ihm die ganze Tragik, die der Mensch, mit dem er letzten Endes abrechnen wollte, durchlitten hatte. Dieser Mensch liebte ja nicht aus einer Augenblickslaune heraus seine Tochter. Dieser Mensch brauchte einen Halt und suchte ihn dort, wo man ihm ihn bot. Der Halt war Friedel, weil kein anderes Geschöpf vorhanden war, das sich um ihn kümmerte. Fast jedes andere weibliche Wesen hätte in dieselbe Rolle schlüpfen können.

Plötzlich empfand Hans Herten Mitleid mit diesem geschwächten, sichtlich entnervten Mann. Er faßte ihn unter und schob den Erstaunten in das Lokal, bestellte eine gute Flasche Mosel, bot ihm eine Zigarre an und lehnte sich in den kleinen Sessel, in dem er saß, zurück.

»Sie lieben also meine Tochter?« eröffnete er die Unterhaltung.

»Ja.«

Bergschulte zog an der Zigarre und blies den Rauch an die Decke, wobei er den Kopf in den Nacken legte. Schaudernd sah Herten, daß sich unter dem Kinn am Hals Bergschultes eine breite, rote Narbe von der einen bis zur anderen Seite zog.

»Was ist das für eine Narbe?« fragte er mit belegter Stimme.

»Die Narbe? Oh, – das war in der Nähe von Irkutsk. Dort hatten wir Mongolen zur Bewachung, und die machten sich einen Spaß daraus, ab und zu einen von uns zu strangulieren. Wenn man dann halb erstickt war, lockerten sie die Schlinge wieder und übergossen einen mit kaltem Wasser. Sie hatten dünne, gute Hanfseile, die tief ins Fleisch schnitten.«

Hans Herten wußte nicht, was er sagen sollte. Er kam sich auf einmal klein und erbärmlich vor, auch, wenn es um die Zukunft seiner Tochter ging. Mit unsicherer Hand führte er sein Glas zum Mund und schwieg eine Weile, ehe er meinte:

»Sie haben furchtbare Jahre hinter sich. Aber Sie hätten Friedel nie verheimlichen dürfen, daß Sie verheiratet sind.«

»Wer sagt Ihnen das? Sie sind falsch informiert. Ich *war* verheiratet, aber meine Frau hat mich für tot erklären lassen und ehelichte einen anderen. Ich bin also frei.«

»Das gilt doch alles jetzt nicht mehr. Ihre alte Ehe wird wieder aufleben.«

»Nein. Ich habe gestern meinen Anwalt gebeten, die Situation, so wie sie ist, bestehen bleiben zu lassen.«

»Was?« Hans Herten beugte sich vor. »Sie wollen sich von Ihrer tapferen, kleinen Frau abwenden?«

»Sie hat es mir vorexerziert«, sagte Bergschulte hart.

»Ihre Frau liebt Sie! Sie arbeitet für Sie! Sie

will Ihnen helfen, alles zu vergessen! Ich weiß, jetzt glauben Sie meine Tochter zu lieben, aber das ist nur ein Rausch. Friedel ist das erste weibliche Wesen seit Jahren, das eine gewisse Saite in Ihnen zum Erklingen gebracht hat. Aber Ihre Frau, Ihr Sohn Peter – mein Gott, Bergschulte, die können Sie doch nicht einfach aus Ihrem Leben streichen!«

»Der Mensch kann viel, das habe ich gelernt.« Bergschulte blickte von seiner Zigarre auf. »Kennen Sie überhaupt meine Frau?«

»Sehr gut.« Herten ließ die Katze aus dem Sack. »Sie ist hier in Dortmund.«

»In – Dortmund?« Bergschulte blickte Herten höchst erstaunt an. »Wo? Als was?«

»Als zukünftige Reisesekretärin. Sie arbeitet sich ein.«

»Paul Ermann hat sie nach Dortmund geschickt?«

»Ganz recht, Paul Ermann. Ich kenne ihn gut. Und ich brauche schon lange eine Reisesekretärin.«

»Sie?« Bergschultes Fassungslosigkeit wurde noch größer. »Mein Gott, Lina ist bei Ihnen angestellt?«

»Ja.«

»Weiß … weiß Friedel das?« stotterte er.

»Noch nicht. Aber sie wird es erfahren müssen. Ich kann meiner Tochter nicht verheimlichen, daß der Mann, den sie liebt, schon gebunden ist. Das müssen Sie einsehen.«

»Einsehen? Ich soll etwas einsehen?« Bergschultes Gesicht rötete sich. »Hat man ein Einsehen mit mir gehabt? Was wollt ihr eigentlich alle von mir – Sie, Ermann, Dr. Schrader, Lina? Die Vergangenheit ist tot und sie soll das auch bleiben. Das sage ich nicht zum erstenmal. Was jetzt vor mir liegt, ist ein neues, ein schöneres Leben und ich will nichts mehr hören von dem alten, das vorausgegangen ist.« Und plötzlich schrie er fast: »Was verstehen Sie davon? Sie haben den Krieg an der Front nicht mitgemacht, erzählte mir Friedel. Sie haben nicht in der Hölle gelegen. Sie gerieten nicht in Gefangenschaft. Sie wissen nicht, wie es ist, wenn ein Herz um Hilfe schreit und keiner gibt Antwort! Hilfe! schreit es, Hilfe – ich brauche Liebe, ich brauche Verstehen, ich brauche Gerechtigkeit, ich brauche das Leben … Hilfe! Und was antwortet, ist nur das Echo des eigenen Schreis, das verhöhnende, die Qual des Herzens erhöhende Echo. Hilfe … Ich habe sie im Lager wahnsinnig werden sehen, deren Herz um Hilfe schrie und keine Antwort bekam. Sie haben des Nachts die Decken umarmt, sie haben wie wilde Tiere die Dolmetscherin des Lagers angefallen, bis sie unter den Schüssen der Posten zusammenbrachen und starben. Und da kommen Sie jetzt daher und sagen, ich solle einsehen, daß Sie mir den neuen Halt wegnehmen wollen. Wissen Sie denn überhaupt, was es heißt, heimzukehren und festzustellen, daß Sie einfach aus dem Gedächtnis und dem Leben der anderen Menschen gestrichen worden sind?«

Hans Herten nippte an seinem Wein, um Zeit zu gewinnen. Die Szene war ihm äußerst peinlich. Vieles von dem, was Bergschulte sagte, war richtig. Aber das änderte nichts daran, daß es ihn in die falsche Richtung führte. Was er als einen Anfang betrachtete, war in Wirklichkeit das Ende.

»Es stimmt«, sagte Herten ruhig. »Ich kenne das alles nicht, ich habe es nicht erleben müssen. Und eben darum habe ich ein klares Auge behalten für die Dinge, die Ihnen in diesen fürchterlichen Jahren fremd geworden sind.«

»Wie interessant.« Hohn klang in Bergschultes Stimme, doch das konnte Herten nicht darin beirren, fortzufahren: »Sie meinen, es sei Ihre Pflicht, nur anzuklagen. Denken Sie doch auch einmal daran, daß Ihre Frau durch Ihre Rückkehr einen viel größeren seelischen Schock erlitt als Sie. Sie hat geglaubt, Sie seien gestorben. Und sie hat den großen Schmerz überwunden, denn das Leben ging ja weiter. Sie hatte einen

Sohn, der die Mutter brauchte. Das Gedenken an den Toten sollte und durfte den Gang des Lebens nicht auf die Dauer hemmen. Wenn dann ein Mann kam, der Ihrem Sohn eine Zukunft bot, der es kraft seiner materiellen Mittel vermochte, abzulenken und die Gedanken an den Toten langsam zu mildern, Gedanken, die ein Dasein so sehr belasten können, daß es darunter zerbricht – dann können Sie jetzt nicht daherkommen und Anklage erheben gegen eine Frau, die nicht mehr ein noch aus wußte und glaubte, das Beste zu tun! Wissen Sie denn überhaupt, wie es in einer Frau aussieht, wenn sie einen Teil ihres Lebensinhaltes hergeben muß und plötzlich allein dasteht mit allen Pflichten und Sorgen? Mensch, Sie müßten den Hut abnehmen vor einer Frau, die sich jetzt wieder zu Ihnen bekennt, die alles verläßt und schuften will, um zusammen mit Ihnen ein gemeinsames neues Leben aufzubauen. Und wie danken Sie ihr das? Sie verlieren sich an ein junges Ding, das nichts weiter kann als Ihnen schöntun, das verwöhnt ist, das Ihnen verliebte Augen macht, das Ihnen ein Küßchen gibt und das leckere, kleine Häschen spielt…«

»Sie sprechen von Ihrer Tochter!« unterbrach Bergschulte empört. »Sie beleidigen Ihre Tochter!«

»Beleidigen? Ich bin ihr Vater. Ich kenne

sie bis in die Tiefen ihrer Seele. Sie wird einmal eine gute Frau sein, das gebe ich zu. Aber eine Frau mit Ansprüchen. Mit Ansprüchen auf Pelzmäntel, auf einen Wagen, eine Villa, auf Hausbälle, Tanztees und dergleichen Humbug mehr. Wissen Sie, zu was Sie sich ganz rasch entwickeln würden neben ihr? Zu einem lieben, trottelhaften Teddybären, der brummt und schön macht, wenn sie flötet. Ist das der Lebensinhalt, der Ihnen vorschwebt, Herr Bergschulte?«

»Sie treten Ihre Tochter in den Dreck!«

»Ich sage Ihnen die Wahrheit. Die meisten Männer lernen ihre Frauen erst in der Ehe kennen. Danken Sie Gott, daß ich ein Vater bin, der Ihnen das alles vorher sagt.«

»Aber ich liebe Ihre Tochter!« Bergschulte faltete die Hände zur Geste der Beteuerung. »Ihre Argumente verblassen, wenn sich zwei Menschen lieben…«

»Reden Sie doch keinen Blödsinn!« Hans Herten hatte nun genug. »Was Sie als Liebe betrachten, ist ein Rausch. Früher oder später würde das Erwachen kommen, und dann stünden Sie wieder hilflos da. Das Resultat wäre aber, daß sich dann auch meine Tochter unglücklich gemacht hätte. Davor will ich sie schützen.«

»Und wenn ich Ihnen das Gegenteil beweise?«

»Meine Tochter ist kein Gegenstand für

ein Experiment.«

»Ich will Ihnen aber beweisen, daß ich Friedel liebe. Es ist einfach, zu sagen: Das geht nicht. Geben Sie uns eine Chance!«

»Gut«, antwortete Herten kurzentschlossen. »Ich werde Friedel vorläufig nicht sagen, daß Sie Frau und Sohn haben. Aber ich muß Ihnen ein Versprechen abnehmen...«

»Bitte...«

»Sie unterziehen sich einer ›Prüfung‹, wie wir es nennen wollen. In dieser Zeit werden Sie meine Tochter nicht wieder treffen. Das versprechen Sie mir ehrenwörtlich. Bestehen Sie die Prüfung, wollen wir uns noch einmal bei einer guten Flasche zusammensetzen. Ich gestehe, daß Sie mir im Grunde nicht unsympathisch sind.«

»Danke.«

Hans Hertens Stimme steigerte sich zu besonderer Eindringlichkeit.

»Ich stelle folgende Bedingung«, sagte er. »Ich werde Sie morgen mit Ihrer Frau zusammenführen. Und Sie werden acht Tage lang jeden Abend mit Ihrer Frau verbringen. Und wenn Sie nach diesen acht Tagen immer noch zu mir kommen und mir sagen: Herr Herten, ich liebe Friedel - dann wollen wir weitersehen. – Einverstanden?«

»Einverstanden.« Bergschulte schlug in die Hand Hertens ein. »Ich werde Sie nicht enttäuschen«, sagte er.

»Hoffentlich nicht«, antwortete Herten doppelsinnig. »Wir treiben da ein frevelhaftes Spiel mit Herzen, aber ich glaube, daß man uns verzeiht, weil es um einen hohen Einsatz geht.«

Er rief den Ober und zahlte.

Dann saßen sie wieder im Wagen, und Herten fragte Bergschulte:

»Wohin darf ich Sie bringen?«

»Bitte nach Hause«, antwortete Fritz. Er nannte die Adresse, und der Wagen fuhr weich und federnd an und wand sich durch den Verkehr auf den hell erleuchteten Straßen.

Als sie in Hafennähe kamen, sagte Bergschulte zu Herten:

»Halten Sie bitte. Ich möchte den letzten Teil des Weges zu Fuß gehen. Frische Luft tut mir jetzt gut.« Er bot Herten die Hand. »Ich danke Ihnen, Herr Herten. In acht Tagen sehen wir uns wieder.«

»In acht Tagen, Herr Bergschulte. Soll ich Friedel in dieser Zeit zu ihrer Tante schicken, oder kann ich mich auf Ihr Ehrenwort verlassen?«

»Sie können, Herr Herten.«

Fritz Bergschulte stand am Bordstein und sah dem Mercedes nach, dessen Schlußlichter sich schnell entfernten. Es war ihm, als führe mit ihm sein Schicksal fort und ließe ihn allein in der Dunkelheit stehen.

Mit den Händen in den Taschen strebte er gesenkten Hauptes seiner Behausung zu. Als er um die Ecke bog, sah er erstaunt vor dem Gebäude, in dem er wohnte, wieder einen Mercedes stehen. Der Wagen hatte eine Mindener Nummer.

Das aber übersah Fritz Bergschulte, der den Wagen in keinen Zusammenhang mit sich selbst brachte.

Ohne den Wagen weiter zu beachten, drückte er die Tür auf und stieg die Treppe empor, die wie immer nach altem Bodenöl roch.

In seinem Zimmer oben brannte Licht.

Paul Ermann erwartete ihn.

## 7

An diesem schicksalhaften Abend wurde noch sehr viel gesprochen.

Hans Herten rief von einer Telefonzelle aus Lina Korngold an und teilte ihr mit, daß sie morgen schon um halb acht Uhr im Büro sein müsse. Weitere Erklärungen gab er nicht ab, sondern hängte sofort wieder ein.

Zu Hause angekommen, erzählte er Friedel, daß Fritz Bergschulte ein netter Mann sei, der es bedauert habe, daß sie nicht selbst gekommen sei. Er hätte ihr nämlich etwas Wichtiges sagen müssen. Und zwar müßte er eine Woche fort, um eine Bauarbeit außerhalb von Dortmund in der Gegend von Herne zu übernehmen. »Aber nach acht Tagen ist er wieder da«, sagte Hans Herten, ohne rot zu werden. »Und ich glaube, daß wir uns dann alle zusammensetzen und manches zu klären haben…«

Er erhielt dafür einen glücklichen Kuß von Friedel und kam sich vor wie Judas. Um vor sich selbst irgendwie besser dazustehen, versprach er Friedel für den nächsten Abend einen Theaterbesuch in Bochum und zog sich dann schnell in sein Schlafzimmer zurück, wo er noch lange wach im Bett lag, las, rauchte und sich über alles, was jetzt kommen konnte, seine Gedanken machte, ohne diese schematisch zu ordnen. Zu groß kamen ihm die Schicksale vor, die er heute abend in die Hand genommen hatte, um sie selbstherrlich zu lenken.

Unbefriedigt schlief er ein und träumte wild und zusammenhanglos.

Die Unterhaltung zwischen Fritz Bergschulte und Paul Ermann war kurz, aber laut.

Sie begann damit, daß Paul Ermann den verblüfften Freund mit einem gebrüllten Satz empfing:

»Na warte, mein Lieber! Mit dir fahre ich jetzt Schlitten!«

Und Fritz Bergschulte antwortete:

»Wo kommst du her? Was ist los? Wie siehst du mich an? Als wenn du mich ermorden wolltest. Sei vorsichtig, ich wehre mich.«

Dann saßen sie sich gegenüber, durch den Tisch getrennt, und blitzten sich an.

»Was machst du da für einen Blödsinn?« fragte Paul Ermann. »Du schreibst dem Rechtsanwalt, daß du von Lina nichts mehr wissen willst. Mensch, bist du denn ganz verrückt?«

»Und du?« Bergschulte schrie, weil er sich

nicht verteidigen, sondern angreifen wollte. Noch beschäftigte ihn die Unterhaltung mit Hans Herten so sehr, daß er sich erst sammeln mußte – und schon war ein Neuer da, der ihn in die Enge treiben wollte. »Du hetzt mir heimlich Lina auf den Hals! Vermittelst ihr in Dortmund eine Stellung, ohne mich zu benachrichtigen!« Er schlug mit der flachen Hand auf den Tisch. »Damit ihr es alle wißt – ich will nicht mehr!«

»Was willst du nicht mehr?«

»Das alte Leben führen. Ich habe ein neues begonnen, und dieses neue Leben will ich allein und ohne Ballast von früher aufbauen.«

»Mit einer anderen Frau!«

»Das geht dich einen Dreck an!«

»Oho!« Paul Ermann erhob sich. Sein Zweizentnerkörper schob sich um den Tisch herum und baute sich vor Bergschulte auf, drohend, massig wie ein Turm. »Habe ich dir hier deshalb eine Stellung besorgt, damit du verrückt spielst? Mein lieber Junge, wenn das so ist, liegst du morgen auf der Straße und gehst stempeln! Es genügt ein Wort von mir – und du fliegst!«

Fritz Bergschulte erbleichte. Er sah die Gefahr, in der er schwebte, war aber nicht gewillt, sich in die Knie zwingen zu lassen.

»Zwölf Jahre lang bin ich getreten worden. Zwölf Jahre lang hat man mich gehetzt. Und jetzt bin ich in der Heimat, will meine Ruhe haben ... und man hetzt mich weiter, unbarmherzig, kalt, mörderisch. Was wollt ihr eigentlich von mir?« stieß er hervor.

»Vernunft!« Ermann stand vor ihm. Sein massiger Körper verdeckte die magere Gestalt des Freundes. »Du sollst aufwachen, Fritz! Du lebst in einer Verblendung, in einem Wahn! Du verlierst dich an so ein kleines Mädchen «

»Beleidige Friedel nicht!« schrie Bergschulte.

»Ach, Friedel heißt sie? Nett. Klingt wie der Name eines Käthe-Kruse-Püppchens. Und so ein Friedelchen willst du gegen Lina eintauschen? Du solltest dich was schämen!«

»Ich mich schämen?« Bergschulte drehte wieder einmal durch. »Wer hat sich denn geschämt, als man mich aus der Liste der Lebenden strich? Keiner! Man hat Hochzeit gemacht und konnte es nicht erwarten, ins Brautbett zu kommen, wo man auf die angenehmste Art den ins Jenseits Beförderten vergessen konnte...«

»Du Schwein!« sagte Ermann relativ leise. Und dann holte er aus und schlug seinem Freund mit der geballten Faust ins Gesicht, so daß Bergschulte zurücktaumelte und ein breiter Blutstrahl aus Nase und Mund schoß. Ächzend klammerte er sich an der Sofalehne fest und schwankte hin und her wie ein

Baum, der den letzten Axthieb braucht, um völlig umzusinken. Die Knie brachen ihm und er fiel auf die allen, ächzenden Federn des Sofas.

»Genügt dir das?« fragte Ermann drohend. »Ich erinnere mich, daß wir in der Jugendzeit auch einmal einen Streit hatten. Damals warst du der Sieger und stelltest mich an eine Mauer, gabst mir ein paar Ohrfeigen und sagtest: ›So, Paul, jetzt laß uns mal vernünftig miteinander sprechen!‹ – Bitte, ich bin bereit dazu! – Kehrst du zu Lina zurück?«

»Nein.«

Fritz Bergschulte wollte sich aufrichten, aber Ermann drückte ihn mit Leichtigkeit auf das Sofa zurück.

»Dein letztes Wort?«

»Ja.«

»Wie du willst. Dann bist du ab morgen arbeitslos. Dann friß von mir aus, was du in den Mülltonnen findest. Und ich werde dafür sorgen, daß du nirgends mehr eine Stellung bekommst.« Er brüllte: »Mit einem Wort: Jetzt mache ich dich fertig!«

»Da ist nichts mehr fertigzumachen.« Bergschulte starrte vor sich auf den Boden. Das Blut klebte ihm an Nase und Mund. »Alle seid ihr gegen mich. Alle! Ich hätte in Rußland bleiben sollen, irgendwo in der Taiga. Dort gibt es Blockhütten, dort kann man Bäume fällen, dort ist man ein Bauer unter

Bauern. Dort kennt man nichts anderes als Arbeit, Wodka und Machorka. Und eine Frau – die kann man da auch haben, wenn's sein muß. Ich habe mir sagen lassen, daß die Deutschen bei den Matkas sehr beliebt sind…«

»Sei still, oder ich haue dir noch eine runter!« sagte Paul Ermann drohend. »Keiner ist gegen dich. Alle sind sie um dich herum, um dich wieder in eine vernünftige Bahn zu lenken. Mensch, Fritz, du hast ja völlig die Übersicht verloren. Du weißt ja gar nicht, was um dich herum vorgeht. Lina ist hier und arbeitet, du selbst hast auch Arbeit, in Minden läuft das Verfahren, das dir Lina als Frau zurückbringen wird – alles könnte jetzt schön und gut werden … wenn du Dickkopf nicht einer Liebe nachrennen würdest, die keine ist.«

»Ich werde ab morgen acht Tage lang mit Lina zusammensein«, sagte Bergschulte leise. Er wischte sich das Blut vom Mund und betrachtete die roten Flecken an der Hand wie etwas Fremdes, das nicht von ihm stammte. »Wenn ich diese acht Tage überstehe, habe ich gesiegt.«

»Wer hat denn diesen Blödsinn ausgeheckt?« wollte Ermann wissen.

»Der Vater von Friedel. Ich komme soeben von ihm. Wir haben einen Vertrag geschlossen. Wenn ich mich nach diesen acht Tagen nicht für Lina entscheide, will er mir Friedel geben.«

»Und du glaubst, daß Lina eine solche Dummheit mitmacht?«

»Sie wird es müssen!«

»Fritz!« Ermann wanderte im Zimmer hin und her. Erregt fuchtelte er mit den Händen in der Luft herum. »Du kannst doch Lina nicht zumuten, mit dir acht Tage ›auf Probe‹ zu leben. Hast du denn ganz vergessen, daß auch deine Frau ein Herz hat? Man hat an dir gesündigt, ja – das erkennen wir alle an. Aber man tat es unwissentlich. Man tat es in dem Glauben, daß die Nachricht von deinem Tode stimmte. Wie oft haben wir dir das schon gesagt. Und jetzt ist auch Lina am Ende ihrer Kräfte. Ihr Herz schreit um Hilfe…«

Bergschulte zuckte zusammen. Ihr Herz schreit um Hilfe. Hatte er das nicht vor einer Stunde zu Hans Herten auch gesagt? Und Antwort gäbe nur das höhnende Echo…?

Er schaute auf den Tisch und faltete die Hände auf der Platte. Lina war jetzt genauso einsam wie er … das stimmte. Und sie hatte auch ein Herz. Wer konnte das leugnen? Vor Jahren, als er mit seinem Motorrad verunglückt war, hatte sie sich fast umgebracht, war sie von Polizeistation zu Polizeistation gelaufen, um zu erfahren, ob man nicht sein Motorrad gefunden habe, und war dann zusammengebrochen, als man ihn im Graben einer Landstraße aufgelesen hatte. Ja, sie liebte ihn, das wußte er, sie würde ihm jedes Opfer bringen ... Aber da waren die roten Lippen Friedels, die kecken, lustigen Augen und der schwingende Ton ihrer Stimme, wenn sie sagte: »Fritz, ich hab dich lieb...«

»Also, wie entscheidest du dich? Ich frage dich zum letztenmal.« Wie Peitschenhiebe trafen ihn diese Worte Ermanns, der schon die Türklinke in der Hand hatte, um zu gehen.

Irgendwo im Haus schlug eine Uhr. Hilflos hob Bergschulte die Arme. »Ich weiß es nicht, Paul.«

»Dann bist du morgen deinen Job los –, das garantiere ich dir!«

»Paul«, bat Fritz Bergschulte, »gib mir – wie Friedels Vater – noch acht Tage Zeit. Nur acht Tage. Das ist kein unbilliges Verlangen von einem, der zwölf Jahre lang lebendig begraben war.«

»Meinetwegen.« Paul Ermann drückte die Tür auf. »Aber bleib mir in Zukunft vom Hals. Ich will nichts mehr hören von dir. Ich kenne dich nicht mehr.«

Krachend fiel hinter ihm die Tür zu. Sein Schritt verklang auf der Treppe. Dann sprang vor dem Haus der Mercedes an und brummte durch die Nacht davon.

Fritz Bergschulte saß auf seinem Sofa. Stumm betrachtete er die Blutflecken auf seinen Händen. Dann warf er plötzlich die Arme empor und fiel mit dem Kopf auf die Tischplatte. Seine Hände umklammerten den Tisch, als sei er eine Welt, die ihm entfliehen wolle.

»Ich kann nicht mehr«, stöhnte er. »Mein Gott – ich kann nicht mehr…«

Und er schluchzte laut und wimmerte wie ein Kind…

Es war ein warmer Frühlingsabend, samtweich und duftend, als Hans Hertens Wagen unten vor dem Hause Fritz Bergschultes hielt und Lina Korngold zaghaft ausstieg. Sie schaute an der dunklen, unfreundlichen Hausfront empor zu den erleuchteten Fenstern und zögerte, die paar Schritte zur Haustür zurückzulegen. In der Hand hielt sie eine große Reisetasche.

»Nur Mut«, sagte Hans Herten und gab ihr die Hand. »Wie gesagt, Sie haben acht Tage Urlaub. Und seien Sie so zu ihm, wie Sie es früher immer waren. Er wird Sie nicht gleich fressen…«

Ehe sie ein Wort antworten konnte, wandte er sich ab, setzte sich wieder in den Wagen und fuhr davon.

Allein und ängstlich stand sie in der dunklen Straße. Sie trat an die Haustür heran und legte zögernd die Hand auf die Klinke. Die Tür war unverschlossen und gab mit leisem Quietschen dem Druck ihrer Hand nach.

Der schwarze, wie eine Drohung ihr entgegengähnende Hausflur lag vor ihr. Hinten, gegen das Rückfenster, sah sie schemenhaft die schräge Verschalung der Treppe.

Ob er sie oben erwartete? Wie würde er sie empfangen? Daß er sich nicht freute, wußte sie von Hans Herten. Auch daß er eine andere Frau lieben gelernt hatte, hatte sie aus Hertens Worten herausgehört. Was sollte sie ihm sagen, wenn sie jetzt vor der Tür stand? Sollte sie warten, bis er zuerst sprach?

Sie fühlte, wie ihr Tränen in die Augen stiegen. Nein – keine Tränen, dachte sie. Alles – nur nicht weinen. Er soll sehen, daß ich mutig bin; daß er an mir eine Stütze hat.

Sie suchte den Lichtschalter an der Wand, fand ihn, sorgte für Licht und stieg langsam die Treppe empor.

Vor der Tür ihres Mannes verhielt sie den Schritt und schaute auf das kleine, handgeschriebene Schildchen, das im Schein der nicht gerade hervorragenden Treppenhausbeleuchtung kaum lesbar war.

Fritz Bergschulte.

Sie klopfte. Als sich drinnen nichts rührte,

suchte sie an der Tür eine Klingel. Aber da war kein Knopf und kein Klingelzug, nur der Schlitz eines Briefkastens, der stark angerostet war, ein Zeichen seines ehrwürdigen Alters.

Noch unsicherer als zuvor klopfte Lina Korngold wieder an die Tür, diesmal allerdings ein wenig stärker. Eine Tür klappte innen, ein heller Lichtschein fiel durch die Oberlichte heraus ins Treppenhaus, dann drehte sich ein Schlüssel im Schloß, und die Tür wurde geöffnet.

Fritz Bergschulte blickte kurz auf die draußen stehende Frau, welche die Tasche auf den Boden gestellt hatte und nicht wagte, ein Wort zu sagen. Er zog die Tür weit auf, zeigte nach innen und nickte.

»Komm herein«, sagte er kurz.

»Danke…«

In seinem Zimmer stellte Lina die Tasche neben das alte Sofa. Dann sah sie sich um und blieb am Tisch stehen.

»Willst du dich nicht setzen?« fragte Fritz Bergschulte.

»Doch. Danke.« Sie setzte sich auf einen Stuhl und legte die Hände in den Schoß. Sie musterte ihn. Er hatte die Jacke ausgezogen, sein Hemd war etwas fleckig und an den Manschetten grau. Seine stoppeligen Haare zeigten den Ansatz einer weißen Strähne.

»Hier bin ich«, sagte sie leise. »Wenn du

nicht damit einverstanden bist, gehe ich wieder. Herr Herten wollte es so. Ich wäre nie von allein zu dir gekommen…«

»So? Warum denn nicht?« Bergschulte ging zum elektrischen Kocher und setzte einen Topf mit Wasser auf. »Hast du nicht in Minden alles verlassen, um zu mir zu kommen?«

»Nein.«

»Nicht?« Er drehte sich um und starrte sie an. »Aber warum bist du dann in Dortmund? Warum hast du eine Stellung angenommen?«

»Ich will dir helfen. Dir ist Unrecht geschehen, auch durch mich. Alle sagen zwar, ich sei verrückt, wenn ich mir das einrede, aber wichtig ist mein Gefühl, das mir sagt, daß ich einfach allein hätte bleiben müssen, wie so viele Kriegerwitwen. Ich will deshalb arbeiten und sparen und alles, was mir übrig bleibt, dir zur Verfügung stellen, damit du es leichter hast, wieder anzufangen. Vielleicht kannst du mit dem ersparten Geld später etwas Eigenes aufmachen. Ein Baugeschäft wie der Paul Ermann oder so was. Und dann wirst du ja auch eher Gelegenheit haben, die – die andere zu heiraten…«

Sie sagte es ohne Bitterkeit, aber es klang, als zerbräche bei ihren Worten etwas in ihrem Inneren. Fritz wandte sich wieder ab und hantierte am elektrischen Kocher.

»Herr Herten hat dir alles erzählt?«

»Ja.«

»Und du sagst nichts dazu?«

»Was soll ich dazu sagen? Soll ich versuchen, dich umzustimmen? Soll ich weinen? Soll ich klagen, was soll ich tun?« Lina schüttelte den Kopf. »Das wäre alles falsch. Du kannst ja doch tun, was du willst.«

»Allerdings, das kann ich.«

»Siehst du...«

Fritz Bergschulte lehnte sich gegen das Fensterbrett und blickte seine Frau an. Sie saß da auf dem Stuhl, in sich zusammengekrochen, ängstlich, vergrämt, unsicher – ein Häufchen Unglück, das zu bedauern war.

»Warum hast du dann eigentlich eingewilligt, acht Tage bei mir zu sein?« fragte er nach einer Weile.

Sie schaute kurz auf.

»Herr Herten sagte, es sei notwendig.«

»Ach. Nur deshalb, weil Herr Herten es sagte!« Etwas wie Enttäuschung klang in seiner Stimme.

Über Linas Gesicht zog eine leichte Röte.

»Jetzt aber sehe ich, daß es wirklich notwendig ist«, meinte sie schnell. »Deine Hemden müssen gewaschen werden, und die Tischdecke ist auch schmutzig. Wieviel Hemden hast du eigentlich?«

»Zwei.«

»Dann werde ich dir morgen noch zwei kaufen. Ich habe von Herrn Herten einen Vorschuß bekommen.« Sie beobachtete

Bergschulte, wie er eine Kanne ergriff, in die er das in dem Topf sprudelnde Wasser hineingoß. »Was machst du denn da?« fragte sie.

»Ich koche dir einen Kaffee«, sagte er nicht ganz unfreundlich.

Ein Lächeln huschte über ihr Gesicht. »Wie schön. Das hast du früher immer sonntags gemacht, wenn du mich im Bett überraschen wolltest.«

Er beugte sich tief über die Kanne und verbarg so sein Gesicht im Schatten. Warum muß sie das sagen, durchfuhr es ihn. Warum muß sie mich an früher erinnern. Ich will das doch vergessen.

»Nimmst du immer noch zwei Stück Zucker für eine Tasse?« fragte er. Sie nickte, und er trug die Tassen auf, stelle eine alte Zuckerdose auf den Tisch und suchte ein Sieb in der Schublade. Dann goß er ihr die Tasse ein und setzte sich auf das Sofa. Da sie nicht wußten, was sie sagen sollten, schwiegen sie und starrten auf die fleckige Tischdecke. Endlich stand Lina auf und trat an das Fenster. Sie blickte hinunter auf die stille Straße und über die Dächer der niedrigeren Häuser. Die warme Nacht ermunterte Schwärme von Fluginsekten dazu, die Luft zu beleben.

»Was soll aus Peter werden?« fragte Lina endlich. Fritz schrak aus seinen Gedanken auf, mit denen er in Rußland gewesen war, wo er in stillen, kalten Nächten sich immer das Wiedersehen mit seiner Frau ausgemalt und von dieser Hoffnung gezehrt hatte. Nun saß er der Wirklichkeit gegenüber, und er schämte sich, daß alles so gekommen war.

»Mit Peter?« erwiderte er. »Ich werde ihn dir lassen und für ihn Unterhalt leisten.«

»Und wer soll Vormund werden?«

»Vielleicht Paul Ermann oder Max Schmitz. Auf keinen Fall Korngold.«

»Nein! Nie!« Linas Augen wurden böse. »Ich will den auch nie wiedersehen!«

Fritz Bergschulte blickte sie an. Man sah und fühlte es, sie ist tatsächlich ahnungslos gewesen, als sie den Kerl heiratete. Sie bereut jetzt diese Ehe und will zurück. Sie liebt mich noch immer ... auch, wenn sie es gerade nicht sagt und still duldet, daß ich Friedel ihr vorziehe ... Er kam sich plötzlich ein wenig schuldig vor und schob ihre Tasse, die auf dem Tisch stand, zur Seite.

»Man sollte einmal über alles eingehend und vernünftig sprechen«, meinte er. »Denn so wie jetzt kann es ja nicht weitergehen.« Aber da sie keine Antwort gab, schwieg auch er wieder und griff zur Abendzeitung, die auf dem Sofa lag.

Während er las, goß sie in eine Schüssel Wasser und begann, mit dem Rest heißen Wassers, der übriggeblieben war, das wenige Geschirr zu spülen. Dann nahm sie einen Lappen und wischte Staub, nur, um überhaupt etwas zu tun und nicht dazusitzen wie eine Taubstumme. Doch immer wieder streifte ein schneller Blick ihren zeitungslesenden Mann.

Indes, er las in Wirklichkeit gar nicht. Hinter seiner Zeitung versteckt, starrte er auf einen Fleck. Seine Gedanken machten ihm zu schaffen.

Dort ging seine Frau hin und her, und er saß hier, nach zwölf Jahren, mit der Zeitung in der Hand. Das war die ganze Begrüßung, darin äußerte sich die Freude der Rückkehr und des Wiedersehens. Eine Kluft, die unüberbrückbar schien, zeigte sich da eher, eine Entfremdung, die weh tat und alle Worte der Güte und des Verstehens erstickte. Die ganze Sinnlosigkeit der Situation war ihm auf einmal klar, dieses absurde Theater des Lebens, das hier gespielt wurde, mit ihnen beiden als Hauptdarsteller, als Helden eines Zweipersonenstücks, das keinen Inhalt hatte als lediglich die Erkenntnis, daß zwölf Jahre Trennung nicht schlimmer und dunkler sein konnten als das schließliche Wiedersehen.

Er legte die Zeitung weg und stand auf. Lina, die wieder am Fenster lehnte, blickte ihn an.

»Ich bin müde«, sagte er. »Morgen muß ich

um sechs Uhr an der Baustelle sein.« Er sah sich um, denn das Problem des Schlafens hatte er noch gar nicht bedacht. Er ging zum Schrank, nahm seine alte Wehrmachtsdecke heraus, breitete sie über das Sofa aus und legte seinen alten Militärmantel darüber. Aus seiner Aktentasche und seiner Jacke baute er ein Kopfkissen.

»Was soll das?« fragte Lina verwundert.

»Ich schlafe selbstverständlich auf dem Sofa und du im Bett«, sagte Fritz. »Hast du einen Schlafanzug bei dir?«

»Ja.« Sie trat näher. »Aber auf dem Sofa schlafe ich. Du mußt früh raus morgen. Du brauchst Ruhe und Schlaf. Du hast jahrelang nicht richtig schlafen können. Ich lege mich gern aufs Sofa...«

»Reden wir nicht darüber«, bestimmte er. »Ich schlafe auf dem Sofa.« Er zog die Schuhe aus, legte sich auf die Decke und deckte sich mit dem Mantel zu. Mit der rechten Hand rückte er sein hartes Kissen zurecht und drehte sich dann zur Wand. »Gute Nacht«, sagte er. »Es tut mir leid, daß ich dir nicht mehr Bequemlichkeit bieten kann.«

Lina antwortete ihm nicht. Sie bückte sich, nahm seine Schuhe, suchte aus dem Schrank das Putzzeug heraus und fing an, die Schuhe zu putzen. Er hörte die Geräusche, die sie dabei verursachte, und war versucht, aufzuspringen und ihr die Schuhe wegzunehmen. Aber da er zu lange zögerte und überlegte, ob er es tun sollte, unterblieb sein Eingreifen, da Lina mit dem Putzen eher fertig war, als er dachte.

Er hörte, wie sich Lina auszog, wie ihre Wäsche raschelte, wie sie das Federbett zurechtklopfte. Er stellte sie sich vor, wie sie jetzt im Schlafanzug dastand, schlank, blond, hübsch, mädchenhaft. Da ballte er die Fäuste, drückte sie gegen seine Stirn und schloß die Augen.

Nein, sagte er sich. Nein ... nein ... nein...

Er hörte, wie sie mit nackten Füßen durch das Zimmer lief. Sie knipste das Licht aus, tappte zurück. Zögerte sie an seinem Sofa? ... Nein, sie ging weiter, das Bettgestell knarrte, als sie hineinstieg. Sie kuschelte sich in die Federn. Man hörte sie noch einmal, wie sie mit den Händen die Federn im Oberbett zurechtklopfte. Das hat sie immer getan, dachte Fritz. Das gehört dazu, pflegte sie lachend zu sagen.

Dann wurde es still in dem dunklen Zimmer. Nur einmal hustete Lina leise.

Die Nacht war warm und schwül.

Unruhig wälzte sich Fritz auf den Rücken und warf den Mantel von sich.

Er lauschte.

Schlief sie schon?

Die erste Nacht mit meiner Frau, dachte er. Ich liege auf einer Decke, die ich in Sibirien schon unter mir hatte, und dort, ganz nahe und doch unerreichbar fern, liegt sie. Was hat sich eigentlich geändert? Ist es nicht wie im Lager – alle Sehnsucht füllt nur einen Traum, alle Wünsche bleiben ungestillt. Da liege ich, ein Mensch, der sich nach dieser Frau zwölf Jahre lang gesehnt hat, und der auch heute nicht aufhört, so dazuliegen, allein, ohne Erfüllung, weil das Leben seine eigenen Gesetze hat, deren Sklave der Mensch ist.

Er fuhr empor.

Weinte sie? Klang das nicht wie ein Schluchzen? Wenn sie weint, muß ich sie trösten...

Er lauschte angespannt. Dann sank er wieder auf seine Decke zurück. Gleichmäßig ging ihr Atem, tief und langgezogen.

Sie schlief.

Der Nachthimmel wurde klar. Die Sterne kamen durch. Sie sahen aus, als seien sie einzeln auf schwarzen Samt gestickt worden.

Wie lange liege ich jetzt schon, grübelte er. Sind es Stunden? Oder nur Minuten? Auf dem Waschtisch hörte er den Wecker ticken. Aber er wagte nicht, Licht zu machen und nachzusehen, wie spät es war.

Das ruhige Atmen seiner Frau war laut genug, um ihn nicht einschlafen zu lassen. Es war, als sei dieses Atmen die Stimme der Nacht, deren Wärme dazu beitragen wollte, daß Beziehungen auflebten und nicht erstarrten.

Fritz richtete sich leise auf und schwang die Beine vom Sofa herunter, um sich auf dessen Rand zu setzen. Obwohl er bemüht war, leise zu sein, knarrte das Sofa. Erschreckt hielt er in der Bewegung inne und lauschte.

Lina schlief weiter.

Vorsichtig stand er auf, tastete sich um den Tisch herum und trat auf Zehenspitzen an das weiße Bett heran. Lautlos beugte er sich über die Kissen. Ganz nahe war jetzt ihr Atem – er streifte sein Gesicht wie ein zarter, streichelnder Wind.

Lina, dachte er.

Wie oft habe ich früher so vor deinem Bett gestanden, wenn ich spät nach Hause kam. Und dann habe ich mich still ausgezogen, habe dich sacht geküßt und in den Arm genommen. Deinen blonden Lockenkopf hast du dann an meine Brust gekuschelt und im Schlaf hast du gelächelt ... O wie konntest du so selig lächeln, so glücklich, so verführerisch, selbst im Schlaf.

Er beugte sich tief herab und sah ihre weiße Stirn.

Vorsichtig, unendlich zart küßte er sie auf die Haare und auf die geschlossenen Lider und streichelte mit seiner harten Arbeitshand über ihre Haare.

»Lina«,flüsterte er. »Ach, Lina, ich weiß nicht mehr, was ich tun soll. Zeig du mir den richtigen Weg. Ich finde mich im Leben und in der Heimat nicht mehr zurecht…«

Die Nacht erschien ihm plötzlich schwül. Sie lockte und rief.

Er stand an ihrem Bett und starrte auf ihren Kopf in den Kissen.

Und etwas von dem Glück, das er suchte, durchrann seinen Körper.

Ich bin zu Hause, dachte er. Ich bin wirklich zu Hause.

Man muß nur wissen, wo dieses Zuhause ist…

## 8

Sechs Tage später.

Dr. Schrader saß gerade beim Frühstück, als die Morgenpost gebracht wurde. Als erstes riß er einen Brief vom Amtsgericht Minden auf und überflog die kurze amtliche Mitteilung.

»Endlich!« sagte er laut. Es war wie eine Befreiung, die er empfand. Eine Entscheidung, ganz gleich nach welcher Seite, nahte.

Am 3. Juli Termin in Sachen Bergschulte wegen Aufhebung der Todeserklärung, teilte das Gericht mit. Diese Hürde mußte ja als erste genommen werden, um damit automatisch auch die Voraussetzung für die Überwindung der zweiten zu schaffen, um also Linas zweite Ehe (mit Korngold) zu löschen und ihre erste (mit Bergschulte) wiederaufleben zu lassen.

Geladen wurden vom Gericht als Zeugen: Lina Korngold, verw. Bergschulte; Max Schmitz; Paul Ermann; die Eheleute Franz und Emma Stahl. Die Hauptfiguren, um die sich alles drehen würde, waren natürlich

Fritz Bergschulte und Heinrich Korngold mit ihren Anwälten.

Bemerkenswert war das »verw.« bei Linas Personalien – ein Triumph des Amtsschimmels. Solange die Todeserklärung für Fritz Bergschulte noch nicht aufgehoben war, galt Lina in Bürokratentexten als »verw. Bergschulte«, obwohl der für tot erklärte Mann der Witwe höchst lebendig herumlief.

Aus Dortmund hatte Dr. Schrader einen Tag vorher eine beruhigende Antwort bekommen. Fritz Bergschulte schrieb ihm, daß er seinen Antrag auf Einstellung des Verfahrens gegen Korngold zurückziehe und ihn bitte, nach wie vor das Verfahren zu betreiben. Paul Ermann, den Dr. Schrader sofort nach Erhalt dieses Schreibens anrief, grunzte nur und wiederholte den Satz, mit dem man ihn nach Dortmund geschickt hatte: »Cherchez la femme...«

Dr. Schrader griff jetzt wieder zum Telefon. Er wählte die Nummer seines Kollegen Dr. Penzolt, den er fragte: »Haben Sie auch schon die Mitteilung des Gerichts erhalten?«

»Soeben.«

»Dann geht's also los.«

»Wollen Sie es sich denn nicht doch noch anders überlegen und von Ihrem Mandat zurücktreten?«

»Das geht nicht, die Gerechtigkeit muß siegen.«

»Sie sind sich aber im klaren darüber, daß ich danach trachten muß, Ihren Sieg zu verhindern?«

»Das ist Ihre Pflicht als Anwalt Korngolds.«

»Aber Sie können mich in Ihren Strudel mit hineinreißen.«

»Wieso?«

»Sie haben mich in Ihr Spiel eingeweiht. Ich hätte längst zur Anwaltskammer laufen müssen, um diese gegen Sie zu mobilisieren. Statt dessen stecke ich mit Ihnen gewissermaßen unter einer Decke.«

Dr. Schrader räusperte sich, ehe er sagte: »Ich verstehe nicht, von was Sie sprechen, Herr Kollege. Welches Spiel soll ich treiben? In was habe ich Sie eingeweiht?«

»Herr Kollege, machen Sie keine Witze. Sie haben mir erzählt, wie Sie den Korngold aufs Kreuz gelegt haben.«

»Iiiich?! Sie träumen, Herr Kollege! Ich habe Ihnen ein Mandat vermittelt, das ich selbst nicht übernehmen konnte, einzig und allein wegen Arbeitsüberlastung nicht. Nur das habe ich zu Ihnen gesagt, kein anderes Wort. Ist Ihnen das klar, Herr Kollege?«

Dr. Penzolt schwieg eine kurze Pause, lachte dann leise und sagte: »Ja.«

Nachdem er also aus dem Schneider war, fragte er schließlich: »Wie stellt sich inzwischen eigentlich Ihre Frau zu der ganzen Geschichte?«

»Sie spricht nicht mehr mit mir und hat einen Schreibmaschinenkurs belegt, um notfalls auf eigenen Beinen stehen zu können.«

Kopfschüttelnd beendete Dr. Penzolt das Gespräch.

In Dortmund hatte sich in diesen Tagen vieles ereignet und manches verändert.

Nach dem ersten Abend blieb Lina bei Fritz, ohne daß dieser es zeigte, wie sehr ihm ihre Gegenwart schon gefiel. Nach wie vor kam er brummend nach Hause, aß das Abendessen ohne viele Worte, las stumm die Zeitung und legte sich dann auf sein altes Sofa. Aber er hatte seit dem Tage, an dem Lina bei ihm war, immer ein sauberes Hemd, gestopfte Strümpfe, ein vernünftiges Mittagessen im Henkelmann, abends sogar eine Flasche Bier oder eine gute Zigarre ... und er nahm dies alles hin, wortlos, verschlossen, als wäre ihr Hiersein eine Last und jener Augenblick eine Befreiung, an dem die acht Tage vorbei sein würden.

Des Nachts aber, wenn Lina in ihrem Bett schlief und ihr blonder Lockenkopf in den Kissen lag, stand er vor ihr und konnte sich nicht losreißen von diesem Bild. Er küßte ihre seidenweichen Haare, er streichelte ihr über die Wangen und deckte einmal mit leisem Schauer ihre Brust zu, die bei einer drehenden Bewegung bloß geworden war.

Wenn der Morgen kam, war er wie gerädert, mißgelaunt und störrisch, brummte sein »Guten Morgen«, aß sein Brötchen und kippte den heißen Kaffee in einem Zug hinunter. Er wagte es einfach nicht, Lina länger anzusehen, denn seine Blicke mußten ihr verraten, wie groß seine Sehnsucht war, in ihren Armen zu liegen.

»Ich bin ein Schwein«, dachte er einmal in der Mittagspause, als er abseits der Kolonnen auf einem T-Träger saß. »Ich will Lina im Elend lassen und Friedel heiraten, nur, weil diese mir den Kopf verdrehte, mir, dem alles Weibliche in zwölf Jahren fremd geworden war. Verdammt, was bin ich für ein Schuft!«

Doch wenn er dann am Abend wieder nach Hause kam und Lina gegenüberstand, fehlte ihm der Mut, sich ihr zu eröffnen. Wenn der Prozeß bloß durchkäme – dann konnte man es im Gerichtssaal tun, ohne sich irgendwie sentimental zu zeigen und sich mit seinen Gefühlen zu demütigen. Dann konnte man hintreten und sagen: »Ja, ich liebe meine Frau genau wie früher! Und wenn sie wieder zu mir will – ich werde so glücklich sein, wie kein anderer Mensch dieser Welt…«

Der Gedanke an Friedel machte ihn wieder unsicher. Wie sollte er es ihr sagen? Es würde eine Szene geben, Tränen, vor denen er sich fürchtete, denn er konnte keine Frau weinen sehen, ohne sich der Weichheit seines Herzens bewußt zu sein. Und Friedel würde weinen, das wußte er ... Verzweifelt saß er, je näher die acht Tage ihrem Ende rückten, am Tisch und lief durch die lauten Straßen, versuchte, seine Gedanken zu ordnen und einen Ausweg aus dieser Tragödie der Herzen zu finden. Ja, es war schon so ... drei Herzen schrien um Hilfe ... drei Herzen spielten hier um ihr Glück, und in diesem Spiegel lag ihre ganze Welt, ihre ganze Seligkeit, lag das Wesen des Menschen, wenn er, entblößt aller Schleier, nackt seine letzte und größte Hingabe bot...

In seiner Gewissensnot rief er Hans Herten an und vereinbarte ein Zusammentreffen in dem kleinen Weinlokal, in dem die Prüfung seines Herzens begonnen hatte.

Unter dem Vorwand, er müßte noch mit dem Bauherrn einen Detailplan besprechen, blieb er einen Abend von zu Hause fern und saß Hans Herten gegenüber, der ihn stumm musterte.

»Entschieden?« fragte der Architekt endlich nach langem, lastendem Schweigen. Und als Fritz Bergschulte nickte, schob Herten das Weinglas weg und beugte sich über den Tisch. »Und was soll ich Friedel von Ihnen bestellen?« fragte er gespannt.

»Friedel?« Bergschulte wurde verlegen. »Ja, was sollen Sie ihr sagen? Es hat sich alles anders entwickelt, als ich dachte. Meine

Frau – Herr Herten, Sie werden es verstehen – es ist eben meine Frau, nach der ich mich gesehnt habe. Das Andenken an sie hat mir Halt in den Jahren der Hölle gegeben. Ihr Bild trug ich immer in mir, wenn ich zusammenzubrechen drohte. Friedel – sie ist ein liebes, süßes, verführerisches Mädel ... aber sie wird mir von Tag zu Tag fremder, je länger ich Lina um mich habe. Friedels Bild verblaßt ... und das ist furchtbar ... Das wollte ich nicht...«

Hans Herten nickte zufrieden. »Ich wußte es«, sagte er. »Lieber Herr Bergschulte, ich bin fast doppelt so alt wie Sie. Ich habe 26 Jahre lang eine gute und glückliche Ehe geführt, bis meine Frau bei einem Autounfall starb. Und ich würde heute, wenn es diese Wahl gäbe, auch nur wieder sie wählen, weil ich wüßte, daß ich mit ihr ein sicheres Glück habe. Eine neue Frau ist immer ein Risiko für den Mann...«

»Wollen Sie es Friedel sagen?« bat Bergschulte unsicher. »Ich gebe zu, ich kann es nicht.«

»Soll ich sagen, daß Sie zu Ihrer Frau zurückkehren?«

»Muß es so deutlich sein?«

»Es gibt nichts Schlimmeres für eine Frau, als von einem Mann aufgegeben zu werden, ohne daß sie weiß, welchen Grund er hat. Frauen sind für Klarheit der Gefühle, diesbezüglich werden sie von uns Männern viel zu oft unterschätzt.«

»Friedel wird weinen…«

»In diesem Alter sind Tränen heilsam.« Hans Herten trank seinen Wein. »Ein Mädel, das um ihre erste Liebe weint, wird ihre zweite Liebe um so schöner finden. Das ist ein kleines Geheimnis von dem komplizierten Wesen der Frau: Mit jeder Liebe, die stirbt, wächst die Größe des Gefühls einer Frau. Und Friedel ist noch so jung, sie wird noch öfters weinen und ihr zuckendes Herzchen festhalten. Man lernt den wahren Wert der Liebe erst durch die Entsagung kennen.«

»Ich danke Ihnen, daß Sie mir diese schwere Aufgabe abnehmen wollen.« Fritz Bergschulte drückte Hans Herten die Hand. Es war ein Händedruck, der mehr war als eine Geste des Dankes. Es war die stille Bekräftigung zweier Männer, daß sie sich verstanden hatten.

Sie saßen dann noch eine Weile zusammen und rauchten, bis Hans Herten mit seinem Wagen Fritz Bergschulte nach Hause brachte.

»Ich wünsche Ihnen im Leben alles Glück«, sagte er, indem er ihm die Hand gab. »Was ich dazu beitragen kann, werden Sie von mir in Empfang nehmen können. Wir sehen uns nun ja sicher öfters, schon durch Ihre Frau, Herr Bergschulte. Und wenn – das habe ich Ihrer Frau versprochen – in meinen Arbeitskolonnen ein Bauführerposten frei ist – Sie sind der erste, den ich mir holen werde.«

Die Wagentür klappte zu, der Mercedes fuhr mit leisem Motor in die Nacht hinein.

Fritz Bergschulte blickte an der Hausfront empor. Oben, hinter seinem Fenster, war noch Licht. Lina wartete auf ihn. Er schaute auf die Uhr. Es war halb zwölf Uhr nachts.

Leise schloß er die Tür auf, eilte die Treppen hinauf und betrat etwas außer Atem sein Zimmer.

Lina saß am Fenster, einen Strumpf, den sie stopfte, im Schoß. Sie schlief. Der Kopf war ihr auf die Brust gesunken. Es war ein kleines Wunder, daß sie noch nicht vom Stuhl gerutscht war. Sie schlief erschöpft, in langen, tiefen Atemzügen. Auf dem Tisch stand das Abendessen – eine kalte Platte mit Wurst und Käse, hübsch garniert. Eine Kanne Kaffee unter einem neuen Kaffeewärmer stand auch dabei.

Fritz Bergschulte zog die Tür hinter sich leise zu und blieb lange regungslos stehen. Dieses Bild wollte er in sich aufnehmen, dieses Bild wollte er nie vergessen … diese Hingabe an die Pflicht einer Hausfrau, dieses Bereitsein für den geliebten Ehemann zu jeder Stunde. Er wagte nicht zu atmen, aus Angst, er könne sie aufwecken.

Auf Zehenspitzen trat er näher, beugte sich über sie und atmete den Duft ihres Haares ein. Er sah ihre Brust durch das dünne Kleid schimmern, sah die schlanken Beine und den Schwung der Hüften. Er fühlte plötzlich, wie es heiß in seinen Adern wurde, wie es in ihm brannte, wie das Herz aussetzte und dann wie rasend in der Brust schlug ... Da griff er zu, mit beiden Händen riß er den schlafenden Körper an sich, hörte nicht den leisen, erschrockenen Schrei, spürte nicht die momentane unbewußte Abwehr ... seine Arme umschlangen den schlanken Körper, preßten ihn an sich, und seine Lippen küßten den halboffenen Mund, tasteten sich über das Gesicht und kehrten immer wieder zu dem Mund zurück, der zuckend seine Küsse erwiderte.

»Fritz«, stammelte sie. »Fritz ... was machst du denn?«

Er legte ihr die rechte Hand auf den Mund und drückte mit der linken den Kopf an seine Brust.

»Nicht sprechen«, flüsterte er. »Bitte, bitte, nicht sprechen...«

Seine Hände, zitternd wie im Fieber, tasteten ihren Körper ab. Wie wirklich bei einem Fiebernden ging rasselnd sein Atem ... da ließ er ihren Körper los, stürzte zur Tür, betätigte den Lichtschalter ... tiefe Dunkelheit umhüllte sie. Und in der Schwärze der

Nacht riß er die Frau wieder an sich, hob sie empor mit seinen Armen, verschloß ihren stammelnden Mund mit einem langen Kuß und trug sie zu dem Bett, in dessen Kissen sie versanken - und mit ihnen Raum und Welt, Nacht und Zeit, Gedanke und Wille.

Vor dem offenen Fenster flatterte schwach die Gardine im warmen Wind der Nacht...

Die Verhandlung fand in einem der kleinen Säle statt, die im zweiten Stock des Mindener Amtsgerichtsgebäudes lagen. Vorsitzender war der Amtsgerichtsrat Dr. Bornewasser, ein jüngerer Karriere-Jurist, der sich für gefeit gegen Überraschungen hielt. Das Wichtigste war für ihn ein gründliches Aktenstudium, das ihn, so glaubte er, befähigte, jeden Fall schon vor der Verhandlung zu durchschauen.

Heute irritierte ihn allerdings ein bißchen die Tatsache, daß er auf den Zuhörerbänken den pensionierten Amtsgerichtspräsidenten Dr. Kämmerer entdeckte, den er noch ein halbes Jahr aktiv erlebt hatte. Wieso interessierte sich der für diesen Nullachtfuffzehnfall, fragte er sich. Habe ich in den Akten etwas übersehen? Nervosität befiel ihn.

Der Prozeß begann wie immer mit der Zeugenbelehrung, daß jeder die Wahrheit zu sprechen habe, und nichts als die Wahrheit, wenn er nicht Gefahr laufen wolle, sich eine hohe Gefängnisstrafe zuzuziehen.

Affentheater, dachten einige. Was soll denn bezeugt werden? Daß der Fritz Bergschulte nicht tot ist, sondern lebt. Seht ihn euch doch an, sprecht mit ihm, hier steht er ja! Was braucht ihr dazu uns noch? Seid ihr verrückt?

Nach der Zeugenbelehrung wurden alle hinaus auf den Flur geschickt. Bleiben konnte Lina, die als erste an der Reihe war, ihre Aussagen zu machen.

»Frau Korngold«, begann der Richter – und wurde schon von Lina unterbrochen, die ihm ins Wort fiel: »Ich betrachte mich nicht mehr als Frau Korngold. Ich bin Frau Bergschulte und möchte als solche angeredet werden.«

Es dauerte eine Weile, bis sie sich vom Richter davon überzeugen ließ, daß das nicht ging.

»Also Frau Korngold«, fing der Richter noch einmal an, nachdem Lina das endlich akzeptierte, »es geht darum, daß Sie bestätigen, daß Herr Fritz Bergschulte, den wir hier haben, auch wirklich Herr Fritz Bergschulte ist.«

»Aber ja!«

»Sie können das beeiden?«

»Jederzeit.«

»Wieso haben Sie damals beantragt, daß er

für tot erklärt werde?«

»Das fragen Sie am besten Herrn Korngold, Herr Richter. Ich bin neugierig, was er Ihnen erzählen wird.«

Linas Augen funkelten. Die sanfte, bescheidene, zurückhaltende Lina war nicht wiederzuerkennen. Sie glich keinem Lamm mehr, sondern eher einer Tigerin. Sie kämpfte um das Glück ihres Lebens.

Dr. Bornewasser wollte sich aber den Kurs bei der Verhandlung nicht aus der Hand nehmen lassen. Wer wann vernommen wurde, bestimmte er. So rief er denn der Reihe nach Paul Ermann, Max Schmitz, die sehr stillen und sich absondernden Eheleute Franz und Emma Stahl auf, und sie alle bezeugten, daß Fritz Bergschulte Fritz Bergschulte sei.

Die depressiven Franz und Emma Stahl, Linas Eltern, litten darunter, daß sie ihre Tochter eingebüßt hatten. Lina hatte, seit sie aus dem Haus gegangen war, nichts mehr von sich hören lassen. Außerdem standen Franz und Emma mehr oder minder vor den Trümmern ihrer eigenen Ehe.

Bis jetzt war alles sozusagen normal verlaufen. Stinknormal. Ich möchte nur wissen, fragte sich der innerlich auf der Lauer liegende Dr. Bornewasser, was der alte Kämmerer hier sucht. Auf irgend etwas wartet der doch. Aber auf was?

Die Beantwortung der Frage rückte näher, als Heinrich Korngold dazu aufgerufen wurde, dem Richter jene Auskünfte zu geben, um die er gebeten wurde.

Korngold blickte finster. Er war ein zu allem entschlossener Mann. Zu seinem Anwalt, Herrn Dr. Penzolt, hatte er schon vor der Verhandlung gesagt, daß es für ihn um Leben oder Tod ginge.

»Was soll das heißen?« hatte ihn daraufhin Dr. Penzolt erschrocken gefragt.

Das solle heißen, daß ein Leben ohne Lina für ihn keinen Sinn mehr habe, hatte Korngold geantwortet.

Dr. Bornewasser begann folgendermaßen: »Herr Korngold, Ihre Frau - noch sind Sie mit ihr verheiratet - wurde von mir gefragt, warum sie ihren ersten Mann, Herrn Bergschulte, für tot erklären ließ. Sie sagte mir, diese Frage möge ich weiterreichen an Sie. Das tue ich hiermit. Also warum?«

»Weil ich ihr das gesagt hatte.«

»Was hatten Sie ihr gesagt?«

»Daß ihr Mann im Lager gestorben sei.«

Im Saal wurde es unruhig. Die Anwesenden waren überrascht. Korngold schien also im letzten Moment doch noch zur Vernunft gekommen zu sein. Er gestand seine Schuld ein. Ein reuiger Sünder stand vor seinem Richter.

»In den Akten habe ich gelesen«, faßte der

Vorsitzende nach, »daß Bergschulte sogar in Ihren Armen gestorben sei, laut Ihrer Aussage...«

»Stimmt.«

»Das muß aber dann ein anderer gewesen sein. Sie sollen von Herrn Bergschulte auch einen Brief an seine Frau in der Heimat mitbekommen haben. Ist das richtig?«

»Das ist richtig.«

Überraschung und daraus resultierende Unruhe unter den Anwesenden wuchsen.

»Sie sollen den Brief bei der damaligen Frau Bergschulte nicht abgeliefert haben. Stimmt das?«

»Auch das stimmt.«

»Warum haben Sie ihn dieser nicht abgeliefert?«

»Ich wollte ihn ihr ersparen.«

»Ihn ihr ersparen?« Dr. Bornewasser schien etwas irritiert. »Wieso wollten Sie das? Glaubten Sie einen Grund dazu zu haben?«

»Ja.«

»Welchen?«

Es wurde mucksmäuschenstill rundherum. Jeder spürte, daß nun plötzlich doch wieder eine Wende in der Luft hing.

»In dem Brief Bergschultes stand«, sagte Korngold mit steinernem Gesicht, »daß ihn seine Frau schon seit Jahren ankotzt.«

»Daß sie ihn was?« stieß Dr. Bornewasser hervor.

»Ankotzt«, wiederholte Korngold. »Er würde nie zu ihr zurückkehren. Sie möge endlich danach handeln und diese Ehe vergessen – diese Scheißehe, schrieb er sogar.«

Ein Schrei gellte durch den Gerichtssaal: »Du Schwein!!!«

Und noch einmal: »Du gottverdammtes Schwein!!!«

Die Schreie stammten von Fritz Bergschulte, der vorher still auf seinem Platz gesessen war und Korngold keines Blickes gewürdigt hatte.

»Herr Bergschulte«, sagte Dr. Bornewasser, »ich muß Sie auffordern, sich ruhig zu verhalten, da ich sonst gezwungen bin, Sie aus dem Saal zu weisen.«

»Das Schwein lügt!« rief Bergschulte außer sich.

Er konnte sich nicht mehr beruhigen und mußte deshalb, wie angekündigt, vom Gerichtsdiener hinausgeführt werden auf den Flur, wo er zu warten hatte, bis er wieder hereingerufen wurde.

»Herr Korngold«, fuhr dann drinnen Dr. Bornewasser wieder fort, »Sie haben gehört, daß Bergschulte Ihre Aussage bestreitet…«

»Das ist ja klar, daß er das tut«, antwortete Korngold prompt. »Ich habe bisher erst das Wenigste gesagt. Der Brief strotzte noch vor Ausdrücken übelster Art über seine Frau und die Ehe mit ihr.«

»Woher wollen Sie eigentlich wissen, was in dem Brief stand? Haben Sie ihn aufgebrochen?«

»Das war nicht nötig.«

»Warum nicht?«

»Bergschulte hat ihn mir selbst vorgelesen, ehe er ihn verschloß. Im übrigen war ich gar nicht überrascht. Er hatte mir schon tausendmal erzählt, was er als Soldat in Frankreich und Belgien getrieben hatte. Jede Nutte dort – so wörtlich seine Aussage – sei ihm am Arsch lieber gewesen, als seine langweilige Alte zu Hause im Gesicht.«

Alle sahen einander an. Gemurmel erhob sich im Saal. Dr. Bornewasser blätterte in den Akten, blickte auf und sagte mit eindringlicher Stimme zu Korngold: »Sie müssen beschwören, was Sie uns da alles erzählen.«

»Selbstverständlich, Herr Vorsitzender.«

»Haben Sie diese Dinge damals seiner Frau berichtet?«

»Nein, damals nicht und bis heute nicht.«

»Warum nicht?«

»Um sie zu schonen. Aber jetzt muß ich ihr und dem Gericht die Augen öffnen, ich bin dazu gezwungen.«

Vollkommen sprachlos war Dr. Schrader. Er dachte sich schon zum zehnten Mal das gleiche, was Fritz Bergschulte in den Saal hineingeschrien hatte: Du Schwein! Du gottverdammtes Schwein!

Sein Blick begegnete dem des Dr. Kämmerer. Dr. Kämmerer gab ihm ein stummes unmerkliches Zeichen, sich mit ihm draußen auf dem Flur zu treffen. Beide verließen daraufhin unauffällig den Gerichtssaal.

»Das ist ja unglaublich!« stieß Dr. Kämmerer draußen hervor.

»Daß er so ausgekocht ist, hätte ich nicht gedacht«, sagte Dr. Schrader, wobei sogar ein Quentchen Anerkennung in seiner Stimme – der Stimme eines Anwalts – mitklang.

»Bornewasser, dieser Anfänger, zeigt sogar schon Wirkung«, fuhr Dr. Kämmerer fort. »Ich hielt nie viel von ihm. Wie kann ich ihm nur beikommen, daß er keinen Blödsinn macht?«

»Das Gefährlichste ist die Wirkung auf Lina. Die ist es auch, auf welche es dem Korngold hauptsächlich ankommt, verstehen Sie mich?«

»Sie müssen in den Zeugenstand, Herr Rechtsanwalt!«

»Was das heißt, ist Ihnen klar, Herr Präsident?«

»Natürlich, darüber haben wir doch schon gesprochen. Was sehen Sie mich so an? Wollen Sie etwa weich werden? Sehen Sie, das habe ich befürchtet, deswegen bin ich auch hergekommen. Ich verlange von Ihnen als meinem zukünftigen Geschäftsführer, daß

Sie der Gerechtigkeit zum Sieg verhelfen, verstanden!«

»Schon gut«, lächelte Dr. Schrader. »Genau das wollte ich noch einmal hören von Ihnen.«

Sie gingen wieder hinein.

»Herr Korngold«, sagte Dr. Bornewasser gerade zu diesem, »Ihrer Glaubwürdigkeit steht vor allem im Wege, daß Sie nachweisbar gelogen haben, als Sie berichteten, daß Bergschulte in Ihren Armen gestorben sei. Wie lassen Sie sich dazu ein?«

»Ich habe damit einer Gewißheit, von der ich überzeugt war, vorgegriffen. Tausende starben. Bergschulte hatte, so schien's, nur noch Tage zu leben. Ich wollte, daß kein Schatten auf sein Andenken in der Heimat fällt...«

Korngold senkte demütig die Augen und schloß: »Dafür nehme ich gerne jede Strafe auf mich.«

»Bravo!« war aus dem Zuhörerraum eine Stimme zu vernehmen – natürlich die einer Frau.

Es war Zeit für Dr. Schrader, Abschied von seinem Beruf als Anwalt zu nehmen.

»Herr Vorsitzender«, wandle er sich an diesen, »gestatten Sie, daß ich mich einschalte...«

Dr. Bornewasser nickte, er tat dies allerdings widerstrebend.

»Herr Korngold«, fuhr daraufhin Dr. Schrader fort, »Sie kennen mich...«

Korngold hatte natürlich die Anwesenheit Schraders von Anfang an bemerkt und sich ihrethalben auch leise Sorgen gemacht, die er jedoch zu unterdrücken gewußt hatte. Er fand keine Erklärung, warum Schrader hier auftauchte, und entschied sich schließlich dafür, daß ein allgemeines juristisches Interesse an dem Fall Schraders Motiv sein werde. Mit dem Schlimmsten rechnete er bei weitem nicht: daß Dr. Schrader Bergschultes Rechtsvertreter sein könnte.

»Es kann sein, daß ich Sie schon einmal gesehen habe«, antwortete Korngold kühl.

»Ja, das haben Sie, Herr Korngold, bei mir in meiner Kanzlei...«

Korngold kroch etwas in sich zusammen. Eine Katastrophe befürchtete er aber immer noch keine. Er baute nach wie vor auf die Schweigepflicht eines Anwalts. Er entschloß sich, zum Angriff überzugehen, indem er sagte: »Was wollen Sie eigentlich hier? Was haben Sie hier zu tun?«

»Ich vertrete Herrn Bergschulte.«

Der Blitz schlug ein bei Korngold. Alle sahen und hörten, was geschah. Korngold verlor jede Farbe und rief: »Waas?«

»Ich vertrete Herrn Bergschulte«, wiederholte Dr. Schrader.

»Seit wann?«

»Schon, als Sie bei mir waren.«

»Und das haben Sie mir nicht gesagt?!«

»Nein.«

Korngold drehte durch.

»Sie Verbrecher!« brüllte er. Zugleich stürzte er sich auf Dr. Schrader, der jedoch auf so etwas gefaßt war und geschickt auswich. Der Gerichtsdiener erwischte Korngold am Rockschoß und riß ihn zurück. Wie ein Irrer schlug der Festgehaltene um sich, Schaum stand ihm vorm Mund, seine Schläfenadern waren dick und blaurot angeschwollen.

Dr. Bornewasser reagierte rasch. Blitzartig wurde ihm klar, worauf Dr. Kämmerer, der pensionierte Präsident, gewartet hatte: auf den Skandal, der da plötzlich im Gange war. Kämmerer mußte da etwas in der Nase gehabt haben. Und jetzt wollte er sehen, wie das Gericht (sprich: Dr. Bornewasser) der Situation gewachsen war. Zwischen Kämmerer und seinem Nachfolger im Amt, dem Präsidenten Dr. Mangfall, bestand ein allgemein bekannter gesellschaftlicher Kontakt. Kein Zweifel, daß die beiden, wenn sie sich unterhielten, auch über die dienstliche Qualifikation jüngerer Juristen – z. B. Dr. Bornewassers – sprachen. Deshalb galt es nun für letzteren, sich zu bewähren.

»Ich rufe Sie zur Ordnung, Herr Korngold!« ließ er sich scharf vernehmen. »Sie verletzen die Würde des Gerichts! Nehmen Sie sich sofort zusammen oder ich verhänge eine Ordnungsstrafe über Sie!«

»Über mich?! Mich bestrafen?!« Korngold drohte an seiner Wut zu ersticken. »Ihr seid wohl alle verrückt! *Hier* steht der Verbrecher...!«

Korngold zeigte auf Dr. Schrader...

»*Er* gehört eingelocht! Oder steckt ihr alle unter einer Decke? Habe ich es mit einem Komplott zu tun?«

Die erste Ordnungsstrafe Bornewassers belief sich auf DM 500, wegen »Beleidigung des Gerichts«.

»Nur zu!« brüllte Korngold, der sich nicht beruhigen konnte. »Das beweist mir, daß ich recht habe! Ihr seid eine Bande, die zusammengehört!«

Zweite Ordnungsstrafe: 1000, DM, ersatzweise acht Tage Haft.

Dann wurde Korngold auch des Saales verwiesen.

»Geben Sie aber draußen Ruhe, ich rate Ihnen gut, sonst lasse ich Sie auf der Stelle festnehmen«, drohte Dr. Bornewasser ihm an. »Lassen Sie die Finger von Herrn Bergschulte!«

»Ich werde das verhindern«, mischte sich Dr. Penzolt, Korngolds Anwalt, ein und verließ im Gefolge seines Mandanten auch den Saal. Es war überhaupt die erste Gelegenheit für ihn, in Aktion zu treten – und auch die letzte. Die Ereignisse hatten ihn überrollt. Mit einem solchen Mandanten war auch vom besten Anwalt kein Blumentopf zu gewinnen.

Dr. Bornewasser schielte immer wieder auf Dr. Kämmerer, in dessen Gesicht sich jedoch keinerlei Zeichen einer Zustimmung oder Ablehnung zeigte.

Die Verhandlung wurde fortgesetzt.

»Herr Rechtsanwalt«, sagte Dr. Bornewasser zu Dr. Schrader, »es steht Ihnen frei, gegen Herrn Korngold Anzeige zu erstatten. Er hat Sie beleidigt, tätlich angegriffen – «

»Ich werde keine Anzeige erstatten, ich kann ihn verstehen«, unterbrach Dr. Schrader.

»Wie bitte?«

Dr. Bornewasser war verdutzt. Es kam aber noch viel dicker für ihn, als Schrader jetzt rückhaltlos berichtete, was sich in seiner Kanzlei beim Besuch Korngolds alles zugetragen hatte. Mit jedem Satz Schraders wuchsen Fassungslosigkeit und Entrüstung Bornewassers mehr, der zuletzt nur noch ausrufen konnte: »Herr Rechtsanwalt!!!«

Dies zeigte, daß Dr. Bornewasser weniger vom Geständnis Korngolds, über das er auf diese Weise auch in Kenntnis gesetzt wurde, aufgewühlt wurde als von der Handlungsweise Schraders.

»Erwarten Sie nicht, daß Sie von mir etwas anderes erfahren als schärfste Ablehnung«, setzte er hinzu.

Und plötzlich zeigte sich auch die langersehnte Reaktion bei Dr. Kämmerer. Er nickte zustimmend.

»Das ist ja unglaublich, was Sie sich geleistet haben, Herr Schrader!« fuhr Dr. Bornewasser fort.

Was sich Heinrich Korngold geleistet hatte, trat in den Hintergrund. Bezeichnend war, daß Dr. Bornewasser schon nicht mehr »Herr Rechtsanwalt« sagte, sondern nur noch »Herr Schrader«.

»An Ihrer Stelle, Herr Schrader, wüßte ich, was ich zu tun hätte, ehe ich von anderen dazu gezwungen würde, entsprechende Schritte zu unternehmen.«

Dr. Kämmerer nickte lebhaft. Das gab Herrn Bornewasser Anlaß, zur juristischen Hochform aufzulaufen.

»Die Verhandlung«, verkündete er kurzerhand, »wird ausgesetzt. Es ist klar, daß Herr Schrader das Mandat, das er hier wahrgenommen hat, niederlegen muß. Zum nächsten Termin wird er als Zeuge geladen.«

Die Entscheidung wurde demnach noch einmal verschoben. Gefallen waren aber schon die Würfel – gegen Heinrich Korngold.

Ein halbes Jahr später.

Dick verschneit liegt an diesem Januartag die Stadt Minden. Auf der Weser treiben kleine Eisschollen. Am Ufer entlang geht ein Ehepaar mit seinem langaufgeschossenen Sohn, einem Schüler, spazieren.

Der Mann bleibt stehen, die anderen zwei mit ihm. Er blickt über die weiße Pracht und sagt: »Schön ist das…«

»Findet ihr nicht auch?« fragt er Frau und Sohn.

»Wunderschön« pflichtet die Gattin bei. Der Sohn freilich meint: »In Rußland wart ihr allerdings anderer Meinung, erzählst du doch oft.«

Sie gehen weiter.

»Wann kehren wir um?« fragt der Junge. »Ich habe Hunger.«

»Denkst du denn nur ans Fressen?« antwortet lachend der Alte.

»Habt ihr doch auch im Lager, Vater.«

»Das war was anderes, mein Junge«, seufzt Fritz Bergschulte.

Sie drehen um und gehen nach Hause.

Lina ist wieder Frau Bergschulte. Peter hat wieder seinen richtigen Vater. Fritz Bergschulte besitzt wieder Frau und Kind. Eine glückliche Familie.

»Manchmal kommt's mir vor, als ob alles nur ein wüster Traum war«, sagt Lina.

»Manchmal glaubte ich schon nicht mehr,

daß die Gerechtigkeit siegen wird«, erwidert Fritz, ihr Mann.

Lina drückt sich an ihn, haucht ihm von der Seite einen Kuß auf die Wange und sagt: »Sie hat aber gesiegt, sie siegt immer!«

Es ist gut, daß der Sohn, der schon zehn Schritte vorausgeeilt ist, das nicht hört. Er würde sonst todsicher erklären: » Soso, die Gerechtigkeit. – Und hätte sie auch gesiegt, wenn Frau Kämmerer nicht Selbstmord verübt hätte? Hätte Herr Kämmerer dann auch seine Stiftung gegründet? Hätte Herr Schrader dann auch seinen Beruf sausen lassen können? Wäre Korngold dann auch überführt worden?«

Fragen, die sich Fritz und Lina nicht stellen. Nur Peter tut das, ein typischer Vertreter der heutigen Jugend. Aber auch er wird älter werden und lernen, damit aufzuhören, hinter dem Guten, dem Positiven, das geschieht, immer das Negative zu suchen, dem es oft entspringt.

Zu Hause, nach dem Essen, sitzen Lina und Fritz am Fenster und blicken hinaus auf den Garten. Sie haben wieder eine kleine gemütliche Wohnung. Unaufhörlich schneit es. Dick rieseln die Flocken lautlos vom Himmel – ein weißer Vorhang, hinter dem sich die Natur verzaubert und wiederkehrt wie eine Botin aus dem Märchen. Die mit Tannengrün abgedeckten Rosenbeete schneien zu, die

Äste der Bäume biegen sich unter der weißen Last, der kleine Pavillon im Garten hat einen schimmernden Helm auf, als sei er aus kostbaren Diamanten erbaut.

Und unaufhörlich, lautlos fallen die dicken Flocken.

»Es ist schön, unser Leben«, sagt Fritz leise und legt den Kopf auf Linas Schulter. »Gerade die kleinen Dinge sind es, die es so liebenswert machen. Wie wenig wußten wir z. B., daß es herrlich ist, Kopf an Kopf den fallenden Flocken zuzuschauen. Ob unsere Herzen einst um Hilfe riefen, weil wir das Leben noch gar nicht kannten? Weil wir fremd in eine Welt hineingeworfen waren, die wir nicht verstanden und deren Schattenseiten uns den Blick ins Glück verdeckten?«

Er öffnet das Fenster, greift hinaus in die Flocken und zieht die flache Hand zurück.

Dicker Schnee liegt auf ihrer Innenfläche. Kristalle von verschwenderischer, weißer Pracht.

Rasch schwinden sie. Die Wärme der Hand, des Lebens, ist ihr Tod. Sie schmelzen dahin, ihre Schönheit verblaßt, zerfließt zu wenigen Tropfen farblosen Wassers.

»Alles vergeht«, sagt Fritz Bergschulte leise. »Hast du es gesehen, Lina?«

Und da sie nickt, wischt er mit der anderen Hand die Wassertropfen weg und schließt das Fenster.

»So werden auch wir vergessen, was hinter uns liegt. Langsam verblaßt es und wird zu nichts. Die Wärme, die es schmelzen läßt, ist deine Liebe für mich. Ich habe immer von der Heimat geträumt, als von einer Mutter, in deren Hände ich meine Stirn legen kann...«

Er umfaßt ihre Schulter...

»Ich habe sie gefunden, und ich werde sie nie, nie wieder hergeben aus meinen Händen!«

Und noch immer rieselt der Schnee aus dem unerschöpflich scheinenden Himmel.

Unaufhörlich, in dicken, tanzenden Flocken.

Er deckt den Garten zu die Bäume und die Straße.

Und auch das kleine Haus verschneit vor unseren Augen.

Ein Märchenschlößchen ist es, weiß und glitzernd.

Ein Märchen, das erzählt, was dennoch das Leben schrieb.

Das Leben zwischen dir und mir – du Mensch, der neben mir geht...